巨鹿文库

一个小学生的失踪之谜

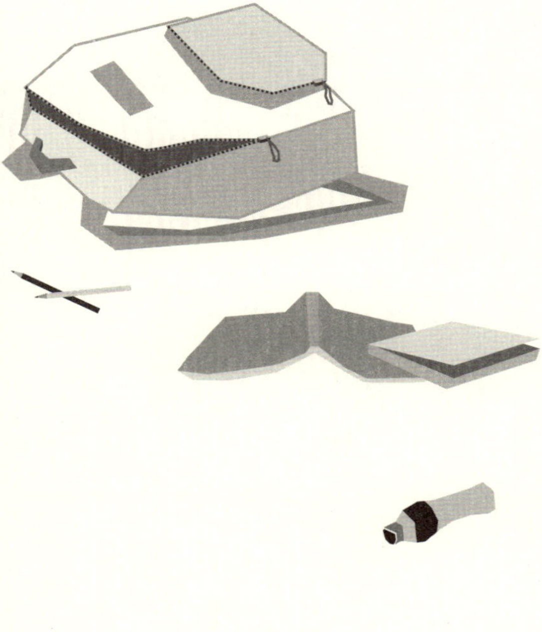

王周生 著

上海書店出版社
SHANGHAI BOOKSTORE PUBLISHING HOUSE

目录

第一辑

一个小学生的失踪之谜

一

小学三年级生祝亮失踪的第二天，他父母哭着来到电视台，请求播放寻人启事。

按规定，一条字幕要收600元广告费。祝亮的父母愣住了，他们不知道平时在电视里看到的寻人字幕是要花钱的，在他们想来，这样的字幕没有妨碍正常的节目播出，又救了别人的燃眉之急，怎么还要收钱？他们夫妇俩下岗工资加起来才5百元不到，拿不出这么多钱。正踌躇着，打算回去借钱，台长突然出现了，说，等一等，我们可以想想办法！

台长派人叫我去。我当时负责“浦江直播”栏目。我在办公室里正策划新一期的内容，关于“学生书包为什么这样沉重”的话题。我们的“浦江直播”栏目开通一个半月，收视率直线上升，这引起上上下下的关注。不过，我心里明白，再好的节目时间一长观众也会厌倦，为了稳住收视率，我必须不断寻找热门话题，给观众制造新的兴奋点，尤其具有轰动效应的兴奋点。台长对我之前的工作十分赞赏。

走进台长办公室，见沙发上坐着一对年轻夫妇，低垂着头，神情沮丧。

台长对我说：小王，这位是祝文华，这位是汪美霞，他们9岁的孩子祝亮失踪两天了。

是不是离家出走？前两天刚看见报纸上有三个少女离家出走的消息，多少人为她们捏着把汗，可是我那10岁的女儿竟然羡慕不已，说她们倒是开心的呀，不要上课不要考试了，也没人管她们了，大有想离我而去的意思。我一听火从中来，我骂女儿：你身在福中不知福，不知道天有多高地有多厚，你要是觉得上课没劲家里没劲，你走吧，滚得远远的，想另找个不管头管脚的父母也可以，要不要试试？

我女儿哼哼两声，终究没胆量跨出我家那道门槛。

我对台长说，话题倒是蛮好，观众要看，不过要涉及一些敏感问题，深入讨论怕有困难。

台长说：你别急，听听情况再说，你也是母亲，可能会有一些相同的感触，汪美霞，你说说情况。

看得出来，汪美霞已经说过多遍了，对于每一个细节，她都回忆得点滴不漏，丈夫祝文华几乎没有插嘴的余地。

前天，汪美霞因为下岗在家没事干，外出找工作，很晚才回家，见屋内空空，有点奇怪。平常这个时候，亮亮已经坐在饭桌前做功课了。她左等右等，一直等到天黑，儿子还是没有回家，就一个人赶到学校去找，学校里空空荡荡，一片漆黑，一个学生也没有。好说歹说，说通了门房值班的老头，要了班主任陈老师的电话，一个电话打过去，哪想到陈老师说，我正想找你们呢，你们亮亮今天怎么没来上课啊，我还以为他病了，要是生病有事，也该写个请假条啊！

汪美霞一听差点昏过去。她心急慌忙赶回家，丈夫正忙着烧晚饭。听见开门声就埋怨说，你们娘俩到哪里去了？这么晚还不到家，我在医院门口看自行车立了一天，吃力得要死，回来还要烧饭！

汪美霞气喘吁吁问，祝文华（每当她连名带姓叫丈夫名字时，说明情况严重），今天早上，你有没有把亮亮送进学校？

祝文华说，送啦，怎么了？

妻子说，亮亮没去上课，到现在还没回家！

祝文华吃了一惊，铲子一扔：要死快哉，这只小赤佬竟然敢赖学！

汪美霞说，我问你，今天早上你是不是看着他进学校大门？

祝文华说，我把他从自行车上放下来，看着他穿过马路往学校门口走去的。

妻子双手揪住丈夫的胸襟：我问的是你有没有看见他走进学校大门？

祝文华说，我是看着亮亮穿过马路，他碰见一个女同学，两个人打招呼，一齐向校门走去。

妻子依然抓住他的胸襟不放：死人，我问的是你到底有没有看着亮亮走到校门里面去?!

丈夫说，美霞你别激动，每天都是这样，骑到学校门口，放下来，我看着他穿过马路，朝学校大门走，我就骑上自行车走了。

汪美霞抡起拳头捶打丈夫：你连等他进校门都来不及了吗？你这棺材，你还我儿子，还我儿子！

祝文华一边躲闪，一边说，美霞美霞，我们应该快点去找，这么晚了，勿要怪来怪去！

汪美霞这才松手，祝文华关了煤气，两人匆匆忙忙奔出门去，四下张望。马路上车辆穿梭，人来人往，到哪里去找呢？两人寻思，会不会在公园里白相？天都黑了，能白相啥？要么在电子游戏机房？汪美霞说亮亮身边没钱，肯定不会去的。那么，是在同学家里玩？这倒不是没有可能。但是这么多同学，他会到哪一家去呢？

两人慌慌张张找到陈老师家。陈老师是个四十多岁的中年妇女，有点发福，头发也有点白。她是班主任，教语文，区里优秀教师。汪美霞说，她教的班级，升中学考试语文平均分数总是区里第一，许多家长想方设法开后门也要把孩子弄到她教的班级。

陈老师正在家里改作文，见祝亮父母来，知道孩子还没回家，觉得事情有点严重。她当了二十多年教师，遇到孩子逃学的事不是一次两次，但是这件事发生在亮亮身上，她觉得有点不可思议。亮亮是个乖孩子，不会惹是生非，平日不声不响，虽说成绩不太好，但学习还认真。

难道和昨天那件事有关？脑子一闪，陈老师又马上否定，怎么会呢？老师批评学生几句是很平常的事，祝亮身上没有骄娇两气，不该为这事生气。但是，不管怎么说，她是祝亮的班主任，她有责任帮他爸爸妈妈一起去找亮亮。陈老师放下作文本，和祝文华汪美霞出了门。她知道祝亮平时和哪几个同学要好，就去那些同学家里打听。

时间飞快过去，一家又一家，都没有看见祝亮。找到后来，已近半夜，孩子们都睡了。有的家长一听有同学失踪，忙把孩子从睡梦中推醒；有的家长虽然不情愿喊醒睡着的孩子，见是班主任陈老师，也都很配合。最奇怪一个同学家，外面看过去灯火通明，屋内打麻将洗牌声哗哗直响，突然听到敲门声，灯光顿时熄灭，死活不开门。人家不开门，陈老师没办法，毕竟不是派出所警察上门。陈老师对王美霞夫妇说，怪不得这个同学成绩不好，在这样的环境里，晚上怎么可能好好做功课呢？

最终，三人在一个女同学那里问出一点线索。那女同学被母亲好不容易推醒，她说，祝亮和她早上一起进校门，突然祝亮停下脚步，说要到校门口那家烟纸店去买块橡皮，这时预备铃响了，那女同学叫他中午放学再去买，她把橡皮割半块给他就是。祝亮说，他不要她割一半给他，他要自己去买。后来，后来……，那女同学说，她就一直没有看见祝亮进教室。那女同学说这些的时候，迷迷糊糊，双眼朦胧，说完倒头又睡。

三人一听，直奔校门口买杂货的小店。深更半夜，把小店门擂得震天响。半天，老板娘朦胧着双眼出来开门，见三条黑影堵在门口，吓得什么似的：你……你们要干什么？

汪美霞急忙说，对不起，打听个事，今天一早，有没有一个男孩子来你这儿买橡皮？

老板娘打了个哈欠说，每天买橡皮的学生多啦，我怎么记得住？

祝文华一急，嗓门粗了起来：你能不能好好交想想？

老板娘说，你凶啥个凶？

陈老师按了按祝文华的胳膊，和气地对老板娘说，是这样的，我们班一个男同学到现在还没回家，有同学说，他在早晨预备铃响的时候，到你店里买橡皮，后来就不见了。

老板娘一听，睡意全无，赶忙把披在身上的衣服穿穿好：不早讲！都深更半夜了，小人会到哪儿去呢？

汪美霞说，所以呀，我们急死了，拼命在找，谢谢你帮我们仔细想想。

老板娘边想边说，早上上课前，小店买东西的人很多，有人买尺，有人买铅笔，有人买香烟，你这小人长啥样子？

汪美霞比划着：圆面孔，胖胖的，这么高，眉毛很浓，像伊爸爸一样，穿一件蓝白条子茄克衫，青色长裤……，陈老师插问：今天是星期一，有升旗仪式，祝亮没穿校服？汪美霞说：昨晚吃晚饭的时候，不知怎么把菜汤撒在校服上，我把校服洗了。陈老师说：按规定应该买两套校服才是。祝文华一听来了气：我们两个人下岗工资才一点点，哪有那么多钞票买校服？陈老师连忙调转话题问：祝亮戴红领巾了吗？汪美霞说，戴了，还别着小队长标志，书包是墨绿色拼杏黄色斜条。

老板娘一边听一边闭着眼睛想，墨绿色拼杏黄色斜条，唔，好像是的，记起来了，是有这么个孩子，不过，他好像不是买橡皮，他拿出一元钱，要买什么……对了，他买透明胶纸！我说这个东西没有，文具店才有，他就走了，这时上课铃声响了，这孩子还慢吞吞地走，我心想，他应该奔啊，怎么一点也不着急？后来，有一帮民工来买香烟，我就招呼他们，把这事给忘了。祝文华问：你有没有看见陌生人和他说话？老板娘摇摇头，他只是一个人，我做了几笔生意，就再也没见到他。汪美霞急得跺脚，这么说，他没有买橡皮，他问我要一块钱，是说买橡皮的呀，他到哪里去了呢？老板娘说：不要急不要急，这种事体急不得，你们报过警吗？祝文华一拍脑袋：糟糕，寻了半夜，怎么就没想到报警！

三个人赶忙往派出所跑。陈老师要他们回去看看，是不是亮亮已经回家了，她的经验，小孩子一到晚上就害怕，就会想着回家。汪美霞让祝文华回去看看，她和陈老师赶去派出所。

汪美霞前脚进派出所，祝文华后脚气喘吁吁奔来，汪美霞连忙迎上去：怎么样？有消息吧？

祝文华说，没有，亮亮还是没有回来，邻居桑妈妈他们一夜没睡，也在帮他们想办法，一直朝马路上张望，就是没有亮亮影子！

汪美霞一听，双手揪住自己的头发，失声哭了起来：亮亮，亮亮，你到底在哪里呀，妈妈急死了呀！祝文华扶着妻子的肩膀，美霞美霞，你别着急，总归找得到的，我们不是在想办法吗！

派出所值班的是一个年轻民警，姓林，样子还和气，他叫他们到里面去，仔细询问了情况，做了笔录。他说，你们的心情我能理解，哭没有用，关键要多提供各种线索，大家一起分析，想想看，孩子会不会上外婆家奶奶家亲戚朋友家，孩子这两天有什么异常？学校里发生过什么事？有没有陌生人和他来往？我们碰到这样的事不是一桩两桩，一般来讲，走掉的孩子大多数找得回来。

汪美霞停止了哭泣，祝文华从口袋里掏出一条手帕给她擦了擦眼泪。汪美霞说，我们家命苦，爷爷奶奶，外公外婆早没了，只有一个阿姨，住得很远，在曹家渡，我给她打过电话，她说亮亮没去过她家。民警说，那么，你们再想想孩子这两天有什么异样？

汪美霞看看丈夫，想了想，说，没有呀，他昨天晚上回家，吃了饭乖乖做功课，一直做到九点钟才让我签字，我发现他有道数学题做错了，叫他改，改好快九点半了，他理书包的时候磨磨蹭蹭，他好像说还有什么事来不及做了，我问他什么作业，他说，不是作业，我问不是作业是什么，他说没什么，我就让他快点洗脸洗脚上床睡觉，这么小的孩子天天弄到十点钟才睡，想想真作孽！

祝文华打断妻子，他好像问你要钱是不是？

汪美霞说，是啊，他在床上翻来翻去半天，我以为他睡着了，他突然叫我，妈妈，我要买橡皮。我说你橡皮呢，他说丢了，我起身给了他一块钱，帮他放在铅笔盒里。一会儿他又说：妈妈，我看到人家小朋友买的喔喔巧克力豆很好吃的。我说，等妈妈找到工作，一定给你买，以后每月给你零用钱。他说，太好了！过了一会儿，他又说，妈妈，我们班有个小朋友叫佳佳，到我们家来过的，她爸爸给他买了个放CD的沃克曼，她放在书包里，下课的时候给我听过，那声音好听得要命！我说，你好好读书，考上班级前三名，我再穷也要给你买一个。他在床上窸窸窣窣，好久不睡，我心想，他从前头一粘到枕头就打小呼噜，我说，亮亮，你今天怎么了，还不睡？他说，妈妈，我还要买一种透明的胶纸，我问派什么用场？他说反正学校要派用场的。我说，要多少钱？他说不知道，一块钱大概不够的。我说：你们学校也是的，一会儿买这，一会儿要买那，月底了，妈妈的钱不多了，等两天发了工资给你买。他不响。一会儿，他又说：妈妈，陈老师喜欢佳佳，不喜欢我。我说，那你就学佳佳，佳佳学习好是不是？他说是的，她总是第一名。我说，那你学习要加油，只要功课好，妈妈什么都给你。说着说着，他终于睡着了……

祝文华埋怨道，你钞票不舍得给他，前三名、前三名一直挂在嘴上，一个班级四十几个人，哪有这么多前三名？你从前读书的时候是不是前三名？

汪美霞辩白说，正因为不是前三名，我大学也没考取，现在只好是下岗的命。

民警小林劝道，不要怪来怪去，你们一夜没睡，太吃力了，先回去，好好休息一下，我马上向分局汇报，有什么情况我们及时通通气。

三人走出派出所，祝文华搀扶着汪美霞，陈老师默默地走在一边，若有所思。

祝文华对陈老师说，陈老师真对不起你，天都快亮了，你快回家吧，明天，噢不，是今天，你还要上班，真不好意思。

陈老师诚恳地说，这没什么，亮亮说我不喜欢他，其实，孩子在我眼里都是一样的，我都喜欢，祝亮没回家我也着急，我是班主任，有责任的。

汪美霞这才发现刚才在派出所说漏了嘴，忙说，陈老师，是我们没有教育好孩子，这事和你不搭界的。

祝文华说，我看，说不定亮亮被人家拐骗了。

汪美霞说，三年级的孩子，哪有这么容易跟人家走？

陈老师说：什么可能都有，那我先走了，回去还要买小菜做早饭，我会和你们再联系，你们也不要太难过，说不定亮亮今天就会回来，小孩子不懂事，在外面过一夜，尝到滋味，下次打他也不会出走的，再会！

再会、再会！祝文华和汪美霞连忙说。

祝文华想了想，突然追上去，叫道，陈老师，亮亮昨天在学校里有没有发生什么事？

陈老师一怔：没有啊，怎么了？

祝文华说，我只是问问。

陈老师说，我再去调查调查，问问班上小朋友和其他任课老师，有什么情况再告诉你们，再会了！

祝文华忙说，再会再会！

两人望着陈老师远去的背影，虽然亮亮没找到，心里还是十分感激陈老师的帮助。

祝文华说，亮亮怎么老是说陈老师凶呢？我看她不像很凶的样子。

汪美霞说，小孩子喜欢把要求严格说成是凶，你看亮亮总是说我凶，说你不凶，就是因为你宠他，不管他功课好坏。

祝文华说，功课功课！你们就知道逼着他做功课，有什么屁用！

汪美霞说，功课好，将来考个好学校，找个好工作。

祝文华说：功课好的人照样下岗，我在学校的时候，全年级考过第一名，现在呢，只能在街上看自行车！

好了，好了，我不跟你争。汪美霞说着，她疲倦地依在丈夫身上，祝文华紧紧挽着妻子往家走去。

二

家里到处是亮亮的影子。走进门，看见亮亮的拖鞋；洗把脸，看见亮亮的牙刷毛巾；坐下来，看见亮亮放在桌上的铅笔和本子；站起来，看见晾在竹竿上的亮亮的校服……，汪美霞受不了了，她一分钟也不能呆在家里，重新跑到马路上疯走，祝文华紧紧地跟在后面。

不一会儿，天亮了，太阳出来了，孩子们上学去了，满街欢蹦乱跳的孩子在汪美霞眼前晃动，她盯着那些男孩的身影，眼睛发直。丈夫跟在后面说什么她压根儿没听见，走着走着，她发现丈夫不见了，她以为丈夫上班了，去那家街道医院大门口看自行车，这是里弄给下岗工人安排的工作。

祝文华其实没有去看自行车，他觉得亮亮可能被人拐骗，如果被拐骗，拐骗犯可能还会出现，他要去学校门口守候，观察每一个可疑的人。他要从蛛丝马迹中查它个水落石出。

祝文华站在校门口马路旁一棵夹竹桃下面，细细观察周围每一个摊头，每一家店铺，每一个走过去的人，尤其把眼睛盯着那些民工。他一根一根吸着口袋里那包大前门香烟，直到只剩下香烟壳子。

突然，学校的大门开了，一群孩子叽叽喳喳，欢笑着拥出校门。不知什么时候，校门口冒出许多接孩子的家长，伸长脖子往大门里面望着。祝文华多么希望亮亮像从前那样，突然从人堆里冒出来，喊着爸爸爸爸，扑过来，跳上他的自行车，嚷着，爸爸我肚子饿，饿死了，快点回家！想到这里，祝文华的眼睛湿润了。

亮亮爸爸！一个孩子的声音惊扰了他。祝文华回头一看，是亮亮班上的一个女同学、住在他家隔壁弄堂的佳佳。

佳佳抬起头，一双忧郁的眼睛望着他：亮亮爸爸，亮亮回来了吗？

祝文华说，没有，亮亮没有回来。

佳佳说，我老难过的，都是我们不好。

祝文华奇怪地说，这和你们有什么关系？

佳佳说，我们惹他生气了。

祝文华说，惹他生气，什么气？

佳佳凑近祝文华，悄声地说，陈老师不让我们讲。

祝文华一惊，为什么，为什不让讲？

祝文华弯下身子，想听听佳佳究竟要说什么。

佳佳凑到祝文华的耳朵边，刚要说什么，只听陈老师在喊：佳佳，佳佳，快回家吧，你奶奶要等急的，吃了中饭早点来出黑板报。

佳佳“哎”了一声，一溜烟跑了。

祝文华抬起头，看到陈老师手背在后面，站在校门口，严肃地注视着学生穿过马路。

陈老师！祝文华叫了一声。

陈老师像是这才看见他，忙说，哦，是亮亮爸爸，亮亮有什么消息吗？

祝文华说，没有，学校里有什么消息吗？

陈老师说，没有啊，校长和老师都急死了！校长今天还召开紧急会议，要班主任老师特别注意学生的思想状况，及时发现不正常的苗子，你来学校是……？

祝文华说，我来学校转转，看看有什么异常情况。

陈老师说，要不要到我办公室坐坐？

祝文华说，不了，不了，我要赶回家去，亮亮妈妈一定等得很急了。

祝文华离开校门口直奔佳佳家的弄堂，他不知道这个小女孩住在几号。他进了弄堂七问八问，一家家打听，终于在新装修一栋楼里，找到了正在吃中饭的佳佳。一个穿着优雅的老太太正给佳佳盛一大碗鸽子汤。佳佳一见祝文华，就叫道：奶奶奶奶，这就是亮亮爸爸！

佳佳奶奶连忙放下手里的碗，说：哎呀，亮亮爸爸，你快坐，你们家亮亮有啥消息了吧？

祝文华满头是汗，说，没有消息，我想来问佳佳几句话。

佳佳奶奶同情地说，问吧问吧，真正作孽，这么大个孩子突然就不见了。

祝文华说，我们家亮亮一直说佳佳最懂事，他最佩服佳佳，说她心眼好，成绩好，前天晚上临睡前还说起佳佳呢。

佳佳奶奶说，是啊，我们佳佳真是个乖孩子，人见人爱。

祝文华转身问佳佳，你们陈老师今天对你们说什么了？

佳佳看了一眼奶奶说：没说什么呀！

祝文华奇怪道，那你刚才在校门口说的话是什么意思呢？

佳佳吱唔着，我们陈老师叫……叫我们不要多议论亮亮的事，不要妨碍上课，她说，亮亮总归会回来的。

祝文华问，那么，小朋友们议论什么呢？

佳佳奶奶忙说，亮亮爸爸，佳佳不懂事，小鬼头讲话瞎七搭八，你不要当回事。

佳佳噘起嘴，我没有瞎七搭八，小朋友都很想念亮亮的，亮亮从来不欺负我们女生，他和我最好了。

祝文华说，佳佳奶奶，我是怕亮亮在学校里有什么事，不放心，才来问问，你放心，我不会给你惹麻烦的。

祝文华回过头来又问佳佳，老师除了叫你们不要议论，还说些什么呢？

佳佳又看了奶奶一眼：老师跟我们说，亮亮不是在学校里失踪的，这事和学校没有关系，不过陈老师昨天一夜没睡，帮亮亮爸爸妈妈一起找亮亮，这是她应该做的。

佳佳奶奶说，看看，你们陈老师还是蛮有责任心的。

祝文华说，这倒也是，陈老师昨天也很着急，像自己的孩子失踪了一样。

佳佳说，陈老师好是好，可是凶的时候很可怕的……

佳佳奶奶打断孙女的话，老师凶还不是为你们好，你们要是乖的话，老师会凶吗？

祝文华见佳佳吞吞吐吐，很不放心：佳佳，告诉我，亮亮这两天在学校里发生过什么事吗？

佳佳再一次看了看奶奶，奶奶瞪着佳佳。

佳佳摇摇头说，我不知道。

佳佳奶奶说，我们佳佳，除了读书，不管闲事的。

祝文华揣着满肚子疑惑，离开佳佳的家。

汪美霞在街上找了一个上午，又到曹家渡妹妹家哭了一场，终于回到家。夫妻俩默默地坐在桌子旁，一句话也说不出来。

汪美霞的眼睛落在亮亮床头的储蓄罐上，那是一只白色的瓷猪，两颊红红，鼻子可爱地往前拱着。汪美霞走过去，拿起来摇摇，没有声响。她把储蓄罐底下的塞子拔去看看，里面空空的，一分钱也没有。她奇怪了，前两天她还听亮亮说，猪肚子里有十几元硬币。这么说来，亮亮把零用钱拿走了，他要这些钱干什么呢？

祝文华说，也许是为了买那个什么透明胶纸，还有喔喔巧克力豆，都是你，这点钱也不肯给他！

汪美霞后悔得要命，丈夫怎么说她都行，只要亮亮快点回来、但是，她不相信亮亮是因为没给他钱才不回家的。

邻居桑妈妈端来了热菜热饭，劝他们赶紧吃，饭总要吃的，吃了才有气力去找亮亮。汪美霞禁不住流下泪来，才一个晚上，她已瘦了一圈，眼圈黑的像熊猫。桑妈妈又说：美霞你快吃点，吃了歇歇，睡一觉，人是铁饭是钢啊！祝文华为了让妻子吃，自己勉强扒了几口。他把遇到佳佳的事说了一遍。两人都觉得奇怪，为什么佳佳要说“都是我们不好”，为什么陈老师不让小朋友议论。

汪美霞说，陈老师是优秀教师，可能怕影响她的声誉。汪美霞说，要是她发现亮亮没去学校立即打电话给我们，就不会像现在这样了，她是怕自己有责任，所以不让小朋友议论。

祝文华不同意，他说不搭界的，既然亮亮没去学校，陈老师会有什么麻烦？汪美霞说，学校最怕家长怪他们，我本来也猜亮亮是被骗子骗掉的，现在看看他把储蓄罐里的钱拿走了，说明是有准备的，但是，这点钱他能派什么用场呢？桑妈妈说，我看你们应该到电视台去登个寻人启事，看到的人多了，找到的机会也大，我看到电视上常常放一条字幕，说要找什么样的人，穿啥衣裳，长啥样子，你们阿要去试试？要是亮亮被别人拐了，电视上一播，人家看到就可以报案，要是孩子是自己出走的，别人看见，也可以送他回来。

不等桑妈妈说完，汪美霞忽地站了起来，祝文华一拍脑袋，对呀，哪能早没想到？

三

我们电视台“浦江直播”栏目决定做一期有关孩子离家出走的节目。虽然不算热门，但“孩子”和“失踪”本身具有敏感性和神秘性，观众会感兴趣，收视率一定不会低。如果通过我们这档节目，把祝亮找回来，进行跟踪报道，更是一举两得！台长希望我掌握分寸，不要把节目做得过于悲观，不要涉及教育制度问题，不要引起不必要的矛盾，坐下来认认真真讨论就好。

然而，汪美霞和祝文华不愿意在电视上露面。汪美霞说，我哪有心思开会，我心里难过死了，我要回去找亮亮，作兴亮亮正在回家的路上。祝文华说，讨论有啥意思？我去借钞票，我出钞票请你们登寻人广告。

我耐心地劝说他们，我说电视观众多，影响大，外地也看得到，我们发动电视观众一道来帮你们找亮亮，效果肯定好。

汪美霞不吭声。祝文华说，这样好是好，只是我和美霞坍台了。

我说，只要孩子找回来，比什么都重要，还考虑这么多干嘛？再说，观众通过这档节目，受到教育和启发，找到问题在哪里，就可以防患于未然，有什么不好呢？汪美霞疑惑地看着我，你这么说，好像我们家里真有啥问题？我忙说，不不不，你不要多心，我指的是有些家庭，孩子和父母不能沟通，父母过于严厉，造成孩子对父母的反抗，因而出走，你们家亮亮不是这么回事，我们在电视上讨论的时候，亮亮的事只是个引子，帮我们引出这个话题。

好不容易说通了亮亮父母，我们分头去找嘉宾：社会学家史考、作家仁文、记者简蕊，以及亮亮学校的范校长。观众席上除了亮亮爸爸妈妈，还有派出所民警小林，亮亮学校的教导主任、班主任陈老师以及一群中小学生。

陈老师顾虑很大，她说事情出在她班上，作为班主任她感到有压力。我说这是一个社会问题，不是哪个家长也不是哪个老师的问题，你当了二十多年老师，碰到过这类事，有经验，也一定有自己的想法，如果能把自己的体会告诉大家，防止更多的孩子离家出走，不是蛮好吗？陈老师犹豫再三同意了，看得出来，她很勉强。

晚上七点正，摄影棚的灯光唰地一些全亮了。在一阵急促的进军号似的乐曲声中，电视屏幕上打出“浦江直播”几个金色的大字，一张报纸由远而近推向观众，画面上是报纸醒目的标题，几个黑色的大字：孩子出走究竟为哪般？

主持人小悦用她极富青春魅力的嗓音说了开场白：观众朋友们，大家好，浦江直播又和你们见面了。今天我们讨论的话题大家已经看见了，是关于孩子离家出走的问题。不久前，我们在报纸上看到沈阳几个少女结伴离家出走的事，她们流落在南方的一个城市，历经险恶，终于回到家中，这件事引起社会的震动。据有关方面调查，一年中，我们这个城市先后有141名中、小学生离家出走，三天前，江阳路小学4年级学生祝亮突然失踪了，他的父母和亲人，他的老师和同学，无不焦急万分，他们来到电视台，要求刊登寻人广告，查找祝亮的下落……

随着小悦的开场白，一张张照片在屏幕上闪过：戴着红领巾敬着队礼的祝亮，背着书包走进学校大门的祝亮，骑着木马在公园里游玩的祝亮，吹着生日蜡烛在生日宴会上的祝亮……祝亮好开心呵，圆圆的脑袋，大大的眼睛，灿烂的笑脸，祝文华把照片从家里拿来的时候，眼睛红红的，此刻更是不能自持，汪美霞开始轻轻抽泣。亮亮的命运牵动了直播室里所有的人，也牵动了电视机前的观众，大家的心沉重起来。

小悦深情地说：看看亮亮这些欢蹦乱跳的照片，我们每一个人的心都会颤抖，亮亮啊亮亮，你现在究竟在哪里呢？你究竟为什么要离开温暖的家，离开爱你疼你的父母，离开朝夕相处的同学们呢？我相信，每一个孩子出走都有他们的理由，每一个家长都会焦急万分，现在，让我们一起分析孩子出走的各种原因，一起讨论这个涉及家庭和谐和社会安定的问题……

按照事先安排，社会学家史考先生第一个发言，他认为不同的时代，都有离家出走的事发生，有的为婚姻爱情，有的为参与社会变革，有的对父母盲目反抗。总之，这类事总会打着时代的烙印。当今2亿人口的美国，每年有1百万青少年离家出走，这个比例相当高。如今我们改革开放了，社会从原来单一状态转变为多元状态，传统的价值观受到挑战，一些孩子处于心理反抗期，与父母有严重疏远感，看了电影电视，觉得外面的世界好精彩，萌发了到社会上闯荡一番的念头。这些念头埋在心里，遇到不如意的事，一触即发，成为出走的行动。对于这类事我们没有必要大惊小怪，关键是要有一个宽松的学习环境和生活环境，孩子们不感到压抑，心里的念头就不会成为出走的行动……

记者简蕊女士有些不耐烦史考的长篇大论，她打断他说：宽松的环境？谁不想宽松呢？孩子们现在的负担这么重，怎么能宽松得起来？我采访过一起离家出走的中学生，问他们究竟为什么这样做，他们说，就是因为厌恶上学，每天背着十几斤重的书包，做着永远做不完的作业，大考小考会考模拟考，家长老师还要给他们很多的压力，使他们无所适从，只好一走了之。

范校长端坐嘉宾中间，他说：我不否认学习负担比从前重，这是一个竞争的社会，如今要是学生回家没有作业，晃来晃去很空闲，半年考一次试，你说家长会不会有意见？他们会说，我们省吃俭用含辛茹苦培养子女，你们倒好，我们交学费你们拿工资敷衍我们的孩子！这些年，离家出走确有上升的趋势，原因相当复杂，很难说是因为学习负担引发，从前私塾的负担算重的吧？背不出来老师还要打手心，负担压力够重的吧？为什么那时的孩子很少离家出走？

简蕊女士有些反感，她说：私塾只学一门课，现在的学生要学那么多门课，背政治背历史背地理背语文，背得头昏眼花，还要做大量习题，辅导材料一本又一本，怎么能说私塾负担比现在重？

作家仁文抢过话头，其实我们说的学生负担重不仅仅表现在作业多考试多，很大一部分是在精神压力上，家长一天到晚唠叨，谁谁家的孩子考上了重点中学，谁谁家的孩子班级里第一名，每次考试后排名次，学校和学校之间比，班级与班级之间比，同学与同学之间比，这样造成的心理压力真能压死人。

范校长摊开两手，作为校长，我不想推卸责任，但我们得严格按照教学大纲办学，要是我们教出来的学生考不上中学，谁愿意来上你的学校？所以就要比。再说了，现在一个家庭只有一个孩子，家长对孩子的期望值越来越高，个个望子成龙，盲目追求考重点中学，可是，独生子女承受能力差，在家里是小皇帝，到外面吃不了苦，稍稍碰到点困难就想逃避。所以说，教育不仅要抓学生，还要抓家长，家庭教育在孩子的成长过程中起着非常重要的作用。

简蕊嘲讽说：范校长要抓家长了？你应该办一所家长学校啊，我是家长，很想当一回学生，怕只怕花了时间听训诫，孩子仍然天天测验、周周考试，一遍遍罚抄课文，那就变成家长、学生双重负担了！

我给小悦做手势，希望停止家长与学校互相指责，小悦心领神会，马上打断简蕊的话说：我们今天的嘉宾发表了很精彩的见解，现在，我们是不是让观众说说他们的想法？

一时间，观众们你看看我，我看看你，都不开口。

怎么搞的，策划的时候大家满肚子话要说，一到现场，都怯场了。我急得捏了把冷汗，幸亏小悦机灵，在三秒钟的静场后，马上指名亮亮的爸爸妈妈谈谈想法。

汪美霞勉强抬起头：我没有啥想法？我只要亮亮回来，我再也不要他考前三名，他一回来，我就给他钱去买透明胶纸，买喔喔巧克力豆，我借债也要给他买个沃克曼。亮亮啊亮亮，妈妈穷，不是妈妈不努力，而是妈妈下岗了，妈妈对不起你呀！说着汪美霞哭了。

这样的发言太负面，这可是直播啊，要是让宣传部领导看见，那就麻烦了。

正在着急的当儿，祝文华说话了：汪美霞已经几天没好好睡了，脑子有点乱，她平常不是这样的，她不宠儿子，我们家没有经济条件，不可能宠儿子，你们可以分析孩子离家出走的种种理由，没有一条可以用到我家亮亮身上，他知道我们俩下岗了，从来不提过分要求，他最多会说哪个同学有了一件什么好东西，但也是说说而已，从来不说自己也要买，他并不讨厌学习，他学得很认真，只是成绩没有别人好。我们非常爱亮亮，亮亮也爱我们，亮亮没有任何理由离家出走，如今他走了三天了，拿了储蓄罐里十几元钱，不知道这几天他是怎么过的，说到这里，祝文华哽咽了。

小悦马上接上去，是啊，我们并不希望这样的事发生，可是它毕竟发生了，听说今天亮亮的班主任陈老师也来到了现场，她为了亮亮心焦如焚，这几天没好吃没好睡，帮亮亮父母一家家寻找，我们听听陈老师对这一问题的看法。

陈老师接过话筒说，我是亮亮的班主任，我对我的学生就像对自己的孩子一样，我既爱他们，又对他们很严格，我现在的心情和亮亮爸爸妈妈一样沉重，照理说，我是班主任，我应该及时掌握孩子的思想动态，可是，我不清楚亮亮的想法，我是有责任的，这说明老师、家长和孩子的沟通非常重要，如果及时沟通可以避免这类事情发生。

今天我们班的小朋友给亮亮写了一封信，呼唤亮亮回来，我让亮亮的好朋友佳佳在这里读一读。

佳佳站了起来，佳佳的奶奶赶忙帮她整了整裙子。佳佳奶奶坚决要求陪伴佳佳一起上电视，她说，佳佳不懂事，没见过这个场面，她来给佳佳壮胆。

佳佳展开一张练习簿纸，像朗诵似地读道：祝亮同学，你离开我们已经四天了，四天来，我们班的每一个同学每时每刻都在想念你，你是我们班的好学生，你学习认真刻苦，助人为乐，你在学校艺术节上画的那幅图画，评上优秀作品，你在校运动会上争得60米赛跑第一名，为我们班争得荣誉，你每次值日生都比我们做得认真仔细……亮亮，你现在在哪里？你能听到我的声音吗？你的爸爸妈妈在找你，你的老师在找你，你的同学在找你，我们每一个人都在找你，心急如焚，回来吧，亮亮……

读着读着，佳佳忽然捂着脸哭了起来：亮亮，是我不好，我对不起你，请你原谅我，快点回来吧……

小悦愣了一愣，连忙说：佳佳小朋友，你想念亮亮的心情我们都能理解，你不要太难过……

佳佳说：是我惹他生气的，我不应该和小朋友嘲笑他，我要向他道歉，我以后再也不会惹他生气了。

佳佳奶奶着了急：佳佳，你可不要胡说八道，说话要负责的！

佳佳固执地说：是的嘛，那天，亮亮造句造错了，我把它念出来笑他，他生气了。

小悦说：佳佳，你是一个善良的女孩，你说的话，亮亮也许早已忘记了，你为什么还这么难过呢？

佳佳说：他不会忘的，他很伤心的，他把语文考卷从墙上撕了下来，陈老师批评他的时候，他哭了，后来，我拿我的沃克曼给他听他也不要听，我给他吃喔喔巧克力豆，他也不吃。

场上气氛突然紧张起来，这样的局面是我们不曾料到的，这已经不像是一档直播的谈话节目，而是一幕电视剧，连我这个策划人都不知道结果会如何。时间只剩下十分钟，我做手势让小悦赶快转换话头。哪晓得，偏偏祝文华抢在主持人之前说：陈老师，你能不能说说这到底是怎么回事，我和亮亮妈妈怎么一点不知道？

陈老师脸色尴尬，她说：我们班上有个语文学习园地，你们开家长会的时候看见的，我常常选择有代表性的作文和语文卷子，贴出来让大家看。这次亮亮的语文考试没考好，我把他的卷子和另几个同学的一起贴了出来，没想到有同学把他的一句造句当笑话，我虽然批评了嘲笑他的同学，但是亮亮还是很不高兴，把墙上的考卷撕了下来。

佳佳奶奶拉佳佳坐下，佳佳不肯，佳佳说：要是我不嘲笑亮亮，他不会撕考卷的，也就不会被陈老师批评了，是我不好嘛！

陈老师说，我觉得一个孩子尤其是男孩子不能太娇气，应该经得起批评，所以我要他回去补好考卷，下次复习时要派用场，我让他写一份检讨。

汪美霞恍然大悟：怪不得亮亮要买透明胶纸，陈老师，你为什么不早告诉我们呢，要是知道了，我不会不给他钱，我也会督促她写检讨的呀！

陈老师有些歉意，我不告诉你，是因为这不是什么大的问题，我觉得一点小事就找家长，这不是好的方法。

祝文华问，陈老师，既然是小事，为什么检讨呢？他究竟错在什么地方？

陈老师解释说，他错在不该撕考卷，一个孩子不能光听好话，当然小朋友嘲笑他也是不对的，我已经批评过佳佳，她是中队长，她带了个不好的头。

任文先生有些困惑，他问：陈老师，把考得不好的卷子贴出来，难道不会伤害孩子的自尊心吗？

陈老师辩解说，我的教学方法，一向是把好的和差的进行比较，这样做效果很好，做错了的题目不会重复错，没做错的，也可以引以为戒，我不认为这有什么错。

任文先生说：我认为，公开别人的考卷，无论好的差的，都应该征得本人同意，这是尊重人的表现。

陈老师反驳说，考卷不是日记不是私人信件，为什么就不能根据教学需要进行表扬和批评呢？如果我这样做错了，我愿意检讨改进，但是我希望你们告诉我，我错了吗？

范校长赶紧应对：我不认为陈老师的做法有什么不妥，老师的职责就是传授知识，老师不能光靠表扬来传道授业解惑，也要举错误的例子，让同学们鉴别，难道这有什么不对吗？考卷不是日记或周记，即便是日记周记，为了语文教学的需要，我们也可以读出来，分析好坏。

陈老师顿时自信起来：我不知道今天我们的直播节目要解决什么问题，是呼唤离家出走的孩子回来，还是讨论教学方法的对错。我们做教师的到底要不要对孩子严格教育？常常碰到一些家长对我说，你要严格点，小孩都是蜡烛，不点不亮。对我来说，要求严格是一件很累的事，马马虎虎反倒轻松。但是，一想到家长对我们寄了这么大的希望，我就对学生有一种恨铁不成钢的感觉。学生成绩不好，老师总有责任，一个有责任心的老师，不会对孩子的错误放任不管，我也不会因为今天这件事，对我的学生不再严格要求。

陈老师，学生做错题目是不是就算犯错误呢？简蕊追问道。

那……当然，不是。

简蕊又问，不是错误，为什么要检讨？

陈老师说，我要他检讨的是撕考卷的行为。

简蕊紧逼：你不把考卷贴出去，他会撕吗？

陈老师有点恼火：这……要具体分析！

时间不够了，我在场外不停地给小悦打手势，小悦打断陈老师的话说，我们场上讨论得这么热烈，场外观众打来不少电话，让我们听听他们的看法，小悦接通了电话。

一位家长说，老师严格教育是应该的，现在的孩子被家长宠坏了，说不得批评不得，这很不好。

一位在校大学生说：一个老师是否优秀，不能光看他教的成绩，而是看他能否平等对待学生，能否尊重学生的人格，只有把学生当作和自己一样平等的老师，才是一个好老师。

一个母亲呜咽着说，我的孩子 8 岁失踪，至今三年了，没有一点音讯，我眼睛也快哭瞎了，请电视台帮着一起呼唤，让我的儿子早日回来！

最后一个电话，是一个家长怒气冲冲的声音：你们干嘛喋喋不休，讨论个没完，还不快点去找孩子！

……

计时器发出最后 3 分钟的嘟嘟声。小悦打断了场外观众的电话说：今天我们的讨论很热烈，很有意义，我们不可能就孩子离家出走的话题得出什么结论，但是，我们可以从中深入思考一些问题。现在我们请嘉宾每个人说一句话，作为我们这次讨论的结束。

史考先生说：亮亮，回家吧，我想和你做朋友，永远的朋友。

任文先生说：不会飞的小鸟离开鸟巢很危险，回来吧，亮亮，学会了飞再搏击长空！

范校长说：亮亮，我们全校每一个老师，每一个同学，每时每刻都在等你回来！

简蕊女士说：亮亮，你没错，你是个好孩子、勇敢的孩子，我爱你！

小悦充满深情地说：亮亮，你听到吗，这么多人在呼唤你，这么多人牵挂你、惦记你，不论你在哪里，不论你有多么大的烦恼，你快回来吧！我们希望，电视机前的观众，有任何亮亮的消息，请及时给我们电视台打电话。谢谢大家收看我们的节目，我们下次再见。

我终于舒了一口气。

小悦微笑着和嘉宾观众一一握手，谢谢他们光临我们直播室。我忙着收拾会场，打电话叫车子送汪美霞夫妇回去。台里电话条条占线，全是观众为刚才的节目打来的，我很兴奋又有点忐忑。

陈老师朝祝文华夫妇走过去，像是要说什么。祝文华一把拉着汪美霞，转身闪开。汪美霞问，做啥？祝文华说，我不要看陈老师，陈老师为什么这样对待亮亮？汪美霞说，陈老师是为亮亮好，我一直叫她对亮亮要严格，亮亮自己不争气，怪不得别人。

陈老师站在那里进也不是退也不是，范校长走过来，拍拍她的肩膀，两人默默向门口走去。

我连忙走过去，和范校长陈老师一一握手，我说，谢谢你们，谢谢你们光临。

范校长苦笑了一下：我们成了众矢之的。

陈老师委屈地说，吃力不讨好！

我说，大家对教育的期望值很高，心情可以理解。

范校长摇摇头，你说，升学的轨道就这一条，我们能不在这条轨道上开车吗？

范校长说的是心里话，我很同情他，我说，教育总要改革的。

陈老师说，等不到了，我们快退休了！

我送亮亮父母、佳佳奶奶和佳佳回家，走到大门口，佳佳奶奶要上厕所，汪美霞陪她去。揪着这个空当，我悄悄地问佳佳，告诉王阿姨，你们嘲笑亮亮的那句造句是什么？

佳佳说，陈老师要我们造“热火朝天”，亮亮写了这样一句：我的爸爸妈妈下岗了，工资很少，妈妈不让我买巧克力豆，气得我呀，热火朝天！小朋友们笑死了，陈老师批评说，这句句子意思错了，思想性也不强，将来考中学，思想不正确的句子和作文，是要扣分的。后来，亮亮的考卷就被陈老师贴了出来，小朋友们把这句话念来念去，有的说，今天作业这么多，气得我呀，热火朝天；有的说，妈妈不给我看电视，气得我呀，热火朝天……亮亮一生气，把卷子从教室墙上一把拽下来，卷子撕坏了，他不是存心撕坏的。我给他说了对不起，可是还有小朋友在嘲笑她，说什么，亮亮被老师批评了，气得他呀热火朝天……

祝文华在边上一听，生气了：妈妈的，亮亮真不争气，造出这种断命句子，陈老师怎么可以把这样的句子贴出去，这不是诚心坍亮亮的台吗？

佳佳奶奶从厕所回来，点着佳佳的脑袋说，你又在说什么了，这小鬼头，叫你说话当心当心，你还是瞎说八道，奈么好，你得罪陈老师，中队长不给你做了！

佳佳说，不做就不做，你不是说，只要成绩好，老师就不敢怎样吗？

我连忙扯开话题，我说车子快来了，走吧。就在这时，台长办公室喊我听电话，我一边走一边说，今天晚上的电话创纪录了，没想到看的人这么多！

电话是从江苏程武火车站派出所打来的，那是南京附近的一个县城，今天上午，他们站上的一列火车撞上一个八、九岁左右的孩子，送到医院就死了，孩子身份不明，他们那里的人刚刚看完“浦江直播”节目，希望亮亮家长前去辨认。

放下电话我愣在那里，不知怎么办才好。事情不会这么巧，又是在外地，即便如此，把这样的消息带给汪美霞，好比捅她一刀。可是我不得不告诉她，我磨磨蹭蹭走过去，走到祝文华身边，像是自言自语地：今天看我们节目的人还真不少，刚才有人打电话来提供一条消息……

汪美霞一把抓住我，是亮亮？他在哪里?！我说，你别紧张，不一定是他，我吞吞吐吐把刚才的电话说了一遍，我只说火车压“伤”了一个孩子，我不敢说“死”字，我还没说完，汪美霞一头栽倒祝文华身上，晕了过去。

五

直播后的一个星期，电话像潮水般涌到台里，信件像雪片飞来，这是我始料不及。教师的情绪都有些抵触，觉得要是把孩子出走的原因归罪于学校，他们今后谁还敢对学生严格要求呢？家长觉得学校负担重，怪老师教育方法有问题，也有的家长怪独生子女政策，家长才把所有希望压在一个孩子身上。学生们则众口一词，对学校和家庭十分反感，他们说学生没有好坏之分，没有聪明与笨之分，学生只有性格上的差异，能力上的差异，不要给这种差异制造人为的压力，如果老师无意伤害了学生的自尊，学生会自卑、忧郁。他们不希望天天考试，不喜欢背十几斤的书包，不喜欢每天在老师家长的责备中读书。他们责问，我们付出如此沉重的代价，究竟为什么？还有家长希望得到必要的指点，怎样防止离家出走过的孩子再次出走；也有心理医生打来电话，要求免费为出走的孩子和家长提供咨询。

亮亮的命运牵动无数观众的心，引发了对学校教育和家庭教育的争论。

台长很兴奋，叮嘱我继续跟踪有关亮亮的消息，继续组织有关教育问题的讨论。我也暗暗得意，有谁会对自己成功策划的节目无动于衷呢？

第二天，我给亮亮家打电话，祝文华说，汪美霞身体很虚弱，已经经不起更大的打击，祝文华留在家中照料她，他们让汪美霞的妹妹连夜赶去程武，今天下午她妹妹回来了说，那孩子不是亮亮。

谢天谢地，我脱口而出，你可以松口气了。祝文华却说，别人家的孩子也是孩子，听说死得好惨啊，面孔看也看不清，我那小姨子吓死了，出来就吐了。

我叹了口气：可怜的孩子！

祝文华问，你说，我们做家长的，为什么就不知道自己的小孩在想些什么呢？

我说，我也不知道我的女儿在想些什么。

祝文华说，可是你的女儿没有离家出走。

我说，是啊，没有，可是她有离家出走的心，她很羡慕离家出走的孩子。

祝文华不解地说，我们辛辛苦苦把孩子带大，供他们上学，他们不想读书也不要我们，你说，这到底是谁的责任？

我叹了口气说，现在只有佳佳一个人说她有责任。

祝文华说，瞎三话四，佳佳有什么责任？佳佳是个好孩子，诚实的孩子！

我几乎每天和祝文华通电话，打听亮亮的消息。渐渐地，我打过去的电话没人接了，难道汪美霞身体好了？祝文华又去看管自行车了？但是，为什么晚上也没人接电话呢？

终于有一天，电话打通了，祝文华粗声粗气地问，啥人？我说是我呀，电视台的小王，你们家怎么老是没人接电话？祝文华说，我差点想把电话拆了，家里电话铃声不断，一会儿说杭州西湖有个孩子像亮亮，一会儿说苏州东山有个孩子像亮亮，都要我们去认，还有一个热心的气功师打来电话，说他们用特异功能测出了亮亮出走的路线，他背着书包，去过南翔，去过锦江乐园，身上有血迹……乱七八糟，现在美霞一听到电话铃声就心惊胆颤，电话接也不好，不接也不好，睡觉也睡不好，这样下去，我们都吃不消了，我脑子乱得一塌糊涂，跑到马路上，人家讲，就是这个人，儿子跑脱了，还有人围上来问我情况，我成了名声不好的人，真懊恼到电视台去兴师动众，让电视台收视率提高了，阿拉呢，小人寻不到，家里又不太平。

我说，请你原谅，我们是好心，是为了帮你们找亮亮，至于现在这样的情况，我们也没预料到，我相信大多数人是好心，少数人是好奇心。

放下电话，我突然问自己，我是什么心？扪心自问，我想的是收视率；台长也想的是收视率，还有就是别犯政治错误，我有没有真正为亮亮和那些离家出走的孩子命运着想？我内疚了。

整整一个月，亮亮一点消息都没有。汪美霞病得不成样子。她每天在自责：我哪能这么糊涂，亮亮困不着觉有心事，我为啥不关心关心他，反而还要他考前三名，我为啥不肯多给亮亮一点钞票……

汪美霞每天唠叨，像祥林嫂似的。祝文华怎么劝说也不行。我去看了他们几次，每次进门，我都声明，我不是为了做节目，不是为了采访，只是为了看看他们。祝文华对我不冷不热，汪美霞每次总要说，唉，我真糊涂，拎不清，小人的心思我哪能一点也不觉得，亮亮那天困不着觉是有心事啊！到后来，祝文华一听汪美霞说这话，就粗声粗气地说，又来了，又来了，侬哪能变得介烦！夫妻俩在长时间的等待中失去了耐心，变得焦躁不安，时时爆发出争论的火花。

一天，我突然接到汪美霞的电话：你能不能为我做件事？

我说，当然，只要能帮你，我都愿意。

她说，你能不能帮我问问，南京附近那个小站上的孩子，被认走了没有？

我说，怎么，你……？

她说，我昨完做了个梦，梦见亮亮在铁轨上奔跑，他在叫我……

我说，梦是反梦，不能当真的。

她说，我怕我妹妹当时没看清楚，她当时很害怕，不敢看。

好吧，我说，我答应帮她和有关方面联系，不过，我对她说，你不要尽往坏处想。我前两天在报纸上看到一条消息，一个孩子失踪了6年，还是给找了回来。是被人家骗到江西农村卖掉的，只要活着，孩子总有找到的一天。亮亮9岁了，家里地址他也知道，只要有可能，他会想办法回来的。

我给市公安局打电话，很快，他们给了我回音：4月11日在江苏程武车站火车压死的那个孩子，至今无人认领，按有关规定，近日内将做无主尸体处理。我连忙将消息告诉汪美霞，她立即决定前往。我把手头工作一推，我和你一起去！汪美霞说，侬工作忙，不麻烦你了。我说，这就是我的工作，我也想弄个明白，那孩子究竟是怎么回事。

我背着个相机，敲了半天门，汪美霞才来开门，眼睛红红的，好像刚哭过。原来夫妻俩正在吵架，当着我的面，他们又争了起来。

祝文华说，侬身体不好，跑来跑去啥意思？

汪美霞说，我怀疑我妹妹没看清楚，也可能骗我。

祝文华，她骗你？骗你做啥？

汪美霞说，她怕我受不了，我们姊妹俩相依为命的。

祝文华说，没这种人的，她能骗你一辈子？

汪美霞，我不知道，再说我又做了这么个奇怪的梦。

祝文华说，你有毛病，做了个梦就以为是真的。

汪美霞说，我也不是说梦是真的，我是怕万一。

祝文华说，阿拉亮亮肯定不会死，亮亮肯定活着，他被人骗到什么地方去了。

汪美霞说：万一那个车站上的孩子是亮亮，放在那个冰凉的地方，你不心痛？我要把他领回来……

祝文华说，我看你神经不正常，躺在床上整天胡思乱想，还不如爬起来寻点事情做做，多赚点钱，有了钱，我们俩找遍全国，一定要把亮亮找回来！

汪美霞说，你让我去看一看，不是亮亮，我就去找工作赚钞票，你不让我去，我实在放心不下。

我劝祝文华，你就让美霞去一次，火车票旅馆费由我们电视台出。

祝文华气呼呼地，你们折腾我们还不够？还想再轰动一次？

汪美霞说，你这是什么话？她们不是在帮助我们吗？不然我们哪有这么多消息？

我说，这确实是我的工作，如果你觉得这样做妨碍你们，我就不去了。

汪美霞说，去，为什么不去！

祝文华说，我不去！

我和汪美霞登上开往南京方向的火车。汪美霞有气无力地靠在椅背上，一路上几乎一直闭着眼睛，当播音员柔柔的声音说列车前方到达车站是程武车站时，她突然睁开眼睛，望着我：我妹妹说，那孩子和亮亮一样，穿的也是一件蓝白条子的茄克衫，上面全是血……

我说，怎么这么巧？

她摇摇头，哪有这么巧的事！

我望着她，不明白她的意思。

顿了顿，她又说，我妹妹告诉我，那孩子脸看不清了，头变形了，躺在医院的太平间里……

我说，你别胡思乱想，不会是亮亮的。

她愣愣地看着窗外：这孩子木知木觉，连火车声音也听不见，火车开过来了，还在铁轨上走，亮亮不是这样的，亮亮很机灵的。

王美霞像是自言自语，我不知说什么好。

她又说，作兴是他太累了，书包呢，怎么也没了？

我说，这正说明不是亮亮。

她摇摇头，书包一定掉了。

我觉得汪美霞的神经要崩溃了。

我和汪美霞找到S镇派出所。

我拿出介绍信，一个女民警接待我们，她说我们来得正好，她让我们在办公室里的沙发上坐一会儿，她正忙着和一个妇女谈话。那女人战战兢兢坐在女民警对面，一把鼻涕一把眼泪。

汪美霞心神不定，不安地绞着双手，眼睛望着窗外；我看着墙壁上民警值班表，猜想这个女民警的名字。不知不觉中，我被女民警和那女人的谈话吸引。

……

女民警问，你刚才说你怎么碰到那孩子的？

女人回答，他进来问我讨吃的，他说，阿姨，给我点吃的，我好饿。我注意他好久了，他一直在门前铁轨上荡来荡去，有大半天了。

你对他怎么说？

我说，要吃东西回家问你妈要去。

他怎么说？

他说，我家住在很远的地方。

后来呢？

我说，那你干嘛跑这儿来？

说下去！女民警提高了声音。

他说，他想打工赚钱。

不要问一句说一句，详细说。民警拿起笔。

我说，你这么小的人想打工赚钱，是不是不想读书？他说，不是的，我想读书，爸爸妈妈也要我读书，可是，我没读好……

女民警提高声音，怎么又停下了，不要像挤牙膏似的！

那女人抹抹额上的汗，定了定神，继续往下说：我想这男孩子有模有样，挺不错的，要是每天帮我的熟食工场拔猪毛鸡毛倒省下我不少精力，正好我男人出门进货去了，我一个人忙得要死，我就给他盛了一碗饭，盖了点菜，他吃得狼吞虎咽，差点没噎死。我给他一碗水，说，吃慢点，你今年多大了？他说 11 岁。我说 11 岁才长这么点高？他不响。我想他是骗我。吃完了，我就叫他帮我拔猪毛。他身上背了个书包，我叫他把书包放下来，他不肯。我说，你帮我好好干活，我给你工资。他高兴起来，真的？那我赚了钱可以寄给妈妈了！我问他住在什么地方，他不说。我说，你一定犯了什么错误才跑出来的吧，他摇摇头，我没犯什么错误，真的，阿姨，我保证。他拔着拔着，竟睡着了。我想看看他书包里是些什么，就把他身上的书包解下来，我也不识字，里面都是书和本子，铅笔盒里有 3 角硬币……

你为什么不早点报告派出所?

想是想过的，我想让他帮我再做两天，等我男人回来就把他送派出所。

你男人后来回来了为什么你还是没送?

我……我是想送的，看他睡着了做梦喊妈妈，觉得很可怜。第二天夜里，我丈夫回来了，看到椅子上睡着个陌生的孩子，就问我怎么回事。我说是个离家出走的孩子，我让他拔了两天猪毛，明天一早送派出所。没想到，他……他……

女民警严厉地：他怎么说?

那女人支吾着：他……他……

女民警一拍桌子站起来：你不说我没时间和你磨，等警车回来，马上派人去无锡把你丈夫追回来!

那妇女吓了，马上说：黄同志，你别生气，我不是在说吗? 我男人，他……说，这是天上掉下来的好事，前些日子去进货，遇到一个安徽人，要他帮他领养一个男孩子。那安徽人有一个儿子，就做了绝育手续，没想到儿子得了大脑袋病，是脑积水，怕是活不长了，想领一个男孩，他一定重重恩谢，要几万就给几万。我男人说，到哪去弄男孩子，人家抢还来不及呢。那安徽人说，你家住铁路边上，人来人往多，说不定碰上个流浪儿。我男人说，流浪儿也有爹娘，人家哪里肯? 听上去，那安徽人是个暴发户，我男人说，这个孩子要是到他们家，一定有吃有穿，我们也可借机赚一票。我有些不舍得，其实我也想要这个孩子，我结婚好些年了，一直没有生养。我男人说，你要孩子我们自己生就是了，你把他放在家里干活，人家要告发我们雇童工，你吃不了兜着走! 我一听害怕了，说，那就让他走吧，你也别把他送人，搞不好你就成了人贩子。他说，这怎么是人贩子，我又没有去上海把他拐骗来，是他自己撞到我们家里来的。

年轻的女民警飞快地做着笔录。

汪美霞听着听着，皱起眉头，脸色变得苍白起来。

女民警问，说完了？

那女人说，没呢，那晚我们俩说着说着吵起来，男人怪我不生孩子，我说还不知道是谁不会生呢，我男人火了，打了我两巴掌。我怕把那孩子吵醒，连哭也不敢哭。我们俩吵累了，天快亮时睡着了。哪晓得，醒来一看，那男孩不见了。他一定听到我们说的话了。我心想，那孩子走了也好，免得我男人闯祸。我男人一看孩子不见了，懊恼不及，出门去找，找了大半天，回来告诉我，有个孩子被火车压伤了，送医院去了，说不定就是那个孩子。我出去转了一圈，问那些看到车祸的人，压伤的孩子穿什么衣服，人家说好像穿蓝白条子茄克衫。我心想糟了，准是那孩子，他书包还在我家里，要不要把书包交出去，我男人说，你这是自找麻烦，人家问起你来，你说得清楚吗？我想来想去，没有什么说不清楚，我让他在我们家住了几天，给吃给住，难道有什么错？我男人说，要是他没死，把我们昨天晚上的话说出来，不是自找麻烦？我听了，吓了一大跳，想把书包丢掉，又怕被人发觉，只好把书包用一块破被单包了又包，藏在床底下，老实说，我心里也很难受，难受极了！

女民警说，难受？一个月过去了，我们到处发通知，电台里，有线电视里，都有查询启事，你难道没看见？

那女人低下头：看是看见了，我男人不让我说。

女民警说，你男人，你男人！他私设地下熟食工场，贩来死鸡死猪做成熟食卖给镇上的人，你跟他做这昧良心的事，是到清算的时候了，等你男人回来后叫他到派出所和工商所去交代问题。小张！女民警喊了一声，一个穿制服的男青年出现在门口，你跟她回去，让她把孩子的书包拿出来，等我回来后再处理！

年轻的女民警站起来，对我们说，我们走吧，我叫黄莹，你们就叫我小黄好了。

往医院去的路上，汪美霞一声不响，她的手微微发抖。说实在，我真不愿意躺在医院太平间里的那个孩子就是亮亮，我宁愿亮亮的失踪依旧是个谜，让汪美霞的心里永远存在希望，靠着这个希望，她会坚强地活着，执着地寻找。万一那孩子真是亮亮，那么，汪美霞就会崩溃。

一路上，小黄告诉我们，这个孩子是在清晨被火车撞上的。据说，火车来的时候，他好像没有听见，等火车司机发现前面有人，拉紧急制动阀，已经晚了，他被火车撞出十几米远，血肉模糊，脸也看不清。他们发了通知给临近的省市，先后来过十几个家长，都说不是他们的孩子。昨天突然乡里有个推销员来报告，说出事那天早上，他一大早出门去赶火车，经过村头那个做熟食的人家，看见一个孩子慌慌张张从里面出来。他当时很奇怪，他知道这家人家是外来户，借住村里多时，他们家没有孩子的，怎么突然冒出个孩子来？再看那孩子轻手轻脚的样子，怀疑是小偷。但是，这么小的孩子又是这么早的清晨，好像又不可能。那孩子见有人注意他，就朝铁路上一路小跑。那人急着要赶火车，不及多想。后来他在火车站等的那班火车误点多时，听说出了车祸，一个孩子被压死了。他心里打了个寒颤，会不会是刚才看见的那个孩子？他出差一个月回来，听说那孩子还在医院太平间放着，没人认领，就赶到派出所反应情况。小黄他们正苦于没法了结这件事，得到这个线索，立即把私人熟食工场的老板娘带来询问，不料，刚一问，她就哭开了。

边说边走，县医院到了，一幢崭新的大楼耸立在面前，小黄领我们走进旁边一座旧楼，外面阳光明媚，楼里阴气袭人。小黄找到管理停尸房的老人，老人拿着一串钥匙，带我们拐了几个弯，一直走到旧楼尽头。

停尸房到了，小黄说。我的心提到喉咙口，汪美霞的嘴唇在哆嗦，紧紧靠在我身上，我抓住她的手，几乎推着她往前走。

管理员打开冰柜，拉出最下面一格，一块半透明天蓝色塑料薄膜包裹着一具小小的尸体，我们屏住呼吸，紧张地注视着老人的动作。

老人把塑料薄膜一点点展开，露出蓝白条纹的茄克衫，我们俯下身子，一张血肉模糊的脸出现在面前。

亮亮！

汪美霞发出撕心裂肺般的一声尖叫，发疯似地扑上去。我在身后一把抱住她，把她紧紧地揽在怀里，她嚎啕大哭，把头向冰柜上撞去。

一个多月来的焦急、忧虑、凄惘、悲痛的煎熬，全部化成肝肠寸断的声声哭喊……

我们把汪美霞安排在镇上的一个旅馆里，医生给她打了一针镇静剂，她沉沉地睡了一觉。

汪美霞醒来的时候，祝文华已经匆匆赶来，他守在妻子的床头，低着头，无声地流泪。

小黄送来了亮亮那只墨绿底子杏黄色斜条的书包，书包上沾满泥巴。祝文华颤抖着双手，把书包接过来，放在床沿上。

汪美霞直愣愣地盯着书包足有5分钟，突然伸出手，一把抢过书包，紧紧抱在怀里，她把头埋在书包上，再一次泣不成声。祝文华抱住妻子的肩膀，一边抹眼泪，一边说，那个贪心的女人，那个杀千刀的男人，他们不是人，他们是畜生，小黄，你们要为亮亮申冤！

小黄点点头说，这两个人是有错，有没有犯罪动机，还要继续查。

我轻轻地说，美霞，把书包翻开看看吧。

汪美霞终于止住哭泣，慢慢打开书包，掏出铅笔盒，垫板、语文书、算术书、练习本，一样样放在床上。她翻开语文练习册，一页页看过去，一个个稚嫩的字，一句句天真的造句，他的目光停留在最后一页，里面夹着那张考卷，撕坏的地方已经用透明胶纸粘得几乎看不出来。祝文华打开铅笔盒，看见小小的一卷透明胶纸躺在里面。

语文练习本的空白页上，是亮亮写给父母的信：

亲爱的爸爸妈妈：我现在在火车站。我刚才去买透明交（胶）纸，跑到一个文具店，我用猪肚子里的钱买的。我把考卷在柜台上仔细补好，一个阿姨对我说，9点钟了，还不上学？陈老师要我把思（撕）坏的考卷念（黏）好，还要我写检讨，我还没有写，不敢到学校去，回家妈妈也要骂我的，这次语文我没考好，对不起。

亲爱的爸爸妈妈，我现在在火车上，一个叔叔要我跟他到他家里去。我把小队长表（标）志拿下来，小队长不应该逃学。

亲爱的爸爸妈妈，我没有跟叔叔走，我不喜欢他，他自己吃好吃的，不给我吃，我很饿，他去小便，我下车了。

亲爱的爸爸妈妈：我很想打工，占（赚）点钱，把钱给爸爸妈妈买新衣服。剩下的我可以买喔喔巧克力豆，还有买像佳佳那样听唱歌的机器。

亲爱的爸爸妈妈：我想给你们寄信，没有信封和邮票，我没有钱，我用一块钱买了一个馒头，吃完还想吃，我现在还有三毛钱。

亲爱的爸爸妈妈：我在树下睡了一觉，我很害怕，你们快点来接我呀。

上海爸爸妈妈收

就像什么东西刺到汪美霞心的深处，连肉带血，一寸寸撕扯着她，汪美霞痛得又晕了过去……

小黄和我再也忍不住，一起流下眼泪。医生为汪美霞又打了一针，她昏昏沉沉，似醒非醒。

祝文华边哭边说，亮亮啊亮亮，你做啥不说出来呢？爸爸会帮助你的，你没有错呀，你也不用写检讨，我要去告陈老师，我要为你报仇，是她害死了你，什么优秀教师，狗屁！

汪美霞突然说话了：陈老师又没有犯法……

祝文华说，这种时候，你还包庇陈老师，你说说看，亮亮到底是啥人害的，难道是我？是你？对了，你平常要是不对他那么凶，他会有事情不告诉你吗？前三名前三名，就听你嘴里说前三名！你一天到晚要他考前三名，他是这块料吗?

汪美霞有气无力地说，亮亮已经没有了，你怪死我也没有用了。

汪美霞愣愣地看着天花板，眼里再也流不出一滴眼泪。

六

回到台里，台长问我，怎么样，这一趟有没有收获?

我摇摇头，没有。

台长又问，那车站上的孩子究竟是怎么回事?

我还是摇摇头，不清楚。

台长说，你要有耐心，越是质量高的节目，越是要跟踪，等待时机。上次的节目，我们得到了领导的表扬，角度很好，涉及了学校教育和家庭教育的大事，非常真实，只是问题没有讨论透。年底我们要把这档节目拿去参加全国谈话类节目的评奖活动，希望你策划一个下集。

不会有下集了，我心里想，但是我对台长说：我会努力的。

台长听了很满意。

台长走后，我把这次的采访笔记、收集的资料，包括亮亮给父母信的复印件，一张一张撕掉，丢进字纸篓；我把照相机里的胶卷拉出来，变成透明的长条，扔进垃圾筒。

汪美霞的心已经碎了，我不愿意把她破碎的心，一片片掏出来，展示给电视机前的观众。这样的展示，并不能找到亮亮之死的真正原因。

1998 年 4 月

星期四，别给我惹麻烦

一

走出教室，奔进语文教研组办公室，我的眼泪夺眶而出。

几个老师围上来，七嘴八舌：怎么了，怎么了？谁欺负你了？这些学生，见了年纪小的老师就捣蛋，你要对他们凶点！哪个班级？高二（3)班？啊呀，这个班级最头痛，成绩最差……

不不，别这么说！我在心里嚷道，其实，我的第一堂课十分成功。我什么都想到了，只是没有料到最后发生的那一幕。我知道大家想安慰我，可是，他们不了解我。这个教研组的老师，几年前，他们教过我，一个个都是好人，都有一颗不大不小的爱心，但是他们从来没有真正了解过自己的学生，从来没有让学生喜欢他们所教的语文。

我大学毕业回到自己的学校做老师，想暗暗超过他们，我曾经的老师。从进入师大的那一天起，我就藏着一个既渺小又狂妄的愿望——做一个学生欢喜的老师，而且是一个语文老师。我要让学生不再像从前那样，一上语文课就皱眉头。我也不要学生像我们从前那样，见到班主任就嫌烦。要是我的这个愿望让人知道，有人会笑话我没出息，这算什么志向啊？但是，当今校园内，你能找到一个真心喜爱教语文的班主任老师吗？

为了今天这第一堂课，我作了充分准备——仪表上和心理上的准备。我穿了一件米黄色短衫，一条石磨蓝直统牛仔裙。为了我那只有1米57的矮个子，我特意穿了一双白色的高跟鞋。我在办公室的镜子里照了照，觉得自己既端庄又潇洒。

走进教室，一阵小小的骚动。四十五双眼睛九十道目光齐刷刷朝我射来，像摄影棚里导演喊了“lights，camera，action！”（灯光，摄影机，开始！）我的心怦怦跳了几下，脸微微红了。我听见有人轻轻说，这么小的老师啊？还没我高呢！

在说了“同学们好！”“老师好！”之后，我一句话不说，静静地站在讲台上足足有一分钟之久。我的目光扫过每一排座位，一张张青春带着稚气的面孔在我面前晃过，从读小学到今天，他们一个个像春天山里的竹笋，顶着草根、石头、泥土的羁绊和重压，钻啊钻啊，好不容易才钻出地面，鲜嫩嫩显露在我面前。几年前的我，和眼前的他们没什么两样，坐在教室里，等着老师在上课铃声后出现。今天，我却站在讲台上面对他们，感到他们青春的心活跃地跳动，感到他们青春的思想好奇地思索。我与他们贴得很近。

我要做你们的朋友，真的，做好朋友，请相信我。

我转身在黑板上大大地写下“郦玲”两个字，因为用力，粉笔在我手里折断，半截掉在地上。我转过身子，说：“这是我的名字。姓郦的不多，相传古代黄帝有后裔封在郦国，子孙以国名作姓，在今天河南内乡一带。我们这个郦姓，大多凡夫俗子。出了名的，有西汉谋士郦食其，有东汉诗人郦炎，有北魏地理学家郦道元。当代，姓郦的名人更是很少听见。据我所知，有个《文学报》主编姓郦，叫郦国义，还有就是我，郦玲……”

“哄”地一声，同学们笑了，我和他们一起笑。笑完了，我继续说："许多年后，我会有许多学生，他们聚在一起，会谈起一个叫郦玲的老师，这么多人认识我，我也算个小小的名人了。好，言归正传，继续介绍我自己。我是师大中文系95届毕业生。四年前从这所学校毕业后直升师大，今年分回母校。因为你们班主任张老师长病假，我接替她教你们语文兼做班主任。按惯例，班主任应该是有经验的老师来做。我只比你们大几岁，有些担心。不过，我认认真真想过了，年龄小有年龄小的优势。我们年龄相近，更容易沟通，更能互相理解。如果你们把我当成你们班的班长，或者家中的姐姐，岂不更好？总之，我们会成为朋友。"

"理解万岁！"不知谁说了一声，噼噼啪啪，大家鼓起掌来。

稍作停顿，我接着说："今天是开学第一天，我不喜欢开学第一天老师通常做的那样，讲一通语文课如何如何重要，一件重要的事，只有自己体会到了重要，才真正显得重要起来。反复唠叨出来的重要性，只会让耳朵长出老茧。所以，这节课，我想用记者招待会的形式，回答你们的问题。让你们了解我，我们进行第一次沟通，好不好？"

"好！"一双双眼睛亮了，一张张脸喜出望外。

"那么，开始吧，"我手一扬，"请大家提问！"

回答我的，是一阵奇怪的沉默。

谁也不好意思首先发问，我用目光搜寻，他们躲开我的目光。我故意说："如果没有问题，那么，记者招待会只好取消。我来给你们讲高二语文的特点和大纲要求……"

"NO！"同学们又一齐嚷了起来。一个长头发的女同学急忙举起手："郦老师，你能不能告诉我们，你在高中里的语文成绩吗？"

这是我意料中的问题，我说：“很高兴回答这个问题，我的语文成绩一般。我很喜欢文学，但不喜欢上语文课，尤其不喜欢做那些繁琐的句子与段落的理解分析。我相信作家在写那些文章的时候，并不像我们为他分析的那样复杂，那些从他们心里流出的文字，是他们的经历和心中的艺术感觉碰撞的结果，是长期的知识积累和生活积累的产物。为什么用这个词而不用那个词，为什么这样写而不那样写，其实是不需要理由的，理由是被我们这些语文老师分析出来的。”

“就是嘛！”有了击桌赞叹，大家频频点头。

一个男生又举手：“郦老师，那么，你喜欢不喜欢写作文？”

“喜欢，”我肯定地说，“但不喜欢现在语文教育规定的那种作文，那是八股式的，千篇一律的，没有个性的，怎么开头怎么结尾。我喜欢有感而发。比如日记周记，还有给朋友写信，这些都是作文，写起来特别顺手。另外我还喜欢作文讲评课，我希望老师把我的作文读出来，加以评论，那感觉就好像文章发表一样，既担心又兴奋。可惜这样的机会太少，老师说我做作文喜欢胡乱发挥，也就是离题。本来嘛，我很想做作家，既然老师不赏识，我就老老实实当老师。”

大家笑了。

全班都很兴奋，脑袋晃动着，只有一个脑袋一动也不动。那是一个穿黑色T恤衫的男同学，他的双手撑着腮帮，眼睛看着桌面，一副沉思默想的样子。我的眼光在那一头乱蓬蓬的头发上停留了几秒钟，心里疑惑，他在做什么？

一个扎马尾巴的女同学问：“郦老师，看样子，你对语文教育有意见，那么，作为语文老师，你将怎么教我们呢？”

“Good question！不过，是个棘手的问题。我准备采取两条腿走路的方针，首先，我必须按照教学大纲要求，教你们应付大大小小各种考试。如果我不按这个要求教，升学考试就有麻烦，不要说学校不答应，你们的父母也不会答应。我们的教育只有一条轨道，谁出轨，谁就翻车。要考大学，要进各类专科学校，我们只能沿这条轨道开下去。”

我边说边走下讲台，向黑色T恤衫走去。我往他桌上望了一眼，桌上放着第三册语文书，崭新的，没有包过。

“我们现在学写的那些散文和议论文，是为培养作家和理论家作准备的。但是，一个社会，作家和理论家总是极少数，我们不能老是学形容词学套话学不切实际的写作，还做那些繁琐的句子和段落分析。”我一直走到教室最后一排，“我要根据你们每一个人的具体情况，教一种让你们喜欢的语文，也是将来你们的生活和工作都能派得上用场的语文，小到工作申请，大到调查报告，工作总结，甚至情书，情诗，我都要教，这是另一种语文，这不需要考试!”

哄堂大笑。女生们捂着嘴笑红了脸，男生笑咧了嘴。

黑色T恤衫岿然不动。

我转过身，一眼看去，发现那个一动不动的男孩，正津津有味地读放在课桌台板里的一本书。

我惊讶了。哪怕是一个对语文课毫无兴趣的同学，对我举行的这场“记者招待会”也不会无动于衷，他旁若无人痴痴看着的，究竟是一本什么样的书呢?

“回答完毕，还有什么问题吗?”我朝讲台走去。

“郦老师，你有……男朋友吗?”一个男同学把头藏在桌上竖着的语文书后面，轻声而又调皮地问。

又是一阵笑声，教室突然静了下来。所有的眼睛望着我，期待我的回答。

这也是我料到的问题，我大大方方说，“是的，我有一个男朋友，这个问题是我的隐私，我原本可以拒绝回答，但是，一个班主任在同学面前，应该是一本打开的书。你们只有读懂我，才知道能不能信赖我，我们才能够成为朋友。我的男朋友，他是我大学里的同班同学，很爱读书，很爱足球，现在留校当教师。”

我踱到黑色T恤衫身旁，我的手迅速伸进他的台板，轻轻地合上他台板里的那本书。他被吓了一跳，抬起头，露出惊愕的神色。

那是一张消瘦的脸，眼睛不大却很黑。他茫然地眨眨眼睛，似乎还沉浸在小说的情节里。我继续往前踱，我说：

“对了，我还要告诉你们，我和男友每星期四晚上约会。所以，星期四，别给我惹麻烦，我得准时下班，行吗？”

“行！”同学们异口同声。我的出乎他们意料的回答，使他们开心极了。

“那，理解万岁，咱们就说定了！”我也很高兴。

这堂课，气氛越来越活跃，欢声笑语一阵又一阵。

离下课还有十分钟，我结束“记者招待会”，给同学们布置第一课《义理、考据和辞章》的预习要求。我那双高而硬的鞋跟，在教室里发出轻微的笃笃声，我尽量放轻脚步。从同学们趴在桌子上记笔记的专注神情里，我发现他们接纳了我这个新老师。我暗暗得意。

只有那个黑色T恤衫男孩没有动笔，他手里拿着笔发愣。我看着我手里的备课笔记，我眼睛的余光感到他的目光正打量着我。我在他的课桌旁站住，希望引起他注意。

我把背靠着他的课桌上，讲最后几个预习的问题。教室里发生小小的骚动。我发现同学们一个个停住手中的笔，伸长了脖子，朝我的脚边望过来，身后发出吃吃的笑声。

出了什么事？循着同学的目光，我转身，低头，那个穿黑色T恤衫的男孩，正弯着腰，一把透明的尺竖在我的鞋跟旁，正测量我那鞋跟的高度！

这是干嘛呢？在一瞬间的惊诧之后，我非常生气。你上课看别的书，我没说你，只是帮你合上。你得寸进尺，却来量我的鞋跟高度。一节课的好心情，在这一刻被破坏了，我的血冲向脑门。我个子是矮了些，我喜欢穿高跟鞋，这是事实，如今穿高跟鞋满街都是，难道这也值得大惊小怪？

“你这是干什么？”我恼怒地问。

黑色T恤衫吓了一跳，闪电般缩回手，把尺放回铅笔盒。

全班大笑。远处的同学竟然站起来，直朝我脚上看。我不知道同学们是笑他还是笑我，我只感到被人戏弄后的难堪。这是我的第一课，上得如此精彩，却被这小子破坏了！

我感到委屈感到尴尬感到愤怒，我不能忽略他的恶作剧，一定是我把他台板里的书合上惹他不满，他报复我。而且，我的“记者招待会”过于随便，使他觉得我很好欺负。如果我不能刹住今天这个恶作剧，班主任将毫无威信可言。

想到这里，我做出令人意想不到的举动。我猛地脱下我的一只高跟鞋，在那个同学的课桌上“啪”地一放，我说：“你量吧，好好量，如果你觉得这很有必要的话，你量得准确些，然后向大家宣布，郦玲老师高跟鞋的鞋跟是多少厘米！”

他低着头，一声也不吭也不动。

“量呀，你怎么不量了？”我用一只脚站立，逼视他。

他头更低了，仍是不说话。

我说：“你不想听课不要紧，但不能妨碍别人。刚才，发现你看课外书，我原谅了你，”我指着他的台板说，“你一直在看，现在又扰乱课堂秩序，现在，我请你把那本书给我！”

他抬起头，那双黑眼睛求饶似地望着我，还是不动。

“给我！”我的声音严厉。

他无奈地从台板里拿出那本书，不情愿地递给我。我接过来一看——《麦田里的守望者》，这书我读过，是美国作家塞林格的名著，描写 50 年代美国社会 16 岁少年的困惑。看到书名那一刻，我愣了一下，这本书，他是从哪儿弄来的呢？

下课铃声响了。教室一片寂静。每一双眼睛都在审视我。我突然读到了那目光里的惊讶和失望。

我发现自己很失态。我悻悻然把桌上的皮鞋拿回来穿在脚上，我对大家说：“今天的课就上到这里，”又对那男孩说，“放学后，请你到办公室里来一下！”然后，我装作很镇定的样子，走出教室。

“噢噢！”刚出教室，身后传来一片“噢噢”声。一个男生尖着嗓子学着我的声音说“我是你们的朋友！”另一个男生接着说“班主任应该是一本打开的书！”

“哄”地一声，又是一片笑声。

我何苦别出心裁，开什么“记者招待会”？我何必如此坦率把自己隐私兜售出来？现在好，我的这些好听的话成了笑话。

“班主任应该是一本打开的书”，只是这本书刚打开，就要合上了；“我是你们的朋友”，可是，朋友开个玩笑就生气了。

我美丽动听的就职演说，成了虚伪的表演。

二

下午第四节下课铃响起的同时，王一鸣出现在办公室门口。胯肩上背着个又脏又沉的牛仔书包。他是一路跑上来的，气喘吁吁。我给他拉过来一张椅子，他不坐，只是站着，胸口急促起伏。

他身体瘦弱，看上去营养不良；他头发蓬松，好像从未梳理；他的眼睛不大，却很黑很精神地忽闪着。他的神情总是那么专注，就象现在，他看着我，一脸的认真和恳切。即便刚才量我鞋跟的那一刻，也是这样一副神情。我简直想象不出，他会是一个调皮倒蛋的问题学生。

刚才我抹眼泪的当儿，办公室里的老师说了一大通关于王一鸣的事儿。他们说，别看他沉默寡言，看上去安分守己，却不时有些惊人之举。比如，高一下学期的那次期末考试，他竟然作弊。学校为了防止作弊，每逢大的考试，把同一班级的学生拆开，和别的年级混坐一起考。那一次，他旁边坐的是一个初三女生，考的是语文。那女生对那个作文题目愁眉苦脸，也没写出一个字。眼看时间一分一秒地过去，她急得频频向王一鸣发出求救信号。王一鸣考的是政治，也遇到些麻烦。所以，一开始，他并没有理睬那女孩子。可是，在离考试结束 15 分钟，他发现那个女生的作文考卷上还是一片空白。他毫不犹豫抓过她的卷子，稍稍想了想，就写了起来。

这篇在十五分钟里做出的作文，竟然得了高分。尽管批卷的老师后来说，作文内容好像在哪里见过。但是，当堂做出一篇作文，即便模仿，也无可指责。由于学校一向把作文和语文知识分开批改，所以没有发觉那个初三女生的考卷有什么异样。

本来，这件事也就这么平安过去，可是偏偏问题出在誊分数的时候。语文老师叫语文课代表和学习委员来学校帮忙。语文课代表发现平时语文成绩很不好的这个女同学，作文几乎得了满分，很是惊异，就在她的考卷上多看了两眼。这两眼，导致了王一鸣和那个初三女生的灾难。作文的笔迹和试卷上其他笔迹明显不同。疑问提出来，一通追查，王一鸣的笔迹白纸黑字被逮个正着。这件胆大妄为的事，被学校严肃处理，两人被张榜批评，警告处分。而王一鸣的那次政治考试不及格，还犯了可笑的错误，把京剧艺术大师梅兰芳的名字写成香港歌星梅艳芳，更是被政治老师在班里公开批评。

这件作弊的事，闻所未闻，颇为轰动。有人嘲笑这是学校采取考试混坐的“伟大成果”；有人调侃王一鸣英雄救美；有人佩服王一鸣胆大惊人；有人批评王一鸣傻瓜一个。总之，王一鸣赢得不少学生尤其是女生对他的好感。但是据说王一鸣却木知木觉，依然沉默寡言，对外面的议论似乎浑然不知，无动于衷。这件事的后果，不像学校预料的那样，起到杀一儆百的作用。令监考老师大感困惑的是，高低年级混坐考试，出现互相帮助的场景，那些高年级考生走出考场时，嘴里对的答案，竟是低年级学生考试的内容！

办公室里的老师还说，作为一个问题学生，王一鸣思想意识也很成问题。有一次，他父亲到学校告状，说他和王一鸣在家中吃饭时发生争执。王一鸣父亲教育他，他这一辈子，最重要的体会就是，从来没有什么救世主，也不靠神仙和皇帝，要在社会上立一足之地，全靠自己的努力奋斗。他对儿子说，一个好技术员的标志就是要有好技术，一个好学生的标志就是要有好成绩。王一鸣反驳父亲说，那也不一定，人家美国学校学生好不好不光看成绩，还看体育好不好，看女朋友多不多。王一鸣总结说，人一辈子不能光工作，还要生活。父亲一听，火冒三丈，狠狠在他脑袋上敲了一筷子，“胡说八道！这是谁说给你听的？你想学流氓？”王一鸣莫名其妙脑袋上被挨了一下，很生气，放下饭碗就跑了出去，一夜未归，害得父亲在街上到处找他，直找到学校。

从学生登记表上看，王一鸣和父亲住在一起。他父亲是长江机床厂的一名技术员。表格上没有填母亲。这使我动了恻隐之心。她母亲在哪里？是离婚？是病故？是分居？这是个残缺的家庭。按社会学、心理学上的分析，残缺家庭的孩子，尤其是缺少母爱的孩子多半是有些问题的，他们孤僻，冷漠，很难沟通。王一鸣会不会是这样的孩子呢？

“对不起，郦老师……”他急切地说。

我止住他，请他坐下，给他倒了一杯水。他站着，眼睛瞥了一眼墙上的钟，好像要走的样子。

我对他的火气早已平息。实际上，一出教室，我立刻后悔了。我太幼稚了，当时我应该不动声色没事似地把课上完。当我把鞋子放在他课桌上发火的时候，我和我从前的那些不受欢迎的老师有什么两样呢！

办公室的老师一个个提着包，下班了。他们经过我们身边时，都看一眼王一鸣，似乎说，你这个同学呀，总归搞不好了！

“坐呀！”我指指椅子说。

他还是不坐。

“这椅子会咬你？”我说。

他固执地站着，说“郦老师，都是我不好……”说着又看了一眼墙上的钟。

他今天是有事呢，还是想尽早脱身？我不希望他在我面前认几个错，让我把书还给他，然后，转身就走，过后就忘。

“既然你不愿意坐，我们就站着谈。”我站了起来，“你要是有什么事，我尽量长话短说。”

“不不，”他赶紧一屁股坐下，“我没事！”

我重新坐下，我很诚恳地说：“王一鸣，其实，今天我的态度不好，不应该把鞋子放在你桌上，对你发这么大火，让你很难堪。”

他有点惊讶，不相信地看着我，不吭声。我又说：“我对今天的事很后悔，真的。虽然我不知道你今天为什么要量我鞋跟，但是我问自己，如果是一个朋友给我开了一个我不喜欢的玩笑，我会发这样的火吗？显然不会。那么这说明我没有把你当成我的朋友，我向你检讨。”

“不，是我不好。”他低下头。

“我读高中时，总觉得现在的老师不理解我们，我们读琼瑶的书，穿牛仔服，在万人体育馆的口哨声和电筒光照射下，和歌星一起唱流行歌曲。我们开心得发狂，老师们却直摇头。我想，要是哪一天，我做老师，一定比他们做得好，我会和学生一起唱一起跳，因为我理解他们，我会和学生做朋友。所以，我选择了老师这个职业。可是今天，我第一天走上教师岗位，就在我宣布要和你们做朋友的同时，却把一只鞋敲在一个朋友的桌上……”

“郦老师，是我不好!”王一鸣反复说着这句话，他的双手搁在膝头的书包上，不安地绞着书包带。

我希望他能说说自己，可是，他什么也不说。沉默了一会儿，我只好进一步检讨自己，我说：“我很后悔，开什么‘记者招待会’，还不是别出心裁，用居高临下的口气要你们发问，自我陶醉。其实，有些话，我应该以后慢慢说，而不应该还没有行动就先说了出来，这样反而让你们失望。”

“郦老师，你没错，是我不好。”他的目光落在我办公桌上那本《麦田里的守望者》上，“我不该看小说。”

“其实，我很高兴你看《麦田里的守望者》，”我说：“我们大学里的老师曾经推荐我们中文系学生读过这本书。这本小说在50年代美国引起轩然大波，它遭到家长和学校的激烈反对，却受到青少年们的赞赏。那个16岁被学校开除的中学生霍尔顿·考尔菲德，虽然粗话连篇，酗酒抽烟，却想做个‘麦田里的守望者’，在悬崖边观看孩子们在黑麦田里奔跳游玩，等候救助跌落的儿童……”

“郦老师，你别说下去，”王一鸣着急地说，“我才看了开头，如果知道了故事结果，我大概就没兴趣看下去了。”

我笑了，“好，我不说，不过，这本书大约你知道了结果还会想看下去的。顺便问一声，这本书是哪里来的？现在的同学并不晓得有这样一本书啊。”

“是……我妈妈给我的。”

“你妈妈？她在哪儿？”

他再一次看看墙上的钟，突然不安起来，“郦老师……我能不能下次再告诉你？”

不知道是什么样的急事在等他，谈话刚开了头，就要结束。我很失望，但又不能操之过急，我只好说：“那好吧，我们今天就谈到这里。”

他站起来，眼睛看着桌上的那本书，不挪步子。

我把书拿起来，翻了翻，这才发现，原来这是一本中英文对照本。看来，他妈妈很懂得如何培养他的英文水平和文学修养。我把书递给他说“等你看完了，我们一起谈谈体会，好不好？”

他点点头，接过书，如释重负。他感激地朝我笑笑，往门口走去。突然，他犹豫了一下，停住脚步，转过身来对我说：

“郦老师，今天是星期四。”

“是啊，是星期四，怎么了？”

“星期四，我给你惹麻烦了，你千万别忘了！”

我恍然大悟。原来，他的频频看钟，是为了我那句“星期四，不要给我惹麻烦”的话啊！

我好一阵感动，我忙说：“谢谢你提醒，我没忘。今天我们是在校门口碰头，如果你愿意，我带你一起去看他！”

他不好意思地摇摇头，说：“不了。”

他的消瘦的背影连同那鼓囊囊的书包一起消失在办公室门外。我坐在那里，呆了好一阵。这是个多么奇怪的孩子呵！

三

不久后的一天，上语文课。我发现王一鸣心神不定。他时而望着窗外，时而趴在桌上，不象以往那样，做什么都一副专注的神态。我提问的时候，他把头深深埋在前排同学的身后，躲避我的目光。我不得不请他起来解释一段古文。他慌慌张张站起来，一把抓过同桌的语文书。

“怎么了？”我问，“你的语文书呢？”

他嗫嚅着说：“掉了！”

“掉了？怎么掉的？”

“放在书包里，书包掉了……”

全班大笑。

书包掉了？！一个高中二年级的学生，书包掉了？！如果不是在上课，如果我不是他们的老师，我也差点笑出声来。

我问他在哪儿掉的，他愣了一会儿说：“不知道，我进校门的时候，想掏书包里的学生证，发现书包没有了！”

又是一阵笑声。

我知道他上学要乘两部公交车，那么，是在公共汽车上弄丢的？但是，书包挂在肩膀上，怎么会丢呢？除非他的书包带子不牢，他那个又脏又沉的牛仔书包很旧，可是，偌大的一个书包掉下去，人怎么会没有感觉？

我问：“那你为什么不去找？”

“一进校门就打上课铃了……”

“书没了还上课？”我又气又好笑。“还不快去找！”

像获得大赦令，他连忙跑出教室。我把他叫回来，问道：“你上哪儿去找？”他茫然地摇摇头。我建议他先到公交终点站问问，“快去快回！”我说。

等他消失在走廊尽头，我回过来上课。当我走过王一鸣课桌时，朝他台板里一望，发现有本书，还是那本《麦田里的守望者》。我纳闷，书包丢了，这本书怎么没丢呢？同桌告诉我，王一鸣上学路上看小说太入迷，书包才丢的。我不明白，这样薄薄的一本书，王一鸣怎么看了这么多天？

下了课，我回到办公室，给公交公司和派出所打电话，希望能为王一鸣的书包找到一点线索。我很为他担心，要是找不到书包，麻烦还不小。开学几星期了，要重新买齐一学期的书本练习册不容易。他父亲知道了，一定不会饶他。怎么办呢？

在我打电话的时候，办公室里的老师开始笑话我。他们七嘴八舌，有的说，高中生丢书包，当了几十年老师没碰到过；有的说，这个班级接二连三出的事，都具有小儿科性质，郦玲成了小儿科医生了；还有个老师说，这下可好，王一鸣回家免不了一顿皮肉之苦，他父亲很厉害的，上次为儿子的一句话，来质问我们学校怎么教育学生的，这回我们倒要问问他，怎么教出一个丢书包的儿子！

正这么议论着，王一鸣出现在办公室门口，头上热汗直冒。

"郦老师，找不到。"他垂头丧气地说。

我问他早上什么时候出的门，走的哪条马路，书包背带牢不牢？他都含含糊糊，说不清楚。他说，好像前几天他爸爸给他缝过书包，他想让爸爸买个新的，爸爸没答应。

我决定陪王一鸣再去找找。万一找不到，我应该陪他回家，我早就想和他父亲谈谈。我要告诉他，大不了把买不到的课本练习册复印一遍，课堂笔记问同学借来抄一遍。毕竟这不是什么原则性错误。可是王一鸣死活不让我和他一起去找书包，他说书包一定能找回来的，人家捡到也没有用。我说，我也相信能找到，但是，我希望早一点找到，不要耽误他的学习。

我们沿着王一鸣下了公共汽车后步行的路线一家家商店、一个个单位问过去。“请问，你们看到一只书包吗?”“没有!”“请问，你们看到一只牛仔书包吗?”“没有。”“请问你们看到一只牛仔书包吗? 我们掉了一个书包。”“什么? 掉了书包? 帮帮忙，没看到!”“请问你们看到有谁捡到一只书包吗?”“谁会去捡一个书包? 又不是钱包!”

回答都令人绝望，这样找下去希望十分渺茫。问着问着，我觉得好像我们正置身在一个故事里。书包是故事中一件具有象征性的东西。其实书包并没有丢失，它藏在某个我们看不到的地方。只要知道“芝麻，开门吧!”这样的秘诀，我们就能找到它。那么，故事中的这个秘诀是什么呢?

王一鸣不知道我在胡思乱想，他依旧像个闷葫芦，脸色越来越沮丧。我也没了信心，但是，我不能表现出来。我说：

“我从前和你一样，喜欢在路上看小说，那时看得最多的是琼瑶的小说，好几次，乘车乘过了头，还有一次，撞到电线杆上，把眼镜撞坏了。现在想想真好笑，琼瑶的那些故事只不过是梦，一个个女孩子的梦。”

“武侠小说呢，难道也是梦?”他开口了。

“也是梦，武侠小说是男孩子的梦。不过，梦也很有意思，有梦总比没有梦好。”我回答说，“不过，再怎么喜欢，最好不要在路上看书，眼睛要看坏的。”

“我并不想在路上看，只是在家里，爸爸不让我看。今年暑假，他把我的武侠小说统统当废纸卖掉了。”他忿忿地说。

“看小说起码对写作文有帮助，他怎么能这样?”我觉得他爸爸太不讲道理。

“我那次考试帮人家做作文受处分，他惩罚我。”

“你也真糊涂，怎么能做那样的事。不过，听说你那次做的作文得了高分，写什么？”

“题目是《留在心灵深处的记忆》，我曾经做过一篇怀念外婆的作文，她说过的一句话我一直记在心里，就把它搬到那篇作文里。”

“那是一句什么话？”

“冬天不要砍树。”

“冬天不要砍树？”我回味这句话，“太棒了！”

我爸爸把我的那些小说书捆好拿出去卖的时候，我哭了，王一鸣说，我求爸爸，别卖到废品站，卖给旧书摊吧，他说，什么，你还想害人？我不能让这些书再去占有其他学生的宝贵时间，我要让它们成为纸浆！

有这么狠心的父亲，我很为王一鸣感到难过。过了好一会儿，我才想出一句安慰他的话，我说：“比武侠小说好看的书多得是，像《麦田里的守望者》，他总不会反对吧？”

“他只叫我看《钢铁是怎样炼成的》，这是他为我买的唯一的一本小说，再说，他根本不知道我有《麦田里的守望者》这本书。”

“为什么？”

“因为是妈妈给的。我妈妈去美国10年了，没有回来过。一开始，妈妈要爸爸去陪读，爸爸说，哪有男人为女人陪读的？后来，他们老在信上吵架，再后来，信也渐渐没有了。前年，我爸爸把家里凡是妈妈的东西全处理了，从此，不再提妈妈一个字。这学期开学那天，我姨妈到学校找我，交给我一封妈妈给我的信和这本书，妈妈在信上说，她很想我，想让我去美国读书，还送我这本《麦田里的守望者》，中英文对照的，说这是美国名著，让我好好学英文，多读各种各样的书。”

我脑海里浮现出开学第一天，他在课堂上看那本书的情景，难怪啊！我问：“你想去美国读书吗？”

“想是想，可是，我不舍得爸爸，这十年，爸爸太辛苦了。”

我不知道王一鸣的内心有这样的痛苦，有这么大的无奈。我忙把话题扯开，“那么，你喜欢《麦田里的守望者》吗？”

“很喜欢。”他说，“我已经读第二遍了，英文连看带猜，也读得懂。”

“里面有许多脏话，女同学都不大喜欢。”我说。

“这是事实，我们男生嘴里常常有这些‘标点符号’的，开心和难过的时候，就会从嘴里冲出来。我不在乎书里有这些脏话，我在乎的是霍尔顿内心的想法，那么真实可信，作者如果不是亲身经历，怎么能写得这么好！”王一鸣激动起来，“我真喜欢霍尔顿的妹妹菲必，她和哥哥感情那么好，哥哥被学校开除，很苦闷，怕父母骂他，只好乘天黑悄悄溜回家和妹妹讲心里话。尽管妹妹嘴上口口声声说‘爸爸会要你的命’，可是心里爱他爱得要命。霍尔顿后来想离家出走，去西部闯荡，临走，约妹妹从学校出来，想把妹妹借给他的圣诞节的钱还给他。没想到，菲必打定主意和他一块儿走，不顾哥哥对他发火想揍她，看到这里，我直想哭。我真羡慕霍尔顿有这样一个好妹妹……”说到这里，他叹了口气，抬起头望着远处的红绿灯，好一会儿说不出话来。

我静静地看着他，我知道他心里一定还有很多很多话想说，我不能惊动他。

“可是我们呢，郦老师，你想想我们，”他把目光收回来，注视着我：“我们这一代，没有哥哥，没有妹妹，大多是独生子女，老师、父母亲整天要我们学习学习，我们连小说电视都不能看，我们心里有话找谁去说？我们有牢骚和谁去发？我们发火的时候，能和谁吵架？”说到这里，他突然顿住了，大约觉得自己过于激动。

我只是惊愕地望着他，我能对他说什么呢？我该怎样安慰他呢？我又能帮他什么忙呢？我只是长久地沉默。

半晌，我说：“如果你愿意，以后，你就和我说话，和我发牢骚，和我吵架！”他摇摇头，说：“那是不一样的，你到底是老师。”

四

书包还是没有影踪。

天色暗下来的时候，我和王一鸣走进市郊一幢六层楼公房。楼道里堆满杂物，墙壁上灰蒙蒙，斑驳脱落。这里是王一鸣的家。

正是晚饭的时候，各家各户的厨房发出忙碌的响声，楼道里充满了油烟味。虽然王一鸣执意不让我来，可是当我们一起上楼梯的时候，他轻声地说：“有你在，爸爸就不会发火了。其实，被他骂两声倒没什么，我是怕他一发火，血压就升高。”他还说，他爸爸看起来很严肃，可是心地特别好；他工作特别顶真，还常常帮左邻右舍和朋友的忙，“其实，我很想和爸爸做朋友，但是，这比登天还难！”

“爸！”王一鸣开了门，怯怯地叫了一声。屋里一片寂静，他爸爸不在。“平常，爸爸这个时候应该回家了。”他说。

跟着王一鸣从门厅里走进房间，一脚绊在横在房间门口的一只球鞋上。“郦老师，当心！”他打开电灯，房间里的景象惨不忍睹。家具灰蒙蒙的，一张吃饭桌和一张书桌上堆满各种杂物，书、饭锅、菜碗、热水瓶、淘箩。东西两面墙各放着一大一小两只床，小床上的被子没有叠，和枕头堆作一团，几件衣服散乱地扔在床上。

王一鸣不好意思地撸了撸脑袋，说：“今天早上睡迟了，来不及铺床。”

我笑笑：“没关系，我来帮你理。”

“不不，”王一鸣急了，“爸爸不知什么时候回来，你还是先回家，我自己会理的。”

我说：“来也来了，我想等等你父亲再说。”

王一鸣说：“你一定饿了，我去煮方便面，我们一起吃。”

我没有阻止他。乘他在厨房忙，我帮他理房间。我先把吃饭桌子理干净。王一鸣从厨房里探出脑袋，无不担忧说：“郦老师，我很怕人家捡了书包，把它扔到垃圾箱里。”他仍在牵挂他的书包。

“怎么会呢？总该看看是什么东西再丢，本子上有学校和你的名字。”我说。

“那书包很脏，用了3年了，从来没洗过。”

“这就是你不对了。”我弯腰拿起横在房间门口的一双球鞋，把它们放回王一鸣睡的小床底下，“你应该学会洗自己的东西，不要老让爸爸洗，他够忙的，你说是吗？”边说，我顺带把床底下那些积满灰尘的旅游鞋、拖鞋拍了拍，用一张旧报纸盖在上面。

突然，我的目光被角落里一双乳白色的女皮鞋吸引，它不像其他那些鞋又旧又脏，沾满灰尘。这双鞋一尘不染，闪着幽幽的光。在这仅有两个男人的世界，怎么会有这样一双漂亮的女皮鞋？我拿起来，对它端详了一会儿，莫不是他爸爸……

“郦老师，面条好了！”王一鸣走进来，见我正对着那双皮鞋发愣，忙说：“哦，这是我妈妈的鞋。”

他把两碗面条放在桌上，从我手中接过鞋子，轻轻地抚摸了一下，说：“暑假里，我在家闲着没事，把小时候的玩具箱搬出来整理，发现里面有一双妈妈的鞋子，我真高兴啊！我们家妈妈的东西都没了，爸爸不许我提起妈妈。所以，我就悄悄地把这双鞋放在床底下，爸爸不在时拿出来看看，我觉得那上面好像有妈妈的气味。你发现吗，这双鞋和你脚上穿的那双很像，只是，后跟比妈妈的这双高……”

“哦，原来，这就是你量我鞋跟的原因？”

他不好意思地点点头。

我很内疚，我说，“当时我以为你嘲笑我长得矮呢！”

“怎么会呢？我妈妈也很矮。那天，我的姨妈刚刚给我送来妈妈的书和信，你知道，妈妈已经一年多不来信了，我真的很想她。所以，看见你那双鞋，我自己也不知道怎么会从铅笔盒里拿出尺量了起来。同学们后来笑我有毛病，我也非常后悔。我想，那一刻，我的脑子一定出了问题。”

“不，你没问题，我完全理解。”我肯定地说。

“真的？”

“真的。”

王一鸣笑了。

王一鸣弯下身子，小心翼翼把他妈妈的鞋放回床底下角落里。我为他铺床。

就在我把堆在床上的被子猛地一抖的时候，一个奇迹出现了——那只又黑又脏的书包赫然躺在枕头旁。

“看，书包不是在这里吗！”我叫了起来。

真的啊！王一鸣直起身子，定睛一看，哈哈！他大笑起来，“我书包找到啦！书包找到啦！”他把书包紧紧抱在怀里，“我找得你好苦哇！”

“你怎么没有把书包带出家门呢？”我奇怪地问。

“让我想想，今天早上，等爸爸一上班，我就捧起那本书看了起来，爸爸在的时候我绝对不能看，看着看着，我出了门，把书包给忘了！”

“你真是个糊涂虫！”

“哈哈哈！”我们俩一起大笑，直笑得眼泪流了出来。

好不容易笑完了，我说：“我任务完成了，乘你爸爸还没回来，我得赶紧离开。”

“那面条怎么办？”王一鸣指着桌上的面条说，面里的汤已经涨干了。

“你一个人吃吧，今天你够辛苦的。”我说。

“郦老师，今天你要是不陪我回来，我大概会像霍尔顿那样，在外面过一夜了。”

送我出门时，王一鸣又说，“上次爸爸打我，我一夜没回来，爸爸害怕了，后来反而对我好些了，我发现关键时刻用这个办法挺好。”

“这可不行！”我严肃地说：“做这样的事太危险，答应我，以后不在马路上过夜。”

他点点头：“好吧，其实，在外面过夜的滋味很不好受，困得要命，又不能睡觉。”

经过楼底的邮箱，王一鸣取出晚报，突然一拍脑袋，大叫一声“糟糕！”

“怎么了？”我吓了一跳。

“今天是星期四啊，郦老师，我又给你惹麻烦了！”

“星期四？真的，是星期四，怎么这么巧？我竟然也忘了！”我看了看手表，8点多了，约会时间过去两个钟头，今天应该在我家碰头的。

“这怎么办呢？”王一鸣急坏了，“都是我不好，你不知道，我妈妈从前和爸爸吵架，常提起爸爸为了工作失约的事，她等了半个多钟头，淋了雨，后来生了一场肺炎……”

我可没那么严重，我安慰他：“放心，我们没事的，他很理解我。”我走到马路上，伸手招出租车，我得赶回家去。

“都是我不好，”王一鸣跟在后面，歉疚地说，“专门在星期四惹事！”

“看来，我得改一改约会时间了。”我笑着，坐进出租车。

五

星期五的班会课，我让大家做一件特别的事：给每个同学写优点。我发了一份全班同学的名单给每个人，每个名字下面有一行空格，为的是让别人写出这个同学的优点。我告诉大家，这是匿名的，不用签自己的名字，只要实事求是。交上来后，我把每个人的优点汇总整理出来，单独发给大家。

“噢哟，烦死了，”有的女生噘着嘴，“真没意思！”

有的男生讥讽地说：“像幼儿园里的小人，小儿科！”

“我不勉强你们，同学们，这是自愿的。”我说，“我们以为自己最了解自己，其实是有偏差的。比如，一个很悲观的人，会看不到自己的长处，于是枉自菲薄；一个过于自信的人，会过高地估计自己，于是衿才使气。但是旁观者清，因为，旁观者看你的角度不同。所以我让大家专门找别人优点，为的是让每个人更全面地了解自己，鼓舞士气。以后，也许我还要让大家帮找别人缺点，给每个人敲敲警钟。如果你们想全方位的了解自己，那么你们不妨试一试，一定很有意思。”

下课的时候，我收回四十五张写满每个同学优点的纸。他们写得极有文采。他们不像班主任写评语那样，什么学习认真，关心集体啦等等，他们时而幽默，时而调侃，有鼓励，也有希望，使我喜出望外。我特别注意大家对王一鸣的评价：

“见不得别人有难，才落个作弊的名声——冤枉！”

“哪怕一个球守不住，也会全力以‘扑’——勇猛＋执着。”

“宁愿吃亏，也不说假话。”

“想做的事，大象也拉不回，棒极了！”

“良心太好啦，上了假装丢钱包骗子的当！”

……

这些具有高度概括力的生动活泼的评语，看得我一愣一愣，打心眼里笑出声来。

我把我的男朋友叫来，整个周末，让他和我一起整理这些珍宝。他很奇怪我怎么会想出这个办法，他怀疑这样做的效果如何。我说我并不认为同学们在看到这些优点后，一夜之间突飞猛进。我只是为他们架起一座互相沟通的桥梁，尽管他们每天在一起上课，可是有的同学相互之间一年也没说上几句话。我想为他们增强信心，学习的重负常常使他们感到压抑。我更想让他们留下一份高中生活的珍贵记忆，美好的回忆使人振奋。

把“优点”发给大家的那天，班上像过节一样喜气洋洋。站在讲台上望去，竟有秋高气爽的感觉。一张张兴奋的脸，先是有些紧张，接着感到意外，看完之后，是溢出眼睛嘴角的笑意。接着，有人提出互相交换，有人捂着不放，十分热闹。

只有王一鸣，好像害怕似地，许久不敢去看那张纸。他的两肘压在纸上，左看看，右看看，人人都低着头。他终于忍不住，悄悄瞄了一眼，立刻就被吸引住了。他飞快地看完后，轻轻地舒了口气，抬起头，正遇上我的目光。他接住我的目光，笑了。眼睛有些亮亮的湿润。

一个主意就在这一刻冒了出来。

下课后，我找到校长，要求查阅王一鸣作弊受处分的材料，找到那次初三语文考试的考卷。颇费了一番周折，我终于读到了那篇王一鸣替初中同学做的作文：

留在心灵深处的记忆

7岁的时候，我跟妈妈去苏北的外婆家过春节。外婆住在一个小镇上。有一天，下起了大雪。我和表哥表妹在姥姥家院子里堆雪人。我们用红萝卜给雪人安了个鼻子，用煤球做了两只眼睛，把舅舅的草帽戴在雪人头上。表哥说，雪人手里应该还有一把扫帚。我们看见院子里有一棵枯萎的小树，树杆像外婆灶堂边的烧火棍，树皮已经剥落。我轻轻一扯，就折断了一根小树枝。表哥说，反正这棵树死了，不如砍下来，插在雪人手里。这时外婆拄着拐杖出来了，她对我们说："这棵小树，看上去不行了，但是说不定明年春天就会长出叶子。乡下人都知道，冬天不能砍树，尤其是小树。像你们这些孩子一样，小树的命长着呢，不像我，说不行就不行了。"

第二年暑假，我又跟着妈妈来到外婆家。外婆在那年冬天已经去世！院子里那棵小树却长高了！树杆上长出暗青色的树皮，树枝上长满茂密的绿叶。我想，要不是外婆，这棵树早被我们砍掉了，外婆真好，想到这里，我哭了。

如今，10年过去了，我再没有去过外婆家。我常常想起那棵树和我的外婆。那棵被外婆救下的树一定长得又高又大了。这10年，我碰到许多困难，有过许多伤心的事。我有时很困惑，有时很烦恼。我常常被老师批评，被爸爸呵斥。我在学校里抬不起头来，在家里没人理解，但是，只要我一想起外婆的话和那棵树，我就觉得还有希望。也许我就是那棵枯萎的小树，只要春天来了，一切就会好起来。

"冬天不能砍树"，外婆说过的这句话，永远留在我的记忆深处。

我把这篇作文拿去复印了好几份。我对校长说，这篇作文很感人，我要将它派用场。校长大惑不解：这是一篇作弊的作文，你想折腾出什么花样？我说，我反对作弊，但是不反对这篇作文的内容，它的内容超出了语文教育的范畴。

回到办公室，我给王一鸣的父亲写了封信，我在信上说：

王一鸣爸爸：

你好！

今天我给你寄上两份材料。一份是我们全班同学在班会课上为王一鸣同学找到的优点，另一份是王一鸣曾经做过的一篇作文。为的是让你对自己的儿子多了解些。我觉得，我们现在的家长，大都不懂子女；我们现在的学生，大都不和父母交心。问题究竟出在哪里？我想探究其中的奥秘。相信你在读过这两样东西后，会有许多话要说。希望我们能约个时间谈谈。

王一鸣班主任郦玲

几天后的一个下午，我正在办公室改作业，王一鸣急匆匆向办公室走来。“郦老师，我让你看一样东西。”说着，他从胸口小心翼翼掏出一封信，“这是我早上起来，在桌子上发现的，是爸爸写的！”

我急忙打开信，一口气读了下去。

一鸣儿：

昨天晚上，在你睡着的时候，我站在你床前许久许久。我和你朝夕相处，却不敢面对你。我对你太严厉，几乎不近情理。自你妈妈走后，我和你相依为命，我非但没有代妈妈多给你一些温暖，相反，对你百般挑剔。我不许你睡懒觉，哪怕星期天也不给你一点自由；我不许你看足球赛，一到 9 点半就把你赶到床上。我看不惯你的头发，听不惯你喜欢的歌。对你拿回来的成绩单，我没有一次满意。你考了 97 分，我问你，还有三分哪里去了？你考了 67 分，我就把你的考卷狠狠扔到地上。我心里以为这是为你好，响鼓也须重锤，何况你不是一面响鼓。我想把你锤炼成一个自律很严的青年，一个铁骨铮铮的男子汉。那知道，事与愿违，你越来越沉默，和我离得越来越远。小学里的时候，哪怕我几分钟前还在骂你、呵斥你，可你在临睡前还要来搂搂我，说声再见。突然间，这一切没有了，一去不复返。你总是避开我的眼睛，避免和我交谈。直到那一天，为了惩罚你作弊，我把你心爱的武侠小说拿到废品站卖掉，你的眼泪使我心烦，却没有让我心软。

今天晚上，我收到你老师的来信，我感到我的身体发生了地震！我从来不知道你身上有这么多优点，起码我从来没有认真想过。朝夕相处的父亲不了解自己的儿子，而你的同学却知道得这样清楚。我想过来抱抱你，却怕把你吵醒。我惊奇地发现，你竟然长得那么高，几乎占据了整张小床。这是什么时候发生的呢？你就像外婆院子里的那棵小树，顶着严寒，顽强生长。而我，为这棵小树到底做了什么？明天早上，我该怎样面对你？我是多么的惭愧！于是我在你的桌前坐下，写下这些话。

儿子，你能原谅我吗？原谅一个不称职的爸爸。明天，当你睁开眼睛的时候，这世界已经发生了一些变化，爸爸已经不是从前的爸爸。你不要感到惊奇，这是你和你的老师教育了我。请你相信我，因为我非常爱你。对于我来说，除了你，这世界上没有一个比你更亲的人了……

爸　爸

读着这封信，我泪流满面。这些日子，虽然我嘴上不说，但是我对王一鸣的父亲没有一点好感，我觉得他是一个冷酷无情的人，因为冷酷，妻子离开了他。但是，这一刻，我被感动了。

“郦老师，谢谢你！”王一鸣激动地说，“你不知道，今天早上我上学的时候，觉得天气从来没有这样好过，天特别蓝，空气特别清新，我就一路奔啊奔，奔到学校里来了。”

“你没乘公共汽车？”我问。

“没有，我跑了近一个钟头，和乘公共汽车花的时间差不多。”

“你疯了！”我说，“八九站路呢！”

“一点也不累。我还想，以后我就这样，每天锻炼一次，身体一定会很棒。踢足球的时候，同学们就不会老让我守球门了。”

“还是要量力而行。”我说，“顺便告诉你，下星期语文课外阅读，我想把《麦田里的守望者》和你的那篇作文介绍给大家，然后组织同学们讨论。”

“真的？太好了！”王一鸣说，“如果将来我能做作家，一定写一本《教室里的守望者》，就写你，还有写我，我爸、我妈。”

“这主意倒不错，你记得那本书里怎样描写主人公霍尔顿的白日梦吗？”我背诵着，“孩子们都在狂奔，也不知道自己是往哪儿跑，要是有哪个孩子往悬崖边奔来，我就把他接住，我整天干这样的事，我只想当个麦田里的守望者，”我问王一鸣，“是这样写的吗？”

“是的，是这样写的。”

“那么我呢？一个教室里的守望者，整天守着你们这一群，很有意思。也许等不到你写那本小说，我就先写了，故事一定很精彩。我现在就把最后一句话想好了。”

“是什么？”

“当老师真好，真的。”

1996 年 5 月

绝　密

亚亚放学回来，打开家门，穿过客厅，踮着脚尖直奔自己的房间。亚亚拉开写字桌抽屉，从最里面角落那本封面是李宇春的杂志底下，取出自己的日记本。本子是浅蓝色的，像晴日的天空；本子下方是一排粉红色的花朵儿，像一张张笑逐颜开的脸。本子的右上角，是两个英文单词“Top Secret ”（绝密），这是亚亚特意用红色水笔写上去的。亚亚捧起本子，轻轻地翻到日记最后一篇，惊喜地扬起眉毛，小声地说，哇，你竟然还在啊，My Baby！她翘起兰花手指从日记本里捻起一根黑黑柔柔的长发，这是自己头上拔下来的。亚亚把那根长发放在嘴唇上亲吻了一下，噢，你真行，帮我看守日记，谢谢你啦！

亚亚把头发重新夹进日记本，本子插进书架上一大堆考卷中，她得意洋洋，哼，老妈，我打一枪，换个地方，看你还找得着我的日记吧！

亚亚坐下来写作业，她用原子笔顶着下巴颏，美滋滋地想，老妈这个人，其实还蛮好骗的噢！

亚亚和妈妈之间的关系最近出了点问题。自从考进高中，妈妈对亚亚很不放心，管头管脚多了起来。妈妈是一家杂志社的主编，闲暇也写点散文随笔什么的，混了个“作家”的称号。从前，妈妈只管亚亚吃饭穿衣睡觉，学习全靠亚亚自己。可是现在，妈妈变了，每次吃饭，妈妈就会问一连串的问题：最近学校怎么样啊？班主任老师严格不严格呢？你那同桌叫什么名字？是男同学还是女同学？哪个学校考进来的？他成绩好不好？

开始亚亚还认认真真回答，后来，妈妈得寸进尺，问题越来越多：你那同桌父母亲做什么工作呢？家住什么地方？他每天上学乘车还是骑自行车？亚亚被问得烦透了！亚亚说，老妈，我又不是户籍警，我去打听人家这么多事情干什么？妈妈说，我只是随便问问，有什么关系？亚亚说，你真要想知道，我把他叫来你直接问，行吗？

妈妈不响了，妈妈有好一阵不再东问西问。爸爸一天到晚在外面忙，晚饭不是亚亚一个人吃就是和妈妈两个人吃，饭桌上的气氛有点沉闷。亚亚故意说些学校趣闻给妈妈听，妈妈心不在焉。

有一天，妈妈突然问，亚亚，我考你一个字，点缀的“缀”字怎么写？亚亚说，谁不会呀，绞丝偏旁四个又。原来你会写啊，妈妈笑了，你以前粗心，老写错别字，现在进步了！妈妈很少表扬亚亚，妈妈的名言是“响鼓也要重锤”，凡是批评亚亚，最后就用这句话做总结。这回妈妈说，亚亚到底是“响鼓”！亚亚才不爱听，谁要做响鼓？响鼓有什么好？越响的鼓，敲的人越多，痛也痛死了！

可是得到妈妈表扬，总是快乐的。

第二天吃晚饭，妈妈又开始问了，亚亚，我再考你个字。亚亚很自信说，老妈，请开始！妈妈问，“笑得合不拢嘴”，是哪个“拢”字啊？亚亚说，竹字头，下面一条龙。妈妈扑哧一声笑了起来，你说的是笼子的“笼”啊，“龙”被装在竹筐里，还笑得起来吗？亚亚忙说，哦，错了错了，应该是挑手旁一条龙，我这可是口误！

妈妈瞥了她一眼说，但愿是口误，考试的时候，一个错别字可是要扣掉一分的！

晚上，亚亚翻开日记本，不知怎么心里咯噔一下，奇怪啊，妈妈问她的两个字，都是她日记里写过的，她翻开前两天的日记，原来，她把“点缀”写成“点縋”，亚亚自己都感到莫名其妙，她并不知道“縋”是什么意思，一定是自己困得不行犯下的错误。可是昨天那篇日记，还真的把“拢”写成了“笼”！这么说，妈妈偷看自己日记了！明明本子上写着“绝密”两字，妈妈还故意侵犯别人隐私，亚亚生气了。可是妈妈毕竟是妈妈呀，亚亚又能把妈妈怎样呢？

日记还是要写的，亚亚不会因为妈妈偷看自己的日记就不写日记。亚亚已经是高中生了，高中生亚亚多了些许烦恼也多了些许欢乐。每天，都会有些小感觉突如其来，令她的心悸动。她曾希望有一个上锁的抽屉，储藏她内心的小秘密，但是她房间的写字桌从来没有锁，她不好意思跟妈妈说。于是亚亚只能把愿望寄托在这本小小的日记本上。日记不像周记那样要交上去让语文老师评头品足，日记是一个倾诉心灵的巨大空间，可以无限自由地表达自己。亚亚觉得自从开始写日记，生活变得意味深长。

可是，突然之间，这个自由的空间被妈妈打破了。亚亚感到沮丧。亚亚的同桌，那个妈妈老是想打听的男孩子李灏安慰亚亚，没事，李灏说，我老爸也会偷看我的日记，李灏对付爸爸的办法就是在日记里夹一根头发，头发要是掉了，就说明爸爸看过了，头发没掉，说明爸爸没看。亚亚撇撇嘴，觉得这办法好是好，可还是不能阻止妈妈偷看，头发掉了，你明知她偷看了，拿她怎么办？李灏说，那就看你怎么灵活运用啦。

亚亚想啊想啊，想出一个对付妈妈的办法。亚亚写了一篇谴责妈妈偷看的日记，诉说自己得不到妈妈的尊重和信任而感到伤心，她认为，偷窥别人的心灵，和窃取别人的财物，没有本质的区别。不过，为了怕妈妈不高兴，她最后说，毕竟妈妈是很爱自己的，她也爱自己的妈妈。写完，亚亚拔了一根自己的长发夹在日记本里，把日记本放在妈妈明显看得到的地方。

一天过去了，又一天过去了，亚亚那根长发老老实实躺在日记本里，没有被动过的痕迹。亚亚有些失望，老妈呀，让你看，你又不看了，算了算了，你不看拉倒！绝密文件要有绝密方法保护，亚亚把日记本每天换一个地方藏起来。

这天，亚亚发现妈妈在餐桌上给她留了一张字条，让她看当晚 7 点钟电视台“观点碰撞”节目。奇怪，亚亚想，又不是周末，妈妈怎么会让自己看电视呢？不管怎样，看电视总是开心的事，亚亚准时打开电视。

亚亚惊讶极了！亚亚一眼看见妈妈坐在嘉宾席上。一个主持人、三个嘉宾和一群观众讨论一个题目：要不要给孩子一个带锁的抽屉？

这话题太有意思了，亚亚嚼着玉米片，喝着可乐，目不转睛看着电视屏幕，兴致盎然。一位女嘉宾说，她反对给孩子一个带锁的抽屉，即便有锁，做母亲的也应该有一把钥匙，因为母亲对自己的孩子有监管的权力。亚亚撇撇嘴，这话她可不爱听，这么一来，那把锁还不是形同虚设！一位做中学校长的嘉宾则说，隐私权实际上是人权的一部分，一个带锁的抽屉，有着尊重孩子，平等对待孩子的重要意义，一个被尊重的孩子，也会懂得尊重别人。亚亚拼命点头，说得好！我要有这样的校长就好了。可是，她看看妈妈，妈妈怎么不说话呢？亚亚急了。这时，主持人转过头来问妈妈了，陈主编，您的观点呢？

亚亚的妈妈有些紧张，她清了清嗓子，很快平静下来。她说，我对这个问题的认识有一个过程，女儿进了高中，我担心的事就多了。有一天我突然发现，女儿的日记本上赫然写着“绝密”两字，我的心被刺痛了，这“绝密”防的是谁呢？还不就是我？从前，女儿对我一向无话不谈，现在却开始背着我神秘兮兮地在日记上写着什么，我有一种不被信赖的感觉，有一天，我在女儿的房间擦灰，女儿的日记本放在桌子上，看看这“绝密”两字，我感到好笑，也很好奇，我犹豫了一下，就翻了开来，看完之后我非常失望，无非是同学之间一些鸡毛蒜皮的事，并没有我所担心的事情发生。不过，我在女儿的日记里发现了错别字，我是做编辑的，错别字让我如骨鲠喉，想来想去，就给她指出来，这一说，女儿发现我看了她的日记，很不高兴，她写了一篇日记责备我，还在日记里夹了一根头发试探我是不是继续偷看……

哄地一声，嘉宾、主持和观众都笑了起来，主持人说，看来，你女儿正需要一个带锁的抽屉！

不，亚亚的妈妈认真地说，我们家不需要带锁的抽屉！我觉得我女儿是对的，如果我的女儿亚亚现在在电视机前，我在这里向我的女儿道歉，我想说一声，亚亚，妈妈错了，你长大了，有属于你自己的天地，妈妈尊重你，不会再看你的日记，请你原谅妈妈，也请你记住，妈妈永远是你最可信赖的朋友。

观众席上爆发出一阵长时间的掌声。亚亚眼睛湿润了，妈妈当着那么多观众的面，检讨自己，妈妈要有多大的勇气啊！

节目结束了，亚亚走进房间，拿出日记本，把那根长发取出来，扔进字纸篓里。没人偷看，还保什么密呀。她用黑色水笔将红色的

“Top Secret”涂掉，变成一个黑框。

楼梯上响起脚步声，妈妈回家了！亚亚赶紧跑出去，躲到门后。

妈妈开门的瞬间，亚亚从门后蹿了出来，叫一声妈妈！就紧紧地抱住了她。

母女俩眼里都有些泪花，心，从来没觉得如此贴近。

2008年10月

韩小米离家出走

最后一节是政治课，政治老师刚走出教室，初二（1）班的欢声笑语迅即荡漾开去。

小米，走吧！江翎走上前来，催坐在前排的韩小米。韩小米慢吞吞地把铅笔盒放进书包，没精打采地说：你先走……我还有事。

怎么啦？江翎仔细看看好友的脸色，不舒服吗？韩小米摇摇头，推推她，你先走吧！

江翎只好一个人先走。平时，她俩放学总是一块儿走，有说有笑，有说不完的悄悄话。韩小米的家，住在带圆柱和拱门的豪华小区，江翎的家，住斑驳脱落的老式弄堂房子，但是，这并不妨碍她俩成为无话不谈的好友。

不过今天，韩小米有心事不说，江翎很纳闷。

韩小米家里最近弥漫着一种诡异的气氛。好几次深夜，爸爸妈妈卧室传出压低声音的争吵声，妈妈蒙在被子里哭泣。可是天一亮，只要看见小米，爸妈立即换上一副笑容，那笑，明摆着有些僵硬。有一次，韩小米忍不住问妈妈：你们吵架啦？哪里呀！妈妈矢口否认，我们在讨论一个电视剧。什么电视剧？我也想听听。韩小米问道。妈妈愣了一下，是……是《大雪无痕》。韩小米奇怪，爸爸妈妈怎么会讨论一部两年前播过的电视剧呢？那好像是一部讲反贪污的片子。

前天下大雨，下午，校运动会取消了，韩小米早早回了家。开门的一刹那，看见妈妈竟然在家。妈妈慌慌张张往厨房冰箱冻格里塞一只黑色塑料袋，回头结结巴巴问她，你、你怎么回来啦？不、不是开运动会吗？韩小米说，下雨啦，不比了，要不然，我们班接力赛准是冠军！说着，韩小米换了拖鞋走进自己房间。放下书包，打开电脑，等待电脑启动的间隙，她走出房间，给自己倒杯橙汁。

妈妈闪进卧室，压声低声音在打电话。妈妈今天怎么这么早回家呢？妈妈是《健身与卫生》杂志主编，平时要忙到晚上6、7点钟才回家，哦，对了，妈妈今天早上对自己说过，晚上买好吃的，犒劳参加校运动会的小米运动员！妈妈刚才往冰箱放什么？海螃蟹？银雪鱼？老母鸡？韩小米最喜欢喝老母鸡火腿扁尖汤，吃咸菜银雪鱼。可惜的是，再好吃的菜，通常只有她和妈妈两人享用。爸爸是土地局的处长，每天不是开会，就是饭局，几乎不在家吃晚饭。

韩小米很想知道妈妈买了什么好吃的。她打开冰箱冻格，一眼看见那个黑色塑料袋，塞在最里面。她小心翼翼把黑色塑料袋拉出来，哇，沉甸甸的，一大包呢，用塑料绳系得紧紧的。她取出剪刀，剪开塑料绳……

你在干什么?!妈妈在背后大喝一声，把韩小米吓了一跳，剪刀掉在地上。

快放好！妈妈脸色发白，扑过来夺塑料袋。

哗啦一声，塑料袋里的东西掉在地上，一沓沓红色的百元现钞从报纸里撒了出来。这……？韩小米抬头望着母亲，这是干什么？

妈妈赶紧蹲下身子，惊慌失措地把钱重新装进塑料袋。这些钱是……我刚从银行取回来的，妈妈结结巴巴地说，爸爸想再买一处房子，他说，你的房间太小，才7平方，放了衣橱放不下钢琴，而且，我们还缺一间书房。

干嘛把钱放冰箱呀？小米端起橙汁往房间走，你吓我一大跳！妈妈跟在小米后面解释，人家说，冰箱放钱最安全，小偷找不到的。

韩小米坐到电脑前，江翎已经在QQ上一闪一闪等她半天了。韩小米敲打键盘：你说怪不怪？我妈妈把钱放在冰箱里！江翎说：这不希奇，我外婆把存折藏在鞋子里，差点被我妈当废品卖了……

夜里，小米做完功课睡下，正睡得深，“哐当”一声巨响，把她从睡梦中惊醒。睁开眼，四周一片寂静。侧耳细听，一丝动静也没有。刚才是什么声音啊？她悄悄爬起来，将耳朵贴在门上，半天没有声响，就放心地回到床上，很快又进入梦乡。

不知过了多少时候，一种奇怪的声音再次把韩小米惊醒，这回她听见母亲的哭声，从隔壁房间传来，妈妈在啜泣。

韩小米再次爬起来，轻轻拉开一条门缝，将身子紧贴在门后。爸爸在激烈地说着什么，声音一会儿高一会儿低，脚步在碎玻璃上踩出嚓嚓声响。哭声渐渐停了下来。

咔嚓一声，门开了，是妈妈的脚步声。父亲的话从门里漏了出来：还不是为了你和小米？谁不想过好日子？我又没偷没抢，你叫我还回去，人家还敢和我打交道吗？

妈妈拿了扫把畚箕，返回卧室，鼻音很重地说：我不想看你去坐牢！一边哗啦哗啦扫地上的碎玻璃。接着，砰的一声，门关上了。

天空泛白了，窗帘透出微微亮光。韩小米好害怕呀，爸爸会坐牢？难道爸爸贪污了？平时，爸爸常提回一些礼品袋，不是开会发的，就是朋友送的，那些东西，从U盘到电子镜框，从葡萄酒到工艺品，花样不少，韩小米翻看过这些礼品袋，从没看见过钞票。那黑色塑料袋里的钱，显然不是礼品袋里带回家的。韩小米悄悄开了门，踮着脚尖，轻手轻脚走进厨房，打开冰箱冻格，手伸进去一摸，那黑色的塑料袋已经不见了！

第二天早晨，经过一夜争吵与哭泣，妈妈的脸肿得很厉害，眼睛眯成一条缝。垃圾桶盛着摔坏的挂钟碎片。妈妈比往常更殷勤地劝小米多吃点，多吃点！韩小米慢慢地喝了几口牛奶，实在咽不下去。她站起来，走进厨房，猛地打开冰箱门，问妈妈：那只黑色塑料袋呢，怎么没了？妈妈一愣，说，我，我藏到别的地方去了。韩小米又问：你告诉我，这钱究竟是不是我们家的！

这……妈妈大惊失色，一时竟不知如何回答。

小米啊，家里的钱，不是我们家的，是谁的呢？我们挣这点钱不容易，非常辛苦，你妈妈怕小偷，就换了个地方。爸爸站在厨房门口，西装革履，提着公文包。

那，你们半夜吵什么？小米转身问父亲。

……大人的事，小孩不应该都知道。爸爸抬起手腕看看手表，赶紧走了。

韩小米返身回到自己房间，关上门，把储蓄罐里的钱全倒了出来，一共四百多元。她把钱放进自己的书包。

这一刻，韩小米做出一个重大决定。

天色暗了下来了。南来北往的车流哗哗地从韩小米身边闪过，她茫然四顾：往哪儿去呢？她本该和江翎说一声的，但是她怕江翎不让她走，她呢，也实在说不清楚要往那儿走。江翎样样比她能干，她没有爸爸，她妈妈在超市工作，一年的工资，抵不上韩小米爸爸一个月的收入。可是江翎的功课全年级第一。她佩服江翎，从她身上小米看到勤奋、坚强和成熟。要是江翎碰到她这样的事，会怎么处理呢？韩小米早上背着书包走出家门那一刻，离家出走的决心是那么大，哪怕一辈子不回家她都愿意。她恨爸爸妈妈故意对她掩掩盖盖；她恨爸爸妈妈夜里老是吵架。妈妈说的“坐牢”两字，让她惊恐不已。可是她再恨，也拿爸爸妈妈没办法。她只想发火，发一次大大的火，于是离家出走。

下午政治课上，老师在黑板上写下“检举权”三个字，讲公民的权利和义务，讲公民对违法失职行为要检举揭发。韩小米觉得老师好像盯着她看。不不，爸爸没有做违法的事，妈妈说的“坐牢”，一定是气话。爸爸妈妈多爱她呀，从小，让她学弹琴、画画、上奥数班。去年，爸爸还让她参加国际夏令营，和数十个初中生去了美国。韩小米心里，非常非常爱自己的爸爸妈妈。

不知不觉，韩小米走上高架。高架两边，高楼林立，灯火璀璨。川流不息的车辆，在韩小米身边穿梭。司机们在她身后按响了喇叭。有司机开了车窗骂道：小姑娘，跑到高架上做啥？寻死啊！有人把头伸出窗外喊道：小姑娘，快下去，高架上不能走人的！车子飞速在韩小米身边驶过，扬起一阵阵混浊的夹带沙粒的风。韩小米缩缩脖子，有点怕怕；她饿了，有点想妈妈。她想，自己这火，就发一个晚上吧，明天我就回家，我只是想吓唬吓唬他们。

手机铃声响了一遍又一遍。是妈妈。韩小米不接。

手机铃声响了一遍又一遍。是爸爸。韩小米不接。

手机铃声再次响起，是江翎，她准是想讨论作业。韩小米想，今天我不做作业！她赌气地关上手机。

现在，她和这个世界断开了联系。她一个人走在路上。她不知道自己走向哪里，只要走得动，她就一直这样走下去。

呜呜呜……突然，一辆警车飞速驶到韩小米身旁停下，刺耳的刹车声把她吓了一跳。车上走下一个人高马大的警察，严肃地对她说，小姑娘，高架上不能走人，你违反交通规则知道吗？快上车！

他们带我到哪里去呀？我是不是犯法了？韩小米吓得哭了起来。

别哭别哭，不是犯法，是犯规，警察叔叔拍拍她，扶她上了警车，问道：你是不是叫韩小米？韩小米点点头。

韩小米同学，警察叔叔说，以后不要跑到高架上来，很危险的。放学以后要赶紧回家，你家住在哪里？我们送你回去。

我不回家！既然不犯法，韩小米也就不害怕了，她宁愿跟着警察叔叔走，又安全又有车子好乘。

警车在高架上飞驰，对讲机响个不停。韩小米听见讲机里在说她爸爸妈妈的名字，觉得很奇怪，警察叔叔怎么知道爸爸妈妈名字的呢？

不知开了多少时间，警车下了高架，最终，停在一个派出所门口。

韩小米一走下警车，就被冲上来的妈妈一把抱住：小米，小米，你怎么不回家呀？爸爸妈妈都快急死了！妈妈哭了起来。爸爸站在一旁忙不迭地谢警察。警察教育爸爸要管好自己的女儿，不要让女儿晚上到处乱跑。爸爸不叠声地检讨。接着，警笛声重又响起，警车开走了。留下他们一家三口。

小米，你今天怎么啦？妈妈焦急地问，都半夜了，饿坏了吧，快回家吃饭。

爸爸气呼呼地瞪着眼睛：一个小姑娘，晚上在外面乱跑，出了事情怎么办？他上前拉女儿。

我不！韩小米挣脱爸爸的手。见到爸爸妈妈，小米不怕了，她说，你们要我回家，就要答应我两个条件！

什么？回家还要讲条件？笑话！爸爸对妈妈说，你看看这孩子，被你宠到什么地步了！

我们有话回家说好不好？妈妈小心翼翼地劝道。

不行！韩小米纹丝不动，不答应我的条件，我永远不回家。

……好吧，你让她讲，看她出什么花样！爸爸不耐烦地说。

韩小米直视爸爸的眼睛：第一，我不要买新房子，我现在的房间，一点也不小，我很喜欢！

爸爸妈妈诧异地对望一眼。好吧！两人异口同声说，只要女儿肯回家，还有呢？

第二，我们政治课上说，公民要遵纪守法，国家干部要做表率，你们答应我，不做违法的事，我不要你们去坐牢！

小鬼头！爸爸跳了起来，赶紧四下张望，还好夜里周围没有人，爸爸说，你瞎七搭八在说些什么呀？你再敢瞎说……爸爸狠狠举起右手，不知是想堵女儿的嘴，还是想一巴掌打下去。

妈妈挡住爸爸的手，别，别！小米她没有错，她是对的！她是个好孩子，什么都明白，是我们错了！小米，我和爸爸保证做个好公民。妈妈流着眼泪紧紧抱住女儿，小米呀，我和爸爸什么都不要，我们只要你，我们只要你这个好女儿！

爸爸的手无力地垂落下来。这一刻，他感到从未有过的孤独。确实，在这个世界上，有什么比女儿韩小米更重要更有价值呢？

今夜，他将无法入眠。

2009 年 8 月

我就是父亲

“叮咚!”门铃响了，我开门，连个人影也没有。

“叮咚!”刚转身回屋，门铃又响了，我冲过去，再打开门，还是连个人影也没有。

这是美国孩子玩的一种“叮咚躲开”的恶作剧，玩这种游戏的孩子没礼貌，上海人把这种孩子叫做“野小鬼”。

谁这么捣蛋呢?我走到窗口，在窗帘后面窥探屋外的动静，有了!在棕榈树背后，晃着一个黑黑的脑袋，亮着一双黑黑的眼睛，那是邻居的孩子，七岁的黑人女孩兰尼!我迅速回到门背后，等待她的第三次“袭击”。

果然，门铃再次响起，几乎同时，我忽地拉开门，一把逮住想逃开的她。

“你赢了!”她眨巴着黑白分明的眼睛对我笑笑。

“你不该这样，这很没礼貌。”我责怪她。

她耸耸肩，对我嘻嘻笑，“你有苹果吗?”

“有，想吃?”

她点点头。于是我给了她一个大苹果，“以后不要对任何人家开这样的玩笑，听到吗?”

她啃了口苹果，点点头。

从此，只要我在家，她老是来按我家的门铃，不是问我要苹果桔子就是要糖果饼干，有时她带着8岁的哥哥一起来，有时带着6岁的妹妹来。我总也搞不清她有几个兄弟姐妹。我只是觉得，小孩老是问别人要东西吃并不好，可是她告诉我，她没有爸爸，只有妈妈，她妈妈没有工作。这意味着她家生活有困难。所以，我总是不等她开口就主动给她点吃的。我暗示她，不要随便问人家讨东西吃；我还告诉她，别人给她东西，要说声谢谢。我不希望她向人家要东西吃成为习惯。

在美国，像兰尼这样的单亲家庭不少，据报纸上说，单亲家庭占有孩子家庭20.6%，其中不少是没有结过婚的。有一次，我参加儿子学校的家长会，主持会议的社会工作者让每位家长自我介绍。我坐在那里，听每个家长一一道来。我好诧异，坐在这里的每一个家长，孩子都上学了，竟然还要介绍自己是否结婚。十几个家长中，三个未婚妈妈，一个单身爸爸，两个单身妈妈。他们在谈到孩子教育问题，感到十分迷茫。他们的家境也都十分困难。

兰尼常来我家，我很想认识兰尼的母亲，不知她如何培养一大群孩子。

有一天，门铃又响了。以为是兰尼，开门一看，一位身材高大的黑人妇女站在我面前，她的眼睛炯炯有神，她的臂膀粗壮结实，她自我介绍："我叫莫尼卡，是兰尼的妈妈。听兰尼说你是个很善良的中国人。"

我连忙请她进屋坐下，给她泡茶。她从口袋里拿出雪茄问："我能抽烟吗?"

"请吧。"我不喜欢闻烟味，可是兰尼妈妈第一次来我家，总该客气才行。

莫尼卡抽着烟，和我聊天。她说她丈夫给她留下两个孩子就与她分手了，她恨他，从此她不再结婚。她不结婚却又添了 4 个孩子，现在没有工作。不过，每生一个孩子就可以每月从政府那里领到 200 元救济金，她自己，每月可以领到 400 元救济金。看来，她每月的收入比我做钟点工还多！

“我每个月五号才能领到钱，”她灭了雪茄说，“今天才 1 号，我……没钱了！”

我忙说，“我有。”原来她是来借钱的。

于是，我把当天做清洁工赚的二十元钱给她，我说：“钱总能赚到，可是孩子没有父亲是无法挽回的。”她一听，睁着那双炯炯有神的眼睛，一字一板地对我说：

“我就是父亲！”

这话掷地有声，铿锵作响。我一愣，对她起了敬意。这个又做爹又做娘的女人，生活该是多么地艰辛。看她的样子，听她说话，这一定是一个女强人。

从此，每隔十天半月，莫尼卡就来借钱，只要一有钱，她马上来还。到下个月，又会再借。她还常常让兰尼和一群弟弟妹妹来问我要面包奶酪和水果。我纳闷了，她每个月的钱虽然不算多，可是这些钱买食品，是绰绰有余的。

有一天，在公寓的洗衣间，一位白人太太和我闲聊，谈起莫尼卡老向她借钱，我随口说她也常向我借钱，她怪可怜的。

“你借了吗？”

“借了。”

“借多少？”

“每次几十元。”

“哦，不，”她叫起来，“你千万别害她，她吸大麻，酗酒，她的钱就是这样用光的。用完了，她一家家借钱，还叫孩子问邻居要吃的，孩子们很可怜，大家多少给一点。可是她若是借钱，大家都不借，她实在不肯走，就拿一二元打发她。”

原来是这样！我半信半疑，暗暗思忖，白人邻居是不是有种族歧视？

“其实，在美国，吸毒和酗酒并不少见，”白人太太解释说：“政府为了防止领救济金的人拿钱去吸毒、酗酒，就把一部分救济金发食品券，这样，食品就有保障。可是有的人想方设法，把食品券换成现钱，再去买毒品和酒。莫尼卡这么多孩子，每个月领到的救济金也多，可她不好好尽母亲的责任，让孩子有一顿没一顿的，好可怜。

原来是这样，我说，要是孩子们有个父亲就好了。

白人太太撇撇嘴，说：她一旦和一个有工资的男人结婚，就会失去这些救济金，所以，不结婚是她最好的选择。

我吃惊地瞪大眼睛，真是匪夷所思。

“你不要以为这就是美国，”白人太太解释说，“莫尼卡不代表美国的母亲，无论哪个国家的母亲，一旦有了坏的嗜好，孩子们就苦了。”

我想起兰尼天真可爱的模样，忽闪忽闪的黑眼睛，想起莫尼卡“我就是父亲”铿锵誓言，这个母亲，应该是生活的强者，她虽然被人遗弃，也不应该自甘堕落。这个社会提供了让人平等竞争的机会，她应该自律才是。

几天后的一个夜晚，门铃又响了，我一开门，莫尼卡摇摇晃晃撞了进来，嘴里喷出一股浓烈的酒味。

晚饭前，我刚见过她。那一刻，我听见公寓停车场传来儿子的哭声和兰尼的尖叫声。我冲出去一看，一个高大的黑人男孩正卡着我儿子的脖子往车门上撞，儿子的脸涨得通红。我大喝一声："你干什么?"他慌忙松开手，一溜烟跑了。"他是谁?"我问，"他是我哥哥，不过我父亲不是他的父亲。"兰尼在一旁说。我从来没见过兰尼有这样一个哥哥，兰尼告诉我，他一直在他父亲那里生活，昨天被父亲打了，躲到母亲这里来。刚才兰尼的哥哥问我儿子要钱，儿子说没有，他就欺负我儿子了。

"是他不对。"兰尼指着哥哥说，她同情地为我儿子擦眼泪。这时，莫尼卡正好经过，见我儿子哭，就问怎么了，兰尼抢着向她妈妈告了哥哥的状。

我对刚才那一幕不寒而栗，也正希望如实相告，可是万万没想到，莫尼卡对我挥了挥手，"哦，孩子们的事，管他们干嘛?大人还是别插手的好!"她转身对我儿子说："你是个男子汉对不对?我相信你是个男子汉!"说完拉着兰尼的手回家了，剩下我和儿子站在公寓停车场发愣。

我不明白这个世界上怎么会有这样的母亲，她儿子向别人强索钱财，她竟然没有半个字的责备，我儿子被她儿子勒颈撞头，她竟没有半个字的道歉!想起那句"我就是父亲"的誓言，当初对她的敬佩，荡然无存。

才过几个小时，莫尼卡竟然又来了，"钱……借钱!"莫尼卡在我开门的当儿，向我伸出手来。

我问她："你要买什么?"

她眯着被酒醺红的眼睛说："酒……酒！他妈的，怎么他们都没钱！"她醉了，醉得神志恍惚。我扶住她，那粗壮结实的胳臂变得软绵绵的，我暗暗思量，这回不能再借给她了，我不能害她。我小心翼翼地说，"真对不起，我身边没有现钞，等明天去银行取来再说。"

她靠在我身上，沉甸甸的，几乎睡着的样子。

"莫尼卡，你最好别再喝了，这样会伤害身体的。"我诚心诚意劝道。

"身……体?"她使劲推开我，"身体对我有什么用? 那是男人的……"她咕咕哝哝，勉强站直了，朝门外走去。我望着她的背影，心里半是怜悯，半是无奈。我知道，告诫别人是困难的，除非你对她像对自己一样了解，何况，这是一个陌生国度里的陌生女人。

这天半夜，莫尼卡家里传出一阵可怕的叫骂声和厮打声，酒瓶子扔向窗外，啪啪落地，我听见一群孩子混乱的哭喊，心一阵阵发紧，可怜的孩子啊！

像暴风雨过后，此后一段日子，莫尼卡家平静下来。有一天，兰尼跑来告诉我，她妈妈又有了一个同居的男友。又过了几个月，莫尼卡生下一个小宝宝，兰尼添了个爱哭闹的小弟弟。每天放学后，莫尼卡扯着嗓门把正在玩耍的兰尼叫回家，让她看小弟弟，她和男友嘻嘻哈哈外出喝酒玩耍，常常深夜才归，每回醉醺醺的，把门擂得震天响。

"我就是父亲"? 莫尼卡既不像母亲更不像父亲，她生下一大群孩子又毫不在乎他们的存在，只是一天天混着日子。当初，莫尼卡一定不是这样，她一定有过对家庭生活的美好憧憬，却不曾想过生下孩子被男人抛弃。

现实是严酷的，冲破残酷现实的勇气不是人人都有。

又过了一阵，莫尼卡不来借钱了，兰尼也不再玩“叮咚躲开”的游戏。邻居们说，在一个深夜，莫尼卡和她的一群孩子搬走了，从此不知去向。

1990 年 9 月

第二辑

理发师巴瑞

“剪发?”店里那个黑人理发师隔着橱窗问道。

“不。”我微笑着，摇摇头，站在人行道上没动。

来美国两年了，我只去过理发店一次。那是去年圣诞节在费城，房东太太送我一张二十五美元的理发礼券，去了指定的店，自己还掏了五美元小费。

80年代初，五美元是我国内半个月工资，心里有点痛，从此不再进理发店。我的头发渐渐长了，披散下来。尽管房东太太一再告诉我，像我这样的中年妇女，时髦的发型是短发，而且要直发，最好染成金黄色，这是知性和富裕的象征。

我看着橱窗里的那些发型照片，五颜六色，乱蓬蓬的。我犹豫着是否进去问问，也许店里正需要一个洗头女工。我急于要一份工作。

我们一家从费城刚搬到洛杉矶不几天，丈夫的一场车祸搅乱了我只读书不打工的计划。工作签证还没下来，丈夫不能领工资，我们只好向银行贷了款。眼看丈夫每天在课堂和实验室之间疲于奔命，眼睛熬得通红，我怎能心安理得。找工作成了当务之急。

成人学校的同学纷纷给我建言献策，他们中大多是墨西哥人，有的还是偷渡来美的。他们课间把我围成一圈，你一言我一语：你不能只看报纸上的招工广告，你要在好莱坞大街周边一家家去问；你要学会推销自己，把自己说得很能干；你还要穿上最好的衣服，打扮得漂漂亮亮……对于在计划经济下生活过的我，习惯了组织安排，找工作需要观念更新更需要勇气。

眼下这条瓦恩街是个理想的工作地点，它位于我家、儿子学校和成人学校的中心位置，每天打工、上学、接孩子、回家烧饭，都能兼顾到。整个下午，我在好莱坞大道一家家问过来，所有的答复都差不多："很高兴你对我们的工作有兴趣，请留下你的姓名和电话，我们将随时和你联系。"这些微笑和礼貌，极大地鼓舞着我的士气，使我一扫羞于启口的心理，变得自如起来。可是渐渐地，我发现人人给我的答复都一样，这让我产生了疑虑，以至站在瓦恩街这家理发店前，开始踌躇起来。

瓦恩街与好莱坞大街相交，从世界著名的好莱坞山脚下蜿蜒而出，穿过一条横跨头顶的高速公路，渐渐隆起一个小小的陡坡，下坡后，直向好莱坞大道笔直延伸。

这儿是洛杉矶盆地中北部的一角，风景迤逦，气候宜人。一百年前，堪萨斯州的一个禁酒主义者哈维·维尔考克斯买下这块土地，他夫人借用朋友别墅的名字为这块地命了名——Hollywood，好莱坞。好莱坞是冬青林的意思，冬青林四季常青。以后的八十年间，大大小小的几十家电影公司在这儿落脚，霎时间群星闪烁，名声大震，奇闻艳事不绝于耳，吸引无数人前来。拼搏的、追逐名利的、观光的、流浪的、犯罪的……好莱坞，一边是梦的实现，一边是梦的幻灭。愈近好莱坞大街，瓦恩街愈是灯红酒绿，中国餐馆、墨西哥餐馆、意大利餐馆、成人剧院、珠宝店及许多家旅馆一一排列。

这家理发店开在瓦恩街与好莱坞大街相交的拐角处，左边是一家五彩缤纷的假发店、右边是一家快餐店。甜腻的奶油味、炸鸡味、路人的香水味弥漫在空气里，使人眩晕。

“我能帮你什么吗？请进来吧！”黑人理发师隔着橱窗又喊了一声。

犹豫了一下，我进去了。

一股理发店特有的，混合着肥皂、发蜡和摩丝香味的空气扑面而来，使我顿时感到舒服起来。这是个很小的店堂，三把理发椅，面对一排大镜子，显得宽敞而整洁。一位顾客正舒舒服服地躺在后仰的椅子上，理发师正在帮他洗头。

“中国人？”黑人理发师手里忙碌着，眼睛打量着我。

“是的。”

“你真漂亮！”

“谢谢！”对待恭维，我学会了美国人的方法。其实，从“文革”年代走来，下过乡当过知青，我们这代人不懂打扮。我穿着国内买的宝蓝色碎花连衣裙，系白色腰带，马尾扎着红色发带，粉底霜勉强遮住了脸上岁月的痕迹。我根本算不上漂亮。

同学告诉我，美国人很注重外表给人的印象，选总统的时候，如果有两个相当的候选人，当选的一定是仪表堂堂的那位。在白宫看历届总统的照片，就能明显发现这一点。不过，林肯和罗斯福例外，因为他们两人处在特别动荡的时期，人们顾不上挑剔。我从前的女房东是个银行股票经纪人，有一次老板让她面试一位男士，她觉得此人很不错，可是她权衡再三否决了他，因为，他的西装有点皱，裤子有点短，头发有点乱。她对我说，银行是帮人赚钱的地方，工作人员穿着必须讲究。可是，讲究必须有经济基础。

“如果让我给你剪发，一定更漂亮。”理发师边说边帮躺着的顾客用干毛巾擦脸。

“很抱歉，先生，我是来找工作的，我每天上半天课，想找个钟点工的工作。”我鼓起勇气说。

“找工作?”他歪着脑袋看着我，“你会做什么呢?”

“我会……剪头发。”我脱口而出。说实在的，在国内，有一次给妹妹剪发，不小心剪下了她耳垂上的一小块皮肉，她痛得哇哇直叫。

“你有执照吗?”他问。

“执照?”我吃了一惊，我只知道开车要执照，没听说理发也要执照。我尴尬地摇摇头，沮丧极了。

“干过些什么工作?”又问。

“清洁工，餐馆服务员，带孩子……我很能吃苦，老板对我都很满意。”渐渐地，我恢复了自信，说得顺畅起来。

他瞥了我一眼，“是吗? 那么请坐一会儿，等干完活我们可以谈谈，也许你能帮我什么忙。”

我一阵高兴，坐在旁边的理发椅上，看他认真地为顾客吹风。

他还是个青年，30 岁上下，瘦瘦长长，结结实实，像所有的黑人那样，头发细细密密地卷曲着，后颈处留着一小撮头发，像老鼠尾巴，这是一种时髦的发式。他的眼睛微微突起，厚厚的嘴唇咧开，总像在笑。他的皮肤黑得发亮，似乎每个毛孔都会渗出油来。

“你想找个什么时间段的工作?”他把吹风机关了，问。

“上午 8 点半至下午两点，因为两点后我必须去学校接孩子。”

“你有孩子?”他惊奇地问。

“是的，一个可爱的儿子。”

“你结婚了?”他看看我的左手无名指，那上面并没有戒指。

“当然。”美国的单亲母亲多，明明知道人家有了孩子还问婚否，我已经习惯，不像第一次听到我觉得大受侮辱。

“这太糟了！”理发师不无遗憾地说。

这是一句玩笑加恭维的话，我装作没听懂，说：“我丈夫在大学工作。”

“他很富有？”

“不，他很穷。”

“他干什么？”

“博士后。”

“博士后是干什么？”

“博士后”这名词原产地西方，在中国是舶来品。我正要回答，躺在椅子上的顾客说：“博士后就是得了博士学位后继续进行研究工作的。”

顾客是个法国人，他说自己做过药物学博士后，他来洛杉矶为法国某家医药公司办事。顾客一头细密柔软的金黄色头发被理发师整得整整齐齐。法国人忽然问我：“你们中国理一次发多少钱？”

“三十美分左右。”我答道。80年代我出国前，是这个价。

“什么，你在开玩笑吧？”法国人侧过头来看我，理发师停下手中的活，也惊奇极了。

“我说的是真的，在农村小镇上，大约十美分就够了。”我解释着，“我们工资低，所以价格便宜，比如房租，十五平方米每月只要三四美元。”

法国人耸了耸肩，复又把头低下，让理发师继续吹风。

于是，关于中国的问题接踵而来，我一向很愿意向外国人介绍中国，此刻，因为有着一线工作希望，竟然滔滔不绝起来。

“看来，我应该在中国租房子，到好莱坞开理发店。”黑人理发师听得津津有味，“我每个月都为这房子的租金发愁呢！”

“你这店的租金多少？”我问。

“一千五百美元。”

“什么？”我叫起来，这间二十平方左右的店面要一千五百美元！“你一定是个富翁，否则怎么付得起！”

“你真傻，”法国顾客对我说，“这可是好莱坞黄金地段，有本事在这儿做生意的人能不富？”

理发师得意地笑笑，对着手中的梳子呼地吹了一口气，然后轻轻地梳理法国人的柔软的金发，“可是，有谁愿意在这儿担风险呢？”。

说话间，头发梳好了，法国人掏出三十美元。黑人理发师说：“你要是给我介绍一个顾客，我可以少收你十元。”说着他递给法国人一张名片、一张他理发店的广告。我对这种收费方法感到很诧异。

法国人摇摇头，老老实实地说：“我住在旅馆，明天就要回法国，没人可以介绍。”

于是理发师收下三十美元。

法国人照照镜子，轻轻地抚摸着好莱坞发式，吹着口哨，满意地离去。

“为什么介绍一个顾客就可以少收十元理发费呢？如果顾客胡编一个名字给你呢？何况那个人不一定会来你的店理发。”我说。

“你这是小孩的想法，只担心眼前的这块冰淇淋是否吃到嘴，不考虑长远利益，要知道，顾客胡编一个名字是没有信用的表现，一个没有信用的人在美国会碰到许多麻烦。”他收拾好理发器具，边用小型吸尘器吸着地上的头发，边跟我算这笔少收十元钱，多招揽一个顾客的账。他很懂生意经。

“你猜我是这店的什么人呢?”谈话进入正题。

“不知道，经理或老板，或许是雇员。”我说。

“都是。”他说。

“那就更好了，你是老板，有权决定是否雇我。”

“我会告诉你的。”他看看手表，“你最好明天早上八点半来，我们可以再谈谈。”

让我等了半天，闲聊了半天，到头来还要等明天，看来没戏了。我装做无所谓的样子说：“明天？明天我也许找到别的工作了呢!”我站起来往门口走去。他连忙说：“对不起，我还要赶去做另一份工作，时间来不及了，才叫你明天再来。”

我疑惑地望望他，“你还有另外的工作?”

“是的，那份工作才是我真正喜欢的。”

我走出门，他又叫住我：“记住，明天上午8点半，我叫巴瑞。”

八点半，我准时来到巴瑞店门口。店门关着，巴瑞还没来。

一个衣衫褴褛的流浪老头痴痴呆呆地坐在理发店门口的街沿上，见我走近，漠然站起，对着路边付停车费的投币计时器一下又一下使劲敲打起来，冷清的大街上发出哐哐的响声。这个封得严严实实的椭圆形投币器，连着半人多高坚硬的钢杆，固定在人行道旁。停车者投入一定数量的硬币，计时器就开始倒数计时。如果超过时间，计时器呈现红色，巡逻警察就会过来开罚单，夹在汽车雨刷下。

老人干嘛要敲这硬家伙呢？手臂要痛的。可是他似乎没有知觉，

"哐！哐！哐！"一下又一下，直敲得气喘吁吁，额上渗出豆大的汗珠，眼角淌出粘糊糊的液体，眼睛却直愣愣地盯着投币器不放。

这老人有些不正常。环顾四周，我害怕起来。一辆辆汽车飞驰而过，匆匆路过的行人对流浪老人视而不见。我望望紧闭的理发店，觉得可能上了巴瑞的当。正在怀疑的当儿，巴瑞从隔壁快餐店冒了出来，"嘿，你早！"他朝我挥挥手，肩上挎着个牛仔包。

"你早！"

"我把店门钥匙忘在家里了，"他耸耸肩，"请锁匠来开要六十美元，我只好等那家假发店开门，"他指指街对面，"我在那家店放了一把钥匙。"

这样丢三落四的，还开着一家理发店！我心里嘀咕。

"我家住在橙县，开车到这儿要一个半钟头，每天，我很早就要起来，昨晚回到家一点钟了，早上睡过头，急急忙忙出门，就把钥匙给忘了。"他解释。

"你为什么那么晚回家？"

"那是因为工作。"

"我能否知道是什么工作呢？"

"私人侦探。"

我睁大眼睛，"私人侦探？"

"你不信？"说着，他拿出皮夹子，抽出一张证件给我看，确确实实，一张某私人侦探公司的证件。

见我露出惊叹的神色，他笑了，说："我很神秘，是不是？你想了解我吗？"

我很想知道私人侦探是怎么工作的，他肚子里一定有许多神秘的故事。不过，我着急的是找工作，我希望他先谈我的工作。如果他雇佣我，我以后可以慢慢问他。可是他好像忘了叫我今天早上来的目的，只是急于告诉我关于他自己的历史。我只得耐着性子听他讲述。

“我是从的农村闯进好莱坞的……”巴瑞取来了钥匙，一边开门，一边说。

“哐、哐、哐……!”痴呆人还在使劲敲打人行道上的投币计时器，脸都扭歪了。

“走开!”巴瑞看见我害怕的眼神，朝他喊了一声。

那老人停了一下，愣愣的眼神迷乱了片刻，随即又敲了起来。

巴瑞朝我耸耸肩，从口袋里掏出一把零钱，走过去递给他。奇怪，一看到钱，那老人的眼神竟然活了，他双手飞快地接过零钱，转身就往快餐店跑去。他不傻。

“你别怕，他不伤害别人，只是每天都想在投币器里敲出钱来。”巴瑞说。

“政府应该救济他。”

“当然。”巴瑞点点头，“不过，没有固定住所不能领救济金。”

“为什么不去庇护所住呢?”

“那儿不自由，再说，像他这样的人，在那里很容易被人欺负。他在这儿流浪一年多了，我们常给他一点钱，他买点吃的，倒也相安无事。”

转眼，流浪老人左手拿着一纸盒牛奶，右手提着一个纸袋出来，坐在快餐店门外的长凳上狼吞虎咽。

巴瑞继续说着他的故事：

“……我父母在阿拉巴马州有一个不大的农场，我跟他们在地里干到16岁，种草莓、西瓜、玉米、棉花和土豆……16岁那年，我母亲死于癌症，我很伤心，我离开父亲和弟妹，独自外出闯荡世界。不幸的是，我被一个贩毒团伙引诱吸上了毒，陷得很深，不能自拔。我辛辛苦苦挣来的钱，吸一次毒就没了，我流落街头。有一次，我的一个黑人同伴吸毒时被白人警察逮捕，遭到毒打，那凄厉的惨叫声在我脑海里久久不能散去，我很害怕，我怕坐牢，怕遭毒打，于是下决心戒毒。这是一个很长很长很长的故事……”巴瑞一连用了三个“很长”，似乎所有的痛苦都隐藏在这三个“很长”之中。“戒毒简直比死还难受，我一直不能成功。就在这时，我因为揭发犯罪团伙的事遭到报复和陷害，卷入一场漫长的诉讼……做梦也没想到，我竟然赢了，意外地赢了一大笔钱，得以进入一个高级的戒毒中心戒了毒。我用那笔钱，租下好莱坞这家店，又去一个理发学校学了理发执照，开始做理发店老板……”

就这些。说完他直直地看着我，像是还在回忆中。

我奇怪他怎么会对一个找工作的人吐露心迹，美国人固守隐私就像固守城堡一样，尤其是他那段吸毒的经历，不是一般人愿意说的。不过，我还是有点感动，任何一个人听别人对自己敞开心扉都不会无动于衷。

“你为什么不集中精力把理发店办好而要去做私人侦探呢?”我问。

“因为我恨那些罪犯，那些不合法的事情，我对这个工作更感兴趣，再说能赚很多钱，有了钱，什么事都好办。”

“有了钱什么事都好办吗?”

“当然，黑人常被人歧视，只有多赚钱，多干点出色的事，才能被人看得起。”

“你觉得对黑人的歧视有那么严重吗?”在美国我得到的印象倒是黄种人被黑人歧视，我儿子常被黑人同学欺负，我丈夫的自行车、照相机被黑人明目张胆地抢去。留学生遭抢，罪犯几乎都是黑人。不过，我不会对巴瑞说这些。我只是说，“你们几个大城市比如华盛顿、纽约、洛杉矶的市长不都是黑人吗?你们还把黑人区的孩子送到白人区读书呢!”

“不，不，”他摇着头，“你只看到表面，你没看到底下。即使他们表面对你温文尔雅，也改变不了他们心里对黑人的歧视和仇恨。前几天在纽约，三名黑人因为汽车抛锚要打电话，误入霍华德海滩白人居住区，遭到一群白人青年追打，其中一个在逃命中被汽车撞死；去年，一个黑人警察因为穿着便衣，竟被一个白人警察当作罪犯开枪打死……如果他们是白人，他们会死吗?不会的!同样是罪犯，抓到黑人就往死里打，抓到白人，就客客气气。这一切难道不是种族歧视吗?你说，黑人不拼命赚钱，还有什么办法改变自己?你看，有了钱，我买下了房子，有了钱，我才能开理发店，有了钱，我有了一辆林肯轿车……任何人都喜欢钱，难道你不喜欢钱?”

“我也喜欢，”我坦白地说，“我需要钱，所以来找工作，不过，在我看来，钱并不是万能的。”

“这是你的看法。”他耸耸肩。

我沉默。的确，与那些整天在街上闲逛，问路人要零钱，坐在台阶上看马路风景的懒懒散散的黑人相比，做两份工作的巴瑞是勤劳的，有志气的。可是，他的认识是否太简单了呢?我在报上曾经看到这样一条消息：一个富有的黑人想在富裕的白人区买一块地产，遭到白人居民一致拒绝，引发一场官司。所以，有钱不一定万能。

“你怎么不问我有没有结过婚?”他突然又问。

我扬起眉毛，“这不关我的事啊，我是来找工作的。”他不谈是否雇我，光谈自己的经历，我不得不敷衍他，“既然你认为钱可以改变一切，而且你又很勤奋，那么你一定会有个美满的婚姻。”

他摇摇头，“不，不，现在还没有，”他苦笑了一下，“不过，我一定会有一个美满的婚姻的！现在，我可以了解你吗?”他转换话题。

“当然，只要与工作有关的事。”

“你几岁?”

“能这样问吗?”我反问道。在中国，这是个很随便的问题。可是，在美国，年龄，尤其是女性的年龄是保密的。我的一个房东太太一直不知道自己婆婆的确切年龄，以致无法给她过一个大生日。成人学校的老师早就教我们如何保护自己的各种权利，找工作面试的时候，年龄只能问几岁之间或几岁以下等等。

“是你在找工作，不是我在找工作。”巴瑞固执地说。

“好吧，告诉你，”按照老师教的方法，我说，“我的年龄在做母亲和做奶奶之间，不过我并不老，我觉得自己很年轻。”

“我喜欢这样的年龄，成熟，成熟!”他咧开嘴笑了。我不喜欢看黑人笑，黑人一笑就露出猩红的内唇。

“你们中国人会歧视黑人吗?”

“不，如果歧视黑人，我就不在你这儿找工作了。”雇主竟然要考查雇员是否种族歧视，这倒没听说过。不过，对于中国人，回答这问题一点也不困难，我说，“从小，我在中国受到很好的教育，阶级之间有差异，有阶级斗争，种族之间是平等的，黑人是我们的阶级兄弟，中国人最反对种族歧视。”

“真的？黑人是阶级兄弟？”巴瑞眼睛一亮，不相信地问：“那么，我，巴瑞，就是你的‘兄弟’？”

我一怔，随即点点头。

“太好了！你就在兄弟这儿上班吧！”他好开心的样子，“来吧，你每天早上八点半到下午两点，打扫店堂，洗毛巾，吸尘，干各种杂活，至于工钱嘛，”他神秘地笑笑，“如果我满意，会给你比别人多很多的钱，这就看你了，明天早点来！”

就这么定了？我有点摸不着头脑，这人真怪啊，找工作应该先谈妥工钱，他不说，我也没办法。可是，这个工作地点和工作时间对我实在太有吸引力了，不能希求太多，于是我一口答应来上班。我暗暗庆幸，总算找到了一份适合我的工作。

第二天一早，我匆匆走在上班的路上，洛杉矶十二月的天气有些凉意。瓦恩街经过一晚的辛劳，还在朦胧睡意之中。好莱坞就像一个夜总会里的女人，每天晚上装扮得万般妖娆，在震耳欲聋的音乐声中狂欢乱饮，直到凌晨昏昏入睡，下午才又渐渐苏醒。

街上静悄悄的，除了急驶而过的汽车，行人稀少。远远地，成人电影院楼顶上著名影星玛丽莲·梦露巨幅画像格外夺目，她使劲按住被狂风掀起的裙摆媚笑，那股迷人的魅力日日夜夜吸引着行人驻足观望。每天在这条街上走过，看到她的风姿，想到她的神秘死亡，觉得这个世界就像谜一样。

“哐、哐、哐……”那个痴痴的流浪老人依然在理发店前的投币器上使命敲打。在寂静的清晨，这声音显得分外凄凉。我在他面前停下，翻找钱包里的硬币，竟然一个也没有。于是我拿出十美元纸币递过去。巴瑞突然出现了。他从理发店里蹿了出来，抢在我前面，递给痴呆老人几个硬币，对我说："你给他太多，他会有危险的！"

老人呆滞的眼神活了，他一手抓过巴瑞递给的硬币，又不顾他的阻拦另一手接过我的十元纸币，嘴里念念有词，急速地向快餐店跑去。巴瑞笑笑摇着头，责怪地看看我。

"为什么钱给太多就有危险？"我奇怪地问。

"一个流浪汉，每晚睡觉时身上不能带钱。你知道，我也流浪过，有一次，一个好人一下给了我三十美元，我藏在裤子表袋里睡觉，晚上遭到抢劫，我和那恶人搏斗，差点把命送掉。后来，老流浪汉就告诉我，睡觉前把钱撕掉，扔掉，不要贪恋。可是他，"巴瑞指着从快餐店出来，正乐滋滋啃着炸鸡块的流浪老人说："他不懂这些，有了点钱，当街数了又数，所以每到下午，我们就不给他钱。怕他晚上惹麻烦。"

我望着流浪老人肮脏、疲惫的脸，那露出胳膊肘和膝盖的衣裤，心里十分难过。他从哪里来，又将到哪里去？这世界上，他有没有亲人和朋友？有没有人想念他？有没有他想念的人？我们对他只有同情。可是，同情和被同情都是件沉重的事。

理发店很干净，巴瑞打扫过了。还没到开门时间，他仍将店门关上。

"你今天没有忘记带钥匙？"想到他要开一个半小时车，早上起早够辛苦的。

"我昨晚没回家，"他说："怕你像昨天那样，一大早站在门外等我。"

“是吗，谢谢你!”我又一阵感动，老板竟会对雇员这样周到，不知他昨晚睡在哪里。

巴瑞拿出两把钥匙，说：“这两把钥匙我昨天配的，一把是前门的，一把是后门的，都归你了。”

我受宠若惊，他凭什么这样信任我？只有好好干活才是，我卷起衣袖，问：“今天干些什么呢？”

“别着急。”他从壁橱里搬出一棵高大的圣诞树，塑料做的，像真的一样。满树翠绿的枝叶、旁逸斜出的姿态，生气勃勃。接着，他搬出一大串彩灯、一包装饰物，一个能喷出雪花的像头发定型剂那样的瓶子，让我帮他布置店堂。

啊，这才想起，后天就是圣诞节了！这几天忙着找工作，满大街圣诞氛围被我忽视。面对这棵圣诞树，温馨的感觉油然而起，多日的郁闷缓缓舒展开来。

我把圣诞树安放在橱窗里，把彩灯、拐杖糖、小天使、小铃铛挂满树枝。我往树上喷上洁白的雪花，让圣诞树披上银装。巴瑞蹲地上，插上电源。顿时，彩灯像星星一样亮了，圣诞树顶上的天使随着音乐旋转。巴瑞哼起《平安夜》：“寂静的夜，神圣的夜……”都说黑人的嗓子特别好，果然，巴瑞哼歌也很好听。

这一刻，我想起中国的春节，儿时在乡下过春节的情景浮现眼前：红灯笼、爆竹声、花棉袄、红枣汤、米糕、压岁钱……一股难以抑制的怀乡之情袭来。我情不自禁告诉巴瑞，中国的春节也是那么美好，每到这时，我和丈夫就给孩子穿上新衣服，新鞋子，提着礼物，到亲戚朋友家拜年。热热闹闹一家子围坐一起，说说笑笑，美味佳肴放满桌子。

巴瑞目不转睛望着我，听我讲述，更让我沉浸在浓浓的乡情中。我突然说不下去，我想到了我年迈的父母，想到我的兄妹，还有那些亲如姐妹的朋友。我多么想对他们讲讲举目无亲，孤苦无告的感受。这个巴瑞，这个黑人理发师能理解吗？心一酸，我的眼睛湿了，圣诞树变得朦胧起来。我装作收拾地上的东西，低下头去。

“我喜欢中国，我想去中国。”巴瑞轻轻地念叨。

“你可以去旅游啊！”

“不光是旅游，我想找一个中国妻子，你说，中国姑娘会讨厌我们的皮肤吗？”

“重要的不是皮肤。”

“那是什么？”他急切地问。

“爱情。”

“爱情是空的，看不见，摸不着。”他使劲摇着头，“它需要肤色、金钱的支撑，难道不是吗？”

我猜他一定经历过爱情的波折，也有过被歧视的痛苦。我同情他，可无法帮助他，我只是说：“爱情是实实在在可以感觉到的呀！它和金钱、肤色是两回事。”

“两回事？”巴瑞摇摇头。

都觉得无话可说，沉默。

“那么……”过了一会儿，他望着我说：“那么，你愿意嫁给我吗？”

“你说什么？”我吃惊地睁大眼睛，“你疯啦？我告诉过你，我是结了婚的！”

“我知道，”他紧张地看着我，“事实是可以改变的，我一看见你就喜欢你，我心里实实在在感到需要你，这就是你说的那种感觉，实实在在感觉到的爱，只要你愿意，我的财产马上都是你的，这个店、我的房子，还有我那辆林肯车……我可以一心一意去做我的私人侦探，我可以干得很出色，我没有跟你讲工钱，就是想试试……我是认真的，我还可以跟你到中国去，我是认真的，我不开玩笑……”

他语无伦次。

“不不！”我一迭声地叫起来，这是多么荒唐，“你怎么可以这样！你很富有，可是，我不会拿钱去换我的丈夫，中国人对婚姻是很严肃的。”说着我拿起坤包准备离开。我感到委屈，我怀疑一开始就是个骗局。

他伸开双手拦住我：“对不起，请你别生气，就算我没有说过刚才的话。我刚才敢说出来，是因为你说中国人不歧视黑人，你说黑人是中国人的兄弟，你鼓励了我，我就是你的兄弟，不是吗？你不会走的，你是有信用的，对吗？”

天哪！这可怎么办呢？我说，“是你把事情搞砸了，我只是来找工作的，我不另找丈夫，爱不是抢夺，不能从别人那儿窃取，”我拉开包，掏出那两把钥匙扔给他，“对不起，我得走了！”

他慌了，一把抓住我的手，恳求道：“噢，对不起！我很后悔，非常后悔，我怎么可以说这些呢，我不想伤害你。如果你不愿意，我不会生气，只是请你别走，我决不再说那些傻话，我需要你帮忙，你说的，我们是兄弟，阶级兄弟，不是吗……”他的手很有力，我无法挣脱。在这一瞬间，脑中闪过电影里黑人犯罪的种种镜头，我恐惧万分。

“放开，我要叫警察！”我叫了起来。

他旋即松开手，颓丧地说："糟透了！"他把手按在脑门上，整个人像被子弹击中似地靠在墙上瘫软了。

"砰、砰、砰……"有人使劲敲店门。我奔到门口，猛地拉开门一看，竟是那流浪老人，正一脸惊慌地朝里看，眼角淌着粘糊糊的泪水。见我站在面前，他咧咧嘴，咕哝一声，转身回到人行道上，继续敲打那个投币器。

我只来得及对他投去感激的一瞥，就向街对面跑去。身后传来巴瑞对流浪老人愤怒的呵斥：

"滚开，你这个蠢猪，我宰了你！"

我不禁打了个寒颤……

街上仍是静悄悄的。近中午了，瓦恩街依然睡意蒙眬。

我跌跌撞撞，逃也似地回到家中。

曾经读过的那些书上，说女人喜欢听男人对自己的赞美和爱慕，女人即便拒绝男人追求，心中依然甜蜜和满足…… 可是我，一想到巴瑞，那个黑人理发师巴瑞，心中只有恐惧和委屈。我不知道自己是否做错了什么，也不知道巴瑞究竟是好是坏，我不想伤害他，他毕竟对我敞开过心扉。

我每天一个来回去成人学校上课，赶去小学校接孩子，都要经过瓦恩街与好莱坞大街拐角的这家理发店。每当走到这里，我就远远地躲到街对面，心里充满不安和害怕。我以最快的速度，一溜而过。

不久，我的害怕和不安，变成一份无可名状的歉意，在心里日益滋长。我伤害了巴瑞，我伤害了黑人理发师巴瑞。平心而论，他是我接触过的黑人中最诚恳和勤奋的一个。他是一个堂堂的男子汉，他有权爱别人，他没有强迫别人一定要爱他。他没有伤害我，即便有点粗俗，并没有恶意。我用黑人是阶级兄弟的堂皇言语鼓舞了他，却又像受侮辱的兔子般逃之夭夭。我责问自己，如果不是这个开理发店的黑人，而是一个有身份有地位的白人绅士站在我面前说那番话，我会如此大惊小怪吗？我会落荒而逃吗？

我万分惭愧。

于是，经过巴瑞理发店，我不再躲避，而是放慢脚步，向里张望。

巴瑞理发店的门紧闭，连个人影也没有。

流浪老人依然敲打着那个计时投币器，他似乎不认识我。我给了他几个硬币，他接过去，眼神不再兴奋发亮，也不急于进对面快餐店买炸鸡块和饮料。他真的老了，敲打投币器的声音也小了许多。

不久，巴瑞理发店门口树了一块“For Sale”（出售）的牌子。

再过不久，流浪老人也不见了。

瓦恩街上的一切依旧。我的心空落落地，只是惆怅。

1993 年 1 月

好一朵茉莉花

冬天的一个夜晚，我走在好莱坞大街上。白天在快餐店打了一天的工，晚上在好莱坞成人学校上了三小时英语课，脚踩着好莱坞大街名人之星一个个手印脚印，我拖着疲惫的身躯回家。

风驰电掣般的车流在身旁呼啸而过；五颜六色的霓虹灯广告在头上跳荡、闪烁；世界著名的中国大戏院楼顶上，一条彩龙腾起。电影院、餐馆、书店，一家紧挨一家，灯火辉煌。音响喇叭里无休无止地放着吵闹的摇滚乐，麦克·杰克逊的歌声令一群穿皮夹克的青年男女又唱又跳。这就是好莱坞啊！

英文好莱坞（Hollywood）本意是冬青林的意思。一百多年前，一位商人将洛杉矶的这块地买了下来，用朋友夏天别墅的名字“冬青林”为这块土地命名。从此，冬青林喧腾作响，成为名与利的象征，吸引各种各样的人前来拼搏，渐渐成为世界著名的影城，成为一个彻夜不眠的梦幻之地！

一个下巴上夹着小提琴的白人青年，在一家书店门前认真地拉着《平安夜》，这才想起，圣诞节就要到了！

突然好想家啊，想远在万里之外的爸爸妈妈、兄弟姐妹。如果说，刚搬到好莱坞的那几天，我曾经感到很新奇，很兴奋，可是过了这么多时日，我觉得我和这条街上的一切格格不入！这些人，这些在我面前晃动着的脸，黑色的、白色的、半黑半白的，穿着奇形怪状五颜六色的衣服，嘴里发出各种声音，他们嬉笑、喊唱，他们粗鄙狂放，这一切与我毫无关系，他们只会让我反感。这满大街的喧闹是他们的，满目的繁华是他们的，圣诞欢歌也属于他们。

一个异乡人，身处群魔乱舞之中，和他们隔着千山万水。

“嗨!”有人从身后超越我，转过身倒退着向我打招呼。

“嗨!”我点点头作答，继续赶路。在好莱坞大街，不认识的人之间打个招呼是家常便饭，高兴起来拥抱接吻也不少见。“今天天气真好!”“你的衣服真漂亮!”这些善意的招呼让人赶到亲切、愉快。

可是今晚，我没有感觉。

“你是朝鲜人?”那人跟在我身后问。

“……?”我一愣，回头瞥了一眼，顿时吓了一跳。

那是一个打扮得怪模怪样的黑人青年，皮肤黑亮发青，头上戴着染成红红绿绿羽毛的饰品，身上挂着一些叮叮当当的玩意儿。手里拿着一支长笛。虽说在好莱坞大街，什么样的打扮都有，早已见怪不怪，可这一身五颜六色羽毛和叮叮当当的打扮，还没见过。这样的夜晚，见到这样一个怪人，我感到诧异和害怕。

“你是 朝鲜人?”他又问。

“No!”我加快脚步。

“你是日本人?”他紧追不舍。

“No!”我使劲摇头。我不知道他要干什么，我怕自己碰上纠缠不休的流氓。

“那么，你是越南人?”

“No!”我大叫一声，转过身来，停下脚步，我说，“我是哪里人，和你有关吗?”我四下看看，马路上满街都是人，警察随时能从地下冒出来，他敢怎样？

我怒视他，他看着我。我看到一张惊讶的脸，有点委屈。他连连后退，“OK，OK，请你别紧张，我不打扰你了！”

他退后几步，悻悻地，转身离去，身上那些玩意儿叮当作响，红红绿绿的羽毛在头上晃动，他走得飞快。

真是个怪人！我嘟囔着，继续赶路。不一会儿，我拐进惠特蕾街，回家的必经之路。一转弯，耳根清净下来。这条路上没有商店，只有一幢幢公寓。灯光幽暗，行人稀少。偶尔有个把牵着狗的老人，经过我身边，他们在临睡前，让他们的宠物上一回“洗手间”。公寓的石阶上，躺着几个流浪汉，身上盖着毯子，边上散落着吃剩的牛奶纸盒、面包、土豆条。与好莱坞大街喧闹繁华相反，这儿静谧萧瑟。

街的尽头是我家住的公寓，二楼有我们三口之家的一间温馨小屋。

忽然，一阵悠扬的笛声从我身后传来，划破惠特蕾街夜空的寂静。这曲子似乎在哪里听过？我怎么觉得有点熟悉。我是音盲，除了国内学校教过的歌，外国音乐知识近乎零。奇怪啊，这悠扬的笛声丝丝地往我心里钻，我忍不住放慢脚步，侧耳细听，啊，《茉莉花》！在美国住了几年，接触的不是成人学校的同学，就是底层的打工者。我从来没听到哪个美国人会唱中国歌，或者吹奏中国曲子。我情不自禁转过身去探寻。

30米开外，幽暗的路灯下，那个头上插满羽毛的怪人，正陶醉在自己吹奏的笛音里。笛音柔曼而活泼，拨动着我的心弦，“好一朵丽的茉莉花，好一朵美丽的茉莉花，芬芳美丽满枝椏，又香又白人人夸……”一股暖流流遍全身，那熟悉的江南水色，那淳朴的风俗人情，随着涌上眼眶的眼泪，呈现眼前。

多么希望四周静些，再静些，独独留下这久违的乡音！

“哈，你是中国人，我知道了，你是中国人!”一曲吹完，那怪人手舞足蹈起来，身上的铃铛像风铃一样，在夜空散播开去。我原本想逃，却被刚才的笛声吸住了。我想远远地对他说声谢谢，我想告诉他，搬到好莱坞之后，度过那么多孤苦无告的日子，今晚我在他笛声里看到家乡，看到亲人，我感到快乐。

我犹豫着，还没等“谢谢”说出口，他突然挪动脚步，向我飞奔过来。

“太好了，我爱中国人!”他边跑边喊，“我爱你!”

我一惊，撒腿就跑，跑得飞快。叮当声渐渐远去，我还在奔。他也许早已停下脚步，我还不放心。我跑进公寓，使劲把大门关上，靠在门后直喘气。

邻居洛丽走过来问：“这么晚了，你还到外面去啊？我搬来这么多年，从来没有在晚上 8 点之后出过这个大门。好莱坞的晚上，碰到坏人可麻烦了!”

我捂住胸口，使劲摇着头，我想告诉洛丽，我晚上有课，我刚才碰到一个怪人，不过他不是坏人，肯定不是，他只是喜欢一首中国的曲子，想找一个知音……可是最终，我什么也没说。

多少年过去了，如今每当听到《茉莉花》的曲子，准会想起好莱坞大街那个夜晚，那位头上插满羽毛，身上挂满铃铛，追着我吹奏《茉莉花》的怪人。他是谁？流浪艺人？失业的音乐家？精神患者？可是，知道这些于我有什么意义呢？我只需记住，他曾经追着我，为我吹奏了一曲中国的《茉莉花》，他让我感动得热泪盈眶，他激发我绵绵乡愁，他说他爱中国人，可是，我竟然没有对他说一声谢谢!

2000 年 9 月

鸟飞过

一

几年前，我在洛杉矶比弗利山庄的一个德国老太太家当管家，说是管家，其实就是中国的保姆，做的是清洁和烹调的工作。在去德国老太太家的路上，必定经过一座豪华的高宅深院。棕红色的哥特式尖顶在浓郁的树丛里忽隐忽现；一群群鸟儿叽叽啾啾从林子里飞进飞出；偶尔徐徐开启的大门里，缓缓驶出豪华的罗斯罗伊司轿车。但是，真正引起我注意的，是大门外椭圆形花坛里赫然躺着的那个黑人流浪汉。每天都是他，脸上盖着一张大大的报纸，两手交叉在胸前，皱巴巴的 T 恤衫，膝盖带破洞的牛仔裤，笔直地躺在那张长椅上。他为什么老躺在那儿呢？为什么总在我上下班的时候在这里睡觉？

终于有一天，抑制不住的好奇心驱使，在回家路上我把车子停在那豪宅的马路对面，下了车，往花坛走去。那个流浪汉睡得真香啊，盖在脸上的洛杉矶时报上，有里根总统和夫人南希的照片。环顾四周，透过花坛中央开满红色花朵的山茶树，我猛然发现，有个 10 岁左右的黑人男孩，两手正扒在白色镂花的墙头上，窥视院内。这可是侵犯隐私！这是要惹麻烦的，我不禁为小男孩担心起来。

“对不起，亲爱的女士，你已经侵犯了我家的领地，请你在听到警告后赶快离开。”从大理石门礅上的一个小盒子里，传来一个男人的声音，把我吓了一跳。这大门上的监控装置，正监视我的一举一动。我转身，赶紧离开。

“咔嚓”一声，身后一道边门开了，款款地，里面走出一个东方女人，一头乌黑的长发，一身紫罗兰长裙，一双略带忧郁的眼睛好奇地注视着我，“我能帮你什么忙吗?”她微笑着，用标准的美国英语问道。

“不不，我没事，我每天经过这里，有点……奇怪。”我也用英文说道。

她是谁呢？中国人，韩国人，日本人？或者，和我一样，在这一带做保姆抑或家庭教师？也许还是这豪宅的女主人？脑子里闪过种种猜测，我指了指躺在椅子上的流浪汉说，“他总是在我上下班的时候躺在这张长椅上。”

“哦！这是雕塑，你看，这儿还有一个，”她指着爬墙头的小男孩，“那边林子里还有两个呢!”

“雕塑?”我睁大眼睛，真能乱真啊！我顺着她手指的方向望去，果然，在林子深处，有一对脸色棕红的印第安夫妇，一个踮着脚尖，手搭凉篷，一个手指豪宅哥特式尖顶，向院内眺望。“和真的一模一样啊!”我惊叹道，“怎么有这么多雕塑?”

她改用中文说，“那都是我丈夫的杰作，他是个雕塑家。”

“原来你是中国人?”一阵惊喜掠过我的心头，她听得出我是中国人。

“是的，我是青岛人。”

“我是上海人。”我们热情地握手，像见到老熟人一样高兴。

用中文交谈，顿时拉近了距离。我知道她是这幢房子的女主人。

我忍不住走过去，摸摸爬在墙头上那个雕塑男孩结实的小腿，突起的肌肉有棱有角，能感觉到小男孩因冒险而好奇与紧张。我惊叹这些几可乱真的雕塑，肯定是出自一个很有才华的雕塑家之手。那么，她的这个雕塑家丈夫是中国人还是外国人？台湾人还是大陆人？要知道，住在比弗利山庄的大陆人极少，凭直觉我敢肯定她和我不是一类人。我说："真奇怪你能听出我是中国人。"

"我只有这点本事，"她笑笑，"一听你说的英文，就知道你是中国南方人。"

"你对语音很敏感，"说着，我端详躺在花坛椅子上的那个流浪汉，原来，连同他身下的长椅，都是雕塑。那张盖在流浪汉脸上皱巴巴的报纸，好像随着流浪汉的呼吸在微微起伏。

"你研究语言？"我随口问道。

"我做过英文老师，学校有来自全国各地的学生，听得多了，我就能一下子听出他们是哪里人。到了美国，我能听出日本人、朝鲜人、印度人、阿拉伯人、墨西哥人的英语。听来听去，发觉上海人发音最准确，得天独厚。"

很高兴她对上海人英语水平的肯定。我摸着雕塑赞不绝口，"开车经过这里，谁能看出这是假的呢？流浪汉的懒散，印第安人的好奇，爬墙头孩子的顽皮，一个个栩栩如生！"

她发觉我对雕塑那么感兴趣，就说："院子里和屋子里还有好些雕塑，是我丈夫早年的杰作，欢迎你进来看看。"

我很感谢她的邀请，但是吃过晚饭，我还要赶去成人学校上课，我说我是一个陪读太太，丈夫在加州大学读博士，我在附近做管家，有个 7 岁的女儿，几乎没有闲暇时间。我希望她明白，我和她的生活有天壤之别。她身后敞开的门里，可以看见仙境般迷人的景色，而我，住在好莱坞山脚下的那幢挤了几十户人家的灰色公寓里，蟑螂成群，设备陈旧，房租昂贵。

好羡慕她，一个幸福的美人儿。

见我要走，她有些不舍。我们说了再见，她轻轻吁了口气说："真羡慕你那么忙活。"

做了豪宅的女主人，却羡慕我这样一个为别人家豪宅做家政的人，"怎么，你不满意自己的生活？"

见我一副不解的样子，她说"你不知道，我来了八年，像蹲了八年监狱一样！"说着，眼圈红了。

在异国他乡，谁没有孤独和失落的苦闷呢，谁没有思念亲人的痛苦？在比弗利山庄的仙境里住腻烦了，却说是在蹲监狱，那我们这些穷留学生家属就别活啦！我嘲讽道："那还不简单，越狱不就得了！"我指着那个躺在椅子上的流浪汉雕像说，"像他，你愿意吗？"

眼泪夺眶而出，她委屈地哭了，抑制不住抽泣。

我慌了，"你……这是怎么了？"我走过去扶住她肩膀说，"对不起，我不是故意的！"

"没关系……骂也没关系，"她使劲抹着泪，化了妆的脸被泪水浸湿，眼角细密的鱼尾纹显露出来，"我实在太难受了，看见门外有人，而且是中国人，就想出来说说话。以后，我能给你打电话吗？"她问。

"当然可以！"我连忙回答。

我们交换了各自的电话号码。

驾车离去的路上，我竟然笼罩在伤感之中。这是每一个异乡人都有的情绪，收到一封国内来信，说上几句中国话，乡愁一触即发，思念喷涌而出，甚至，泪流满面。

我感慨不已。这个女人的背后，究竟有一个什么样的故事呢？

二

喂，小辛你好！我是柳水昭，是你下午在比弗利山庄碰到的那个中国人……对不起，这么晚了给你打电话。今天下午，当我看见你穿过马路，向老约翰家的大门走来的时候，我想你一定是个中国人。感觉告诉我，你是上帝派来的，派你和我认识，派你来听我倾诉。我必须把我的故事告诉什么人，否则我会憋死。憋死了又有谁知道呢？我从你的眼神里看出，你对我的出现心存疑虑。是的，我不像你们堂堂正正，一路读书打工，一路拼搏，吃尽千般苦，我是靠着和美国人结婚才来到美国的……

……我曾经是北方一个师范学院的英语教师，我有爱我疼我的丈夫老魏，他是一个很好的人，一个勤奋正直的生物老师，我们有一个儿子一个女儿，生活得不错。但是，我不满足，很不满足。我一直期待着在我身上出现奇迹。从 60 年代考入外语学院那一刻起，就开始做出国梦，断断续续做了 20 多年。那年，我被学校选上去法国留学，先在国内速成法语，锦绣前途向我招手，一切都那样美好。可就在出发前夜，灾难来了。红卫兵抄了我的家，大字报铺天盖地贴满门口，曾经留学日本的父亲被当作日本特务揪了出来。一夜之间，命运把我从天上抛到地下。出国留学被取消，父亲含冤自杀，母亲得不治之症，不久离开了我们，我被分配农村劳动改造。好不容易盼到“四人帮”粉碎，返城有了希望。那时外语人才奇缺，许多同学被调到外交部和驻外机构工作，他们一个个出了国，我盼啊盼，终于盼到调动我的那一天，结果，我被分在师范学校教书，因为父亲的问题还没平反。眼看步入中年，却一事无成，心里十分焦急……

一个偶然的机会，有个 82 岁的美国人想找一个懂英文的中国妻子，心里不禁一动，机会来了！八年前的那个夜晚，我躺在老魏身边，翻来覆去煎熬，一横心，咬咬牙，我说：老魏，你醒醒，我和你说件事，我想，想和你离婚，你别急呀，我没疯，我是说假离婚，我和那个美国老头结婚，他 82 岁，活不了几年，最多 5 年，或者 7 年，一个上了年纪的瘫痪老人，活不长的。我现在 40 岁，再过 5 年，也只有 45 岁，然后呢，我把我们的儿子、女儿弄到美国去读书，再然后，我和你，我们一家，在美国团聚！老魏听了，把我搂得紧紧的，他说，我知道你一直喜欢做梦，这个梦可不好玩，快睡吧，另做一个好点的梦。我说：我是认真的，我真的要和那个美国老头结婚，我要彻底改变我们家的命运！老魏不吭声，爬起来，开了灯，给我拿来安眠药，端来一杯水。我把药打落在地，我说：老魏，我是认真的，我是在和你商量！老魏这才发现我不是在开玩笑，他愣在那里，手在发抖，杯里的水洒在地上。我摇晃他，求他答应我。半天，他才缓过神来，问我：为什么，为什么一定要到美国去？究竟为什么?！我说：就因为我们俩都是黑五类子女，提干出国都轮不到我们，要改变命运，就得另想办法。老魏说：我不要提干也不要出国，我就教我的书，不是很好吗？我说：你只考虑你自己，我考虑的是我们这个家，你不为自己，也要为我，为儿女想想，我们出身不好，先天不足，没有别的路可走，老魏，我牺牲自己，成全这个家，让大家过上幸福的生活。老魏说：我们这个家有什么不好？你非要把我们活活拆散。我说：人往高处走，水往低处流，你没出息，总不能挡着我和孩子也没出息吧！

老魏一宿未睡，百思不得其解，他反复说：我不明白，难道不出国就没出息了？

我们争论了好几天。老魏硬是不同意。最后，我说：你是不是怕我将来变心？这样吧，我给你立个字据，我发誓决不让那老头动我一根毫毛，要是将来我变心，你可以把这字据公开。老魏一把接过字条撕得粉碎，他痛心疾首，摇着头说：水昭啊水昭，你真是鬼迷心窍，你让我怎么面对爹娘面对同事朋友，你让我怎么向两个孩子交代！我说：这就是代价，你要忍辱负重，熬过这几年，我们到美国相聚！

我逼着老魏去民政局办了协议离婚。分手时候到了，我们在海边最后一次长谈，老魏问我：人活在世上到底图什么？我说：图事业有成，图生活快乐。他说：事业成不成各有标准，关键要尽力；生活快乐不快乐是自我感觉，知足才能常乐。他指着天空飞来飞去的海鸟说：你看它们，并不在乎飞到哪棵高枝哪座山头，只要飞，就很快乐。我反驳说：要是一只鸟在天上飞一辈子，没有飞到一棵高枝上，还有什么意思？老魏说：鸟飞过，就有意思。我摇头说：不对，要比别人飞得高，才有意思……

小辛你在听吗？现在你可以鄙视我了，我俗不可耐，为了圆一个出国梦，竟然嫁给一个 82 岁的外国老头！是的，我也鄙视自己，要是我能预料八年后的中国，国门大开，出身已不再是出国和提拔的障碍，那么，我无论如何不会作出那样愚蠢的决定。八年，到底是八年啊，不是八个月，我生命中最美好的时光消耗在一个老人身上了！

……

累了一天，我眼睛睁不开，听这个叫柳水昭的女人一通无聊的电话，简直是受罪。要知道，同样的故事在美国一抓一大把，凭什么我要为这个女人浪费时间！

我不客气地打断这个叫柳水昭的女人，“对不起，今天实在太晚了，八年的故事一个晚上说不完，我明天还要打工。”说完，我把电话挂了。

三

喂，小辛！我是柳水昭。对不起，我实在忍不住，又给你打电话了。每天早晨醒来，就想怎么我还活着？活在这个陌生的举目无亲的地方，可是我不甘心，每天晚上睡觉，我就想，明天，也许明天，明天就有转机，熬吧，再熬一天，我熬了八年了！

……你问我是不是每天诅咒老约翰去死？不不，不是这样的。一开始，我怕他死，因为我的儿子出国读书，需要他提供担保。我和老约翰结婚前，签订了一份协议。那份协议是他那个当律师的儿子主持下签订的。协议说如果老约翰死了，我只能在他的财产中得到每年2万美元的生活费，直到我进坟墓为止。他儿子说，他们家的财产包括这幢房子是属于他们已故的母亲和如今瘫痪的父亲的，我不配享有继承权。这是一个考虑周密的计划，老约翰的儿子在他母亲逝世后，为瘫痪在床的父亲找到了一个廉价的中国妻子兼保姆，保住了财产又有了护理员。签这个协议的时候，我觉得屈辱。我虽然成了老约翰的合法夫妻，但是，我孑然一身，什么都没有。如果老约翰死了，我没有能力担保儿女出国。于是，我请来唐人街上名中医给老约翰看病，我为他熬中药，学着帮他推拿按摩针灸。老约翰从来没有喝过中药，从来没有扎过针，特别见效。他在床上挣扎了三年，先是手动了，脚动了，接着能坐起来了，最终，他能站了！那一天，当他拄着拐杖，颤巍巍迈出第一步的时候，泪流满面，激动万分，他连连说：我活了，我活了！柳，你是我的上帝，我爱你！他使出全身气力拥抱我，这突如其来的举动把我吓了一大跳。

从老约翰站起来的那一天起，他就计划为我雕一座塑像。他的手脚还不很灵便，他的思维还不很清晰。他让我长久地坐在花园里的石凳上，默默地观察我。有时他和我聊天，问我中国的风土人情。他吃力地扶着步行器，一步一步在花园里走着，边锻炼，边构思。他说，这是第一次为一个中国女人雕塑，这个中国女人是他的妻子，是他的救命恩人，他要为她献出最好的艺术。在经过长时间构思之后，他走进工作室，坐在轮椅上，开始工作。他要我做他的助手，他在石膏和蜡堆里忙碌，用溶解成液体的蜡汁浇灌石膏模子。我默默注视着他，感到新鲜而有趣。时间在缓慢中流动，雕塑有了雏形，他一次次摇头，一次次推翻重来。有一次，我忍不住对她说：这不是蛮好吗，你为什么又不要了？他说：我始终不能把握住你，总觉得我眼睛里看到的不是真正的你。我被他的话震惊，他时而清醒时而含混的目光，仍然有着艺术家特有的犀利。但是，他没有放弃努力，几年来，他一直试图走进我的内心，要我谈我的经历，我的前丈夫，我的儿女。在我含含糊糊的述说中，他揣摩我的内心。终于，一座 2 米高的雕像耸立起来，他用一块硕大的蓝布罩住雕塑，从此不让我走近，他说要给我一个惊喜。

后来，他的工作陷于停顿，他常常困惑地望着我，像是在问：你究竟是一个怎样的人呢？他不止一次地说：为什么我在你的眼睛里从来没有看到过热情？不管是爱还是恨，都不曾看见，你们中国人是不是都像你这样冷淡，不轻易表露自己的内心？我凄然一笑，算是对他的回答。有一次，他像是终于悟到了什么，感慨地说：呵，我知道了，你没有热情，是因为我，我太老，实在太老了！老约翰给自己找了一个合理的答案。

那座罩着大幅蓝布下的雕像在老约翰工作室一放就是三年。老约翰像是忘记了似的，不再进那个工作室。这三年，老约翰除了寻遍世界良药，就是买来各类健身器，他的身体奇迹般地硬朗起来。他对我说：放心，我会完成那件艺术品，这将是我最后的一座雕塑！

可是小辛，那件雕塑对我有什么用呢？我既不能把它带走，又不能把它当饭吃，老约翰却是那样认真执着。而且，老约翰的身体康复也对我失去了任何意义。因为，我的儿子和女儿，断然拒绝老约翰为他们提供来美国读大学的担保和资助。他们给我写了一封信，信上说：妈妈，我们相信你做的一切是出于对我们的爱，但是，你的爱是自私的。你把自己的意志强加给我们这个家，你把我们三个人抛在这儿，一走了之。你知道我们这些年是怎么过来的吗？你知道我们是怎样面对各式各样的议论和羞辱的吗？你知道爸爸是怎样又当爹又当妈的吗？你当然不会知道！有一天，爸爸突然告诉我们，你是爱他的，不过是用假离婚来换取我们一家的幸福前途，那一刻，我们出奇地愤怒。我们责问爸爸：你为什么要同意母亲这样做？你为什么不阻止她的愚蠢？父亲沉重地低着头，半晌，他抬起头说：孩子，这是阻止不了的，你们的母亲，过于看重结果，其实，人生的欢乐，是在努力的过程之中。妈妈，这屈辱的决定，原来是你一个人的选择，这不能代替我们的选择。我们现在长大了，我们会靠自己的努力，选择我们的前途，所以，你就别再为我们操这个心了。爸爸曾经说起你们在海边分手时的谈话。妈妈，你缺少一颗平常心，你得不到常人的幸福。你想过没有，如果你和父亲重新相聚，一切，还会和从前一样吗?

小辛，这是我的儿女给我的最后一封信，从此他们不再来信，据说，儿子已经来美国读书，可是我不知道他在哪里，母子不能相见，我欲哭无泪。现在，我只剩下老魏了，除了老魏的信，我得不到一点家里的消息，找不到一丝欢乐。可是不知为什么，我最近特别害怕，因为老魏已经两个月没来信了。我天天盼，看见邮递员来信心怦怦直跳，老追着邮车问有信吗?邮递员见了我就躲避。小辛，我不能没有老魏，我已经什么也没有了!

小辛，自从儿子女儿拒绝了老约翰的资助，我不知多少次诅咒老约翰死。有时，老约翰晚上要上洗手间，轻轻地按铃唤我，我装作没听见。我暗暗希望他摔一跤，倒地而死。但是，当他一个人艰难地起身，扶着步行器，摸索着一步步往洗手间走去时，我又觉得于心不忍，赶紧爬起来，追上去扶他。小辛，毕竟和他生活了8年，是石头也会焐暖的，何况他是一个好心的老头，从来没有怀疑过我对他的真诚。当他那双蓝灰色的眼睛像孩子一样充满信赖地注视我的时候，我怎么能咒他死?他善解人意，关心体贴，只要看见我脸色不好，就十分焦急，不住地问我“你没事吧?”直到我说“没事”，他才会放下心来。他在我孤寂的心里注入温暖，面对这样一个老人，我显得多么鄙劣!我越来越陷入一种两难的境地。时间一天天过去，在等待和煎熬中，我的白发一根根冒了出来，眼角的鱼尾纹一条条多了起来，原先想要达到的那个目的原来是一厢情愿的幻想，小辛，我太疲倦了，想回家，我想和老魏团聚……

四

一连几个晚上，我被柳水昭的电话弄得心烦意乱，无法入眠。有时，听着听着，我打了个盹，醒来时，话筒里的她还在我耳边絮絮叨叨。她并不在乎我是否听，只在乎她可以诉说。如果说，一开始，我对她的所作所为极为鄙视的话，那么现在，我动了恻隐之心。命运对每一个人并不同样公正，我们经历过“文革”那个畸形的年代，畸形的年代造就一批扭曲的灵魂，我不能苛求一个误入歧路又处于无望境地的同胞姐妹，她值得同情。

接着，很长一段时间，柳水昭不来电话了。长长的沉默，让我感到隐隐的不安。看着安静下来的电话机，我生出一种担心，她好吗？老魏还来信吗？如果老约翰死了，她还会幸福吗？我开始牵挂起来。

那是一个漆黑的夜晚，电话铃声大作，把我从睡梦中惊醒。柳水昭急促的声音从话筒里传来：“小辛，我在医院里，老约翰昏过去了，我好害怕啊，你能不能来陪陪我，求你了！”老约翰已经90岁了，难道熬了八年的柳水昭熬到头了？可是她害怕什么呢？电话里传来柳水昭呜咽的声音，我叹了口气，说：好吧，我就来。

我心急火燎地赶到医院，听见医生正在和柳水昭谈话，原来老约翰摔了一跤，不省人事。在医生询问老约翰如何摔跤的时候，我发现柳水昭有些迟疑，但是她马上说，她对此感到很抱歉，这是她一时疏忽。医生点点头，又问了一些其他的问题，就走进老约翰的诊疗室。

夜已经很深了。我和柳水昭坐在病人家属休息室等候，对面的角落里，一个黑人妇女在默默流泪。我等着柳水昭会像在电话里那样对我诉说，她却一直沉默，神情恍惚。我有些不高兴，我和柳水昭不过一面之交，通了几次电话，凭什么她深更半夜把我叫来干坐在这里陪她，我明天要打工还要上课，她也太自私了。终于我忍不住问："老约翰这回病重了，正中你的下怀了吗?"

"不，"她摇着头说，"我怕得要死!"

"为什么怕得要死?"这话一出口，我突然顿住了，脑海闪过刚才医生问她时的神态，一个可怕的念头闪电般划过，难道是柳水昭？我不敢想下去，心里怦怦直跳。

"柳水昭，实话告诉我，老约翰到底是怎么摔的跤?"

"是我……"她抬起头，一脸的恐惧，她嗫嚅着，"是我推的……"

果然如此！我浑身一震，"什么，你推的？你真的下毒手了?!"

"不，不是的，是他竟然要……要和我做爱!"

"什么?"我简直不相信自己的耳朵，"做爱?!"一个90岁的中风的老人要和她做爱?

柳水昭无奈地摇摇头，苦笑道："8年了，我早已忘记自己是女人，我只是一个保姆，一个照顾病人的护理员。侍候老约翰，就像侍候花园里一棵老朽的树，枯萎了，转青了，又活过来了，我从不把他当成男人。可是老约翰不这么想，他觉得愧对我。他常常说，他要创造奇迹，他要送给我一件最美的礼物，她要让我充满激情。我知道他的意思，我以为他是痴人说梦。侍候他这么多年，里里外外最了解他的莫过于我，我从不把他的话放在心上。这些天，老约翰一直很兴奋，他说准备和我到教堂去补办结婚仪式，他不用步行器，可以搀扶我，从教堂门口走到神父面前宣誓。他说，经过这段时间吃药治疗，他的身体从来没有像今天这样好。昨天，他不顾我的反对，硬要自己驾车，去比弗利山庄的店里为我买来一串昂贵的项链，在歇奈尔服装店给我买来一套绣花真丝睡衣。他很亢奋，红光满面，要我戴上项链，穿上睡衣。他说，达令，你今天真是美极了！他走到我面前，说：我要给你一件珍贵的礼物，这礼物，欠了你八年，今天，我可以给你了。我知道他有时会像孩子一样说些傻话，就哄他说，你累了，该休息了。他不理我，拉着我的手，手很烫，微微颤抖，他说：亲爱的，如果这辈子还有什么遗憾的话，那就是我还没有完成那座献给你的雕像，这是我最后的雕塑，我需要找到最完美的感觉才能完成。现在，让我帮你找回你的热情。他拥抱我，像块硬硬的石板倒在我身上，你知道，那一刻，我好恶心啊！”

柳水昭抬起头，痛苦地望着我，“他一定吃了什么药，你简直不能想象，那一刻，我只看到一张布满皱纹的脸，一双青筋暴突的手，那种和往日的慈祥完全不同的饥渴目光，我大叫‘No，No!’我挣扎着，使出全身力气，猛地一推，只听扑通一声，他倒在了地上。”

“我奔回自己的房间，倒在床上，枕头上静静地躺着老魏给我的信，那封我盼了许久，又令我万念俱灰的信，我扑在上面，疯狂地哭了……”

柳水昭说这些的时候，格外平静，她从口袋里掏出老魏给他的信，苦笑着说：“你看看吧，这就是我的下场！”

老魏的字迹很潦草，看得出来，他写的时候有些慌乱，“水昭，今天，我不得不告诉你，我已经准备结婚了。当初，你一意孤行，没有想到会是这样漫长的等待，你走了一年后，她出现在我的生活里，支持我度过了舆论的压力和家庭的难关，她成了我们家最好的朋友，儿子和女儿都接纳了她。这些日子，我想得很多，我不能再拒绝她了，我也不能欺骗自己，我是爱她的，很爱。如果我和你再团聚，不可能回到从前，与其余生痛苦，不如现在决断……”

“他是对的。”柳水昭漠然地说，“我对不起他。”她绝望的目光，越过我的肩膀，茫然地落在窗外的黑夜里。

不知过了多久，诊疗室的门开了，医生出来对柳水昭说，老约翰已经醒了，暂时没有危险，但要留在医院住一段时间。护士推着老约翰的床出来了，柳水昭站起来怯怯地迎上去。老约翰微微抬起身，满脸歉意：“对不起，柳，给你惹麻烦了！”柳水昭赶忙上前捂住他的嘴。老约翰转过头对医生说：“都是我的错，下楼不小心……”

医生说：“多亏上帝救你！”

“是吗？”老约翰说：“原来是上帝救了我，我还以为医药费要付给你的呢！”

“哄”地一声，周围的人全笑了。

柳水昭扑在老约翰身上，哭了起来。

“柳，不要担心，我不会再给你惹麻烦了，”老约翰轻轻地拍拍柳水昭的肩膀，慈爱地说：“昨天晚上，我已经为那个雕塑，找到了感觉，等出院后，我就能完成！”

柳水昭让我陪她回家，她想让我和她一起看看老约翰那座未完成的雕像。

天蒙蒙亮，我们走进老约翰那间空旷有点凌乱的工作室。我们屏息静气，一齐轻轻地揭开那块罩在雕像上的蓝布，愣住了。

一座乳白色雕像耸立在面前，犹如钟乳石般晶莹、润泽、明丽，柔韧的线条，显示东方女性古典美。丰盈的身姿，略略歪着的脑袋，微微前倾的身躯，平静外表下似乎隐藏一颗躁动不安的心，活脱脱就是柳水昭！我俩的目光落在雕塑的头部，粗糙的石膏模型上没有眼睛，原本是心灵窗户的地方，有着两个凹陷的窟窿，这就是约翰一直无法完成的部分，与身体的秀美和圆浑相比，那两个空洞，丑陋而恐怖。

柳水昭的目光，久久地盯着那两个眼窝上，仿佛要把它看穿。

我很后悔参观这座尚未完成的雕塑，它让我感到不安。走吧，既然老约翰不让人看，我们就不该看。

分手的时候，柳水昭不无担心地："小辛，我真的很怕，我现在什么也没有了，只有老约翰，我怕他再也回不来了，只留下我和这尊有着骷髅脸的雕像!"

我劝柳水昭放宽心，我说我相信老约翰一定会完成这件美妙的雕塑。

天已大亮。我的车驶出老约翰的大门。门外的那个流浪汉雕塑依然躺着花坛的长椅上，顽皮少年依然爬着墙头上，那对印第安人夫妇依然站在树林里向远处眺望。

一群鸟儿拍打着翅膀从树林里飞出来，扑向天空。想起老魏对柳水昭说过的话"只要飞过，就有意义"。人一生，像鸟儿在天上飞，瞬间不见踪影。那凝聚人类智慧的雕塑，却能长久地保存下来。我多么希望老约翰快点康复回家来，完成他人生最后的艺术品。

1996 年 7 月

神父鲍伯

为自己的罪过悲哀的人有福。

凡不对我失去信心的人就有福。

不可试探我主上帝。

《马太福音》

“你为什么盯着着我看呢?”神夫鲍伯转过身来，略带惊奇地问。

“神夫在教堂里不就是让大家看的吗?”我笑着说。

“教堂里信徒的眼神是不一样的，”他摇摇头，“我感到你怀疑的目光，能让我知道这是为什么吗?”他的声音低沉温和，有种不可抗拒的力。

我不得不佩服神父的眼力，打三天前第一次看到他，我就一直审视他。这是我一生中第一次近距离认识一位神父。在小说和电影里，已经看到过各种神父，印象最深的是《牛虻》中的那位红衣主教、亚瑟的生父蒙泰尼里，他在做神和做人之间苦苦挣扎，最终承受不住巨大的悲痛而崩溃。眼前这位神父是爱尔兰人，来美国参加天主教的一个活动，住在老朋友麦克劳瑞先生家。我是麦克劳瑞先生家的钟点工，麦克劳瑞先生把神父鲍伯介绍给我。他热情地伸出手，我们握手认识。

神父鲍伯看上去有五十多岁，棱角分明的脸上有一双炯炯有神的蓝眼睛，那眼神透出慈爱而又刚毅的目光。他对中国的宗教感兴趣，尤其是天主教，问了我许多问题，我很少答得出。作为神父他当然不结婚，我很想知道他内心是否也有做人与做神的冲突？他的帅气和沉稳，很能吸引聪明睿智的姑娘。然而，一个无神论者如何与一个虔诚的神父沟通呢？我只能一边打扫，一边好奇地观察他。神父鲍勃显然注意到了。

“我……”我终于鼓足勇气说：“我在猜测，你一定也和每一个普通人一样，曾经爱过。”

“是的！”他坦然回答。

“我的意思是，是说男女之爱……”

“我们把这种爱都变成兄弟姐妹，父母儿女之间的爱。”神父不看我，目光移向我手中正擦着的银盘。

“可是，只要你经历过，你就知道那是不一样的爱。”我争辩道，我想只要他经历过这种感情，无须我多说一个字。

“……”他微微一怔，静静地看着我，一时无语。

“那当然不一样啊，”身后传来麦克劳瑞先生的大嗓门，“我一旦爱了，就退出了神学院，所以呢，我没有当上神父，而是当了演员。不过，我始终是个虔诚的天主教徒，从无二心，你说是吗，鲍伯？”

本该神父回答的问题让麦克劳瑞先生抢了去，我有点扫兴。神父鲍伯向老友投去感激的一瞥，笑着说：“是啊，你是个虔诚的教徒，可是你不知道，当时你离开神学院，让我伤心了好些时候！”

原来他俩曾是神学院的同学，太有趣了，我问：“麦克劳瑞先生离开神学院是否有罪呢？”

“我们人人都有罪，”神父严肃地说，“我们那时是学生，还没有宣过誓，上帝赋予人的恩赐各不相同，不必勉强。”

“王，中国佛教和尚能结婚吗？”麦克劳瑞先生转换话题问我。

“不可以的，”我说，“虽然听说过和尚与尼姑结婚的事，但这不合戒规。”

“鲍伯，听说梵蒂冈教会讨论修改教规，允许神父结婚，有没有这回事呢？”麦克劳瑞先生问神父。

神父摇摇头说：“非轻而易举的事。”

我很高兴参与他们讨论，我说：“好傻啊，你们干嘛不让神父结婚呢？从社会进化的观点说，神父的人品好，要是结婚，生儿育女，准能教育出优秀的孩子。圣经上不是也说，好树结好果子吗？再说了，神父不结婚就没有切身体会，又如何告诉信徒做个好父亲好母亲呢？”

“我的使命是告诉人们上帝的旨意，”神父对我表示宽容，“虔诚的人会照它去做一个好儿子、好丈夫、好父亲。”

我想起马克·吐温小说《汤姆·索亚历险记》中的那个场景，小汤姆在教堂里听布道，好不耐烦，悄悄地玩起了甲壳虫，引得众人哄笑。如果那个神父懂点儿童心理，怎会在布道时让孩子厌烦呢？我对神父说，“美国许多父母每星期坚持上教堂，都是为了让孩子懂得做人的道理，如果神父有养育孩子的切身经验和体会，对于孩子来说不就是福音吗？”

“哈哈哈，”麦克劳瑞先生大笑起来：“梵蒂冈应该叫你去参加修改教规的讨论了！”

我有些忐忑，神父是否觉得，我在亵渎神的旨意呢？

神父抬起头，慈爱地望着我，“你为什么不信主呢？”他说，“神正站在门外敲门，若有谁闻声开门，他必进去，他和我们，将一同坐席。”他的声音低沉，似有一股吸力。

这是在劝我皈依上帝呀，我不由得警惕起来！

到美国这些年，我总是被当作传教的对象，被人百般劝说。基督教、天主教、摩门教，还有日本的一个什么教。这些劝说的人，邻居、同学、路人，他们充满善意，他们待我亲如姐妹，那样恳切，那样不厌其烦，让我无话可说，无处可逃。我若是告诉他们，我是一个无神论者，我不相信看不见摸不着的东西。他们心痛惊呼：你不信神，怎么看得见神呢？你信了神才能看见啊！最尴尬的一次，是在洛杉矶，我的同学艾夏执意带我参加一个哲学讨论会。在郊外幽静的树林里，有着一幢日本式的别墅。进得门去，嗡嗡的人声里，一屋子人，手捧一本巴掌大的小书，跪在地上，面对供奉的神龛，念念有词。每念一段，敲一下铃铛，烟香袅袅，烛光闪烁。这哪里是哲学研讨会？这更像寺庙！我进退不是，只能礼貌坐下。待诵经结束，大家围坐一圈谈体会，和当年我们学习语录一模一样，只要碰到困难，一番诵经，迎刃而解。此情此景，似曾相识，我坐立不安。可这一切才刚刚开始。信徒们谈完体会，“活学活用”终于结束，一位中年妇女站起来致欢迎词，欢迎我加入。我有些不悦，艾夏怎可绑架我的信仰？这根本不是什么哲学研讨会！可是尽管反感，我还是不失礼貌。我声明我是一个无神论者，可是大家不放过我。在他们看来，我没有信仰实在太可怜，一个没有信仰的人，就是一个没爹没娘的孩子，尤其值得同情。无论如何，不能让我这个没爹娘的孤儿一意孤行。

那晚，我若坚持自己是无神论，可能回不去了。我于是换了个理由，我说我需要学习，我对他们这个教一无所知，回去后看些书了解了解。哪知话音刚落，一大叠资料旋即递到我手上，小册子、图片、报纸，大家纷纷告诉我，这是日本佛教日莲宗系新兴宗教之一，创办人是日本的两个小学教师，教义是《三大秘法》、《生命哲学》及《价值论》。他们在这里讨论人生，就可改变宿命，追求幸福的生活。我说，那太好了，我回去考虑。这有什么好考虑的呢？他们说，幸福生活谁都不会拒绝的。一屋子人大有要我当场入教的架势。我被缠得没有办法，推脱说，让我回去问问我家先生。他们马上说没问题呀，我们跟你一起回家，把神带给你先生。这真把我吓坏了，我反复解释，先生在学校做实验，每天不到半夜不得回家。不去我家，可他们还是围着我，若是不能说服我加入，似乎就是见死不救。眼看时间一分一秒过去，还是没有让我走的意思，我真的着急了。我是艾夏开车带来的，她不开车，我如何回得去？我于是说我头痛，真的头痛，我不舒服。我说明天一早还要上班。心想我这么说，总该送我回家了吧！谁知，听说我不舒服，全体信徒一起下跪，为我诵读“妙法莲华经”！

我不知所措，我如坐针毡。念完经，大家齐声问我感觉好些没有，我老老实实说：没有，我要赶紧回家吃止痛药，我有偏头痛的毛病。

那位中年妇女见我实在没有马上加入的意思，只好悻悻然散会。我无药可救，我让他们失望，觉得非常遗憾。从此，我对劝说入教者高度警惕，甚至听到“哲学讨论会”几个字，都心有余悸。

我担心神父会劝说我入教。其实刚才我很喜欢三人的讨论，虽然意见不同，但我们是平等的。自从见了这位神父，我特别好奇，有些忘乎所以。

我对神父摇摇头，我说我并不相信上帝的存在，上帝不会进门与我同坐。

神父宽容地笑笑，“你的困惑太多，耶稣基督正站在你心门外，快请他进来，住进你心灵和生命之中，你就会明白许多。”

“我其实明白，刚才我是想说，对父母兄妹的爱与对恋人的爱是不一样的。没有经历过男女之爱，再聪明的人都无法对此做出清醒的解释。”

“不，我们都不会真明白，只有上帝才是最清醒的。”神父避开我的眼神，继续他的说教。

“很遗憾，我是一个无神论者。”我说。

神父宽容地点点头：“人不服从上帝，是自己的选择。只不过，与上帝隔离了。”

我舒了一口气。想起艾夏的那个“哲学讨论会”，那种步步紧逼的攻势，与眼前这位天主教神父的宽容，反差太大了。任何强加于人的“哲学”，不可能吸引我，神父鲍伯的宽容和慈爱，有着极大的魅力。

几天后，麦克劳瑞先生打电话告诉我，他们家举行圣诞宴会，邀我参加并让我早点去帮忙。他还说神父鲍伯很喜欢和我交谈，让我早点儿去。“他恐怕爱上你了！”麦克劳瑞先生说。

“你在开神父的玩笑？”我生气了，“他可是你最好的朋友！”

“哈哈哈，神父也是人，你昨天说的话，击中他的要害了，是我帮他解了围。要知道，他也爱过，现在不是中世纪，宗教不是反人性的哲学。”麦克劳瑞先生在电话那头大声说，“我是和你开个玩笑，要知道，他可是一个最好的神父。他对我说，你如果信教，必定是一个很好的信徒，因为你有思想。”

我重新警惕起来，神父还会劝我信教吗？说真的，我很喜欢与神父对话，很新鲜很开心又增长见识。

第二天，我早早去了麦克劳瑞家。麦克劳瑞夫人正忙得不可开交，看到我去，高兴得直乐，让我给她装饰圣诞树，神父也过来帮忙。

我等着他给我说教，奇怪的是，他什么也没说。

圣诞树很高大，放在客厅的中央，壁炉升起通红的火，壁炉架上放满了圣诞贺卡，还有一张发黄的年轻姑娘的黑白照片。我们一起把彩灯挂在圣诞树上，让它们一闪一闪地发着五颜六色的光，又在树枝上挂上小彩球，拐杖糖，银丝带……最后，神父郑重其事地把一个银色的天使放到圣诞树顶上，这时，麦克劳瑞夫人放唱片，圣诞欢歌响起，我们提前享受到圣诞的欢乐。一种愉悦、甜蜜、神圣的气氛充满了整幢屋子，我想拥抱每一个人，我想唱起来，跳起来。

可是神父让人扫兴，他始终沉默，沉默得让人透不过气来。他站在那儿，面对壁炉，望着圣诞树顶的那个白色的天使，一动也不动，那双蓝色的眼睛蒙上一层忧伤的雾。他压根儿没有听见圣诞欢歌，他就这样直直地站着，一动不动。

我很不自在，想找麦克劳瑞先生，可是，他被太太差去买东西了。幸好，他太太从壁橱里捧来大堆包好的礼物，让我放到圣诞树下。我欣赏着这些漂亮的包装，把它们一件件放好。每一个礼物里面都藏着一个秘密，每一个秘密要等到圣诞节的早晨才能揭开。那时，跳舞跳累的人们，围着圣诞树，拆开属于自己的礼物，发出欢呼和惊叫，互相拥抱庆贺，每一件礼物就是一片深爱的心意。不被别人遗忘的人是幸福的。

神父还是默默地站着，神色严峻。难道，他在遵从宗教的仪式？

放最后一件礼物的时候，引起我的注意。与鲜艳多彩的圣诞包装纸相反，这件礼物十分朴素，白底上印着绿色的圣诞树，一条黄色的丝带缠绕着包装盒，点缀一朵红色的玫瑰，玫瑰花下的小白卡上写着“雷蒙娜”几个字。我注视了一会儿，把他放在圣诞树的一侧。

神父显然在注意我。他缓缓走过来，弯下腰，轻轻地拿起这件礼物，小心翼翼地把它移到圣诞树正中央，他是那样小心，手在轻轻颤抖，脸有些苍白。在众多的礼物中，那朵红色的玫瑰熠熠生辉。他久久地注视着那朵玫瑰，微微闭上眼睛，好像在默默祈祷。这难道是神父送给谁的礼物，那是谁呢？

许久，他转过身来，恢复了平静，脸上重现那种宽容的微笑，

“你想家吗？”他亲切地问我。

“是的，我想我爸爸妈妈。你呢？”我问神父。

“我的父母死了，教堂就是我的家。”

“你从来不感到寂寞吗？”我充满好奇。

“不。”

“神父为什么一定要独身呢？”

“一个独身的男子，可将全心思放在上帝的工作上，已婚的男子，就会被世事分心。”

“这是上帝的看法还是你的看法？”

“我们不把个人的理念当作真理教训人。”

“难道上帝就没有错吗？”

“噢，我的主，饶恕她吧，这是一只迷途的羔羊，”神父在胸前划

着十字，“主认为男人不接近女人是最好的，不过，为了避免不道德的事，男婚女嫁也是合情合理的。主并没有给我任何命令，但我深受主恩，就要成为他忠实的仆人”

“我不懂为什么男人不接近女人才是最好的，也许恰恰相反。你是否相信，一个成功的男人背后总有一个伟大的女人?”

“……如果那样，也是上帝的安排。”

这些话太令人失望了，简直就像和机器人对话，全是背出来的圣经里语言！我的一个基督徒邻居说服我入教时，也是用这样的语言，我说我不相信上帝造人，我相信进化论。他说一切科学都是“上帝的安排”，上帝是全能的，“圣灵住在心中，必会在一切的事上指导我们”等等。如果一切科学的发现都是上帝的旨意，那么，作为教徒的科学家们为什么还要刻苦钻研？最好的神父，应该有自己独立的思想和独特的语言，不要过于刻板地使用圣经，不用圣经的套话，或许更能教育“迷途的羔羊”。可是我没说，我不想让神父伤心，我只是说，“神父，很遗憾你不能让我相信上帝的存在。”

神父始终微笑着，还是那句话：“这是你的选择，只不过与上帝隔离了。”

“嘿，鲍伯，你在说服她相信上帝吗?”麦克劳瑞先生不知什么时候冒了出来，后面跟着第一批来参加圣诞晚会的客人。

再次到麦克劳瑞家打工，神父鲍伯走了，我有些遗憾。虽说认识他就像读了一本刻板的书，但毕竟我认识了一个神父。他的虔诚和宽容，给我留下深刻的印象。

“王，你不喜欢鲍伯?”麦克劳瑞先生问我。

我不置可否，摇摇头又点点头，我说："他太虔诚。不过，对这种虔诚，我很熟悉。"

"任何信仰都要由极端虔诚的人支撑，他们是核心，否则宗教怎能构成一个牢固的价值体系，去指导和协调归依它的人，又怎能促进社会公平正义?"

"你把宗教的作用太夸大了，宗教一旦成为政治的工具，或者一旦成为迷信，怎么还能促进公平正义?"自从认识了一些虔诚的品格高尚的信徒，我不再相信"宗教是麻醉人民的鸦片"这样武断的结论，不过，这并不意味着我同意他们的观点。

"只要科学发达，制度民主，宗教就不会成为政治的工具，也不会成为迷信。"麦克劳瑞先生很有信心。

"那么，人民圣殿教呢?"

他挥挥手，"别提它了，这只不过是个帮派，它有哲学体系吗?它能解释世界吗?他做的事不属于人类。"麦克劳瑞先生愤愤不平。

圣诞树的光彩依旧，壁炉的火渐渐熄灭，残存的木块和炉灰躺在一起。

壁炉架上，系着一朵红玫瑰的礼物还静静地放在那里。圣诞节过去那么多天了，怎么还有未被认领的礼物?我轻轻地拿起来，看了看。

"雷蒙娜是谁?她怎么不把礼物拿去?"

"是她。"麦克劳瑞先生指着壁炉架上方那张发黄的黑白照片说。

那是一个酷似影星伊丽莎白·泰勒的美丽姑娘，穿着军服，戴着船形军帽，透出一股阳刚之气。我第一次走进麦克劳瑞家这间客厅，就注意到这张照片，还以为是哪位影星扮演的角色。后来麦克劳瑞夫人告诉我，这是他们的一个好朋友，曾在军队服役。

“她到底是谁?”我问。

“他是鲍伯的女朋友。”

“神父鲍伯的女朋友?!”我简直不敢相信自己的耳朵，“怎么会呢？她现在在哪里?”

“她是个爱尔兰好姑娘，在听鲍伯布道后深深地爱上了他，鲍伯也爱她，可是他已宣过誓，不能结婚，两人陷入深深的痛苦中。五十年代初，蕾蒙娜随父母移民美国，一直苦苦地等着鲍伯，希望他放弃神父的职位来美国和她结婚。圣经上说，爱别人胜于爱主的，不配做耶稣的门徒，可是鲍伯对她的爱远胜过对主的爱，也无法把对她的爱化成对姐妹的爱，他觉得自己有罪，罪孽深重，一直在忏悔，背着沉重的十字架忏悔，跟着主走。雷蒙娜深感失望。后来她参加海军陆战队，去了朝鲜，参加那场让美国人蒙受耻辱的战争。在那儿，她寄给我们这张照片，她说，生命对于她已没有什么特别的意义，她尊重鲍伯的选择，然而，她深感遗憾。她说，鲍伯太看重神父的职责了，这样忠实的人原可以做一个好丈夫好父亲的。她永远爱他，相信鲍伯也会永远爱她。她希望她俩能在天国相见，那时，他不再是神父，而是一个实实在在的人，他们将在天国生育儿女……谁也不知道，写这信时她已得了肺炎，在那个寒冷的圣诞节，也就是那场战争结束的时候，她怀着无限的失望离开了人世……”

“雷蒙娜死了？为什么偏偏要死她?”我叫了起来，“她还没开始生活呢!”

“是啊，可是真正的痛苦只能由鲍伯品尝，你知道，灵魂是哑的，它哭不出来，只得忍受，忍受……可怜的鲍伯，他太虔诚，太看重宣过的誓。他的负担太重了，又无人可说，每次给我写信，总叫我代他问候雷蒙娜，好像他从没听说雷蒙娜已经不在人世。今年圣诞节他说要来看看雷蒙娜，三十五年了，他第一次来美国，还给雷蒙娜带来这件礼物，”麦克劳瑞先生小心翼翼地从壁炉架上拿起系着玫瑰花的礼物，捧在手中，“这些日子，每当夜深人静，鲍伯就对着雷梦娜的照片沉思，他说，他为主失去了她，这是主的旨意，他不该有什么抱怨，可是心里总也得不到安宁。他悲痛地说，主知道这一切，为什么不赦免他？”

“干吗要由主来赦免他？幸福的钥匙在神父自己手里！”对着雷蒙娜天使般的照片，我真想为她大哭一场。想起那天在圣诞树前，神父鲍伯忧郁哀伤的神情，我深深地惋惜，然而，一想起后来他与我那些干巴巴的对话，他给自己戴上面罩，把真实的情感压抑在内心深处的扭曲了的形象，我不免又怨恨起来。培养一批不食人间烟火的神父，难道就能净化信徒的灵魂？就能规范人们的行为？

麦克劳瑞先生把礼物端端正正放回雷蒙娜的照片跟前。

“这里面究竟是什么？”我问。

“不知道，反正是一颗心。鲍伯走的时候说，让这个礼物永远陪伴在雷蒙娜的身边。”

“这有什么意义？人都死了呢。”

“爱情本身就是生命，它不会死。”

我为之一震，半晌说不出话来。

麦克劳瑞先生久久地凝视雷梦娜的照片和那件缀着玫瑰的礼物，问我：“现在，你该对我的朋友肃然起敬了吧？”

我摇摇头说：“恰恰相反，他太冷酷了。”

麦克劳瑞先生摇摇头，说：“每一种事业都提倡献身精神，在西方，信教的人很多，这么多人走进教堂，感情差别很大。真正为之献身的并不多，很多人只是在心理上依赖它，把它作为一种生活方式，或者因为教会的慈善受惠于它。而鲍伯，他将身体和灵魂都献给了主，成了爱尔兰很有声望的神父。我为了爱情中途退出，我不如他。他是我们天主教的骄傲。你们的事业不是也有许多那样的英雄吗？你们不也提倡献身精神吗？”

我无语。我能说什么呢？难道神父鲍伯献身上帝是不值得的，而雷蒙娜献身爱情才是值得的？我们每个人都是自由的，神父鲍伯宽容我不信上帝，而他自己献身上帝。

假如神父鲍伯和雷蒙娜能在天国相遇，她会原谅他吗？她会视他为天主教的骄傲吗？

那件谜一般的礼物，是神父鲍伯不能直抒的情感和压抑在心底深处痛苦的凝聚物。渐渐地，神父的形象在我脑海渐渐模糊，而雷蒙娜的光彩照人。

都是无私奉献，都是不求回报的爱，一个献给神，一个献给爱情，神和爱情竟不能和谐相处！

幸亏我记住了麦克劳瑞的那句话：爱情本身就是生命，它不会死。

1991 年 1 月

布兰尼卡

我最后一次见到布兰尼卡是在一个月前。

那天晚上，她坐在我家地毯上看电视。她妈妈每天打俩份工。从下午三点做到第二天早上八点。她妈妈规定她放学后的活动只限于公寓里面。晚上，她常来我家玩。我搬到好莱坞没多久，还没找到工作，除了每天在好莱坞成人学校上几小时课，成天待在家里看书做家务。作为对门邻居，她和我们一家混得很熟。

这是一个十一岁的女孩，她算不上好看，却有一双大而幽蓝的眼睛，宽宽的嘴唇，挺直的鼻梁。她和北美大陆的孩子一样早熟，少女的体型，丰满而健硕。可是和她说话，看她天真的样子，她还是个孩子。她喜欢和我小学三年级的儿子打打闹闹，围着墙根逃来躲去，用水枪偷偷射击对方，为屁大的事一次次地来告状，讲话常用错时态。他们一起玩，我总是扯着嗓门喊儿子的名字，警告他们别瞎闹。可是，一旦比布兰尼卡大点的男孩从她面前经过，她会突然停下孩子气的打闹，挺起胸脯，装出成熟少女的矜持，从眼角斜视对方。如果对方主动和她打一声招呼，她回以妩媚一笑，娇柔地说一声：“嗨！”我常常为她故作大人的姿态暗暗诧异，这些不知从哪里学来的吸引异性的本领，和她的年龄多么不相称！

那电视节目我毫不感兴趣，跳跳蹦蹦疯疯癫癫的一群小动物，闹来闹去全为了对一只小白猫的爱。我比较保守，给孩子们看的动画，为什么像大人电影那样，表现如何讨好自己所爱的人，如何与自己的情敌明枪暗箭对着干。可是，布兰尼卡却和我儿子看得津津有味，我只好放弃每周六晚上标有四个星的故事片《我的贵妇人》。一九六四年，这个电影赢得八项奥斯卡金像奖，包括最佳影片奖。如果布兰尼卡不在，我会和儿子谈判，请他把电视机让给我看，可是布兰尼卡在，她是客人，我必须让她。我羡慕美国人家每个房间都有一台电视机，要看什么就看什么，和谁都不相干，我们这些穷留学生家，只能将就！

门铃响了，开门一看，是布兰尼卡的哥哥雷诺，一个好莱坞高中学校二年级生，他粗大嗓门问："布兰尼卡在吗？"

"在。"我说，心里暗暗高兴，布兰尼卡一走，我就可以看《我的贵妇人》了。

"回家去！"雷诺对她凶巴巴地说。

"妈妈回来了吗？"布兰尼卡不情愿地问，坐在地毯上没动。

"妈妈不回来你就不回家啦？"雷诺提高嗓门。

布兰尼卡盯着电视屏幕，还是没动。

"你给我快回家！"雷诺吼道，他的脸色红红的，鼻尖更红，我闻到他嘴里的酒味，他才高中，怎么喝酒了呢？

布兰尼卡看了我一眼，像是乞求我帮她说话，又像是要我为她做什么，不过她什么也没说，无可奈何地站起来，万般不情愿地向门口走去。

我说："明天见！"

她懒洋洋地说："明天见！"

之后一连几天，我没见到布兰尼卡，也没见到她家的人。说来也怪，这个和我家相隔仅几步，门对着门的邻居，对我来说是如此神秘，在那扇紧紧闭着的门里，似乎藏着什么秘密。

比如说，他们这一家到底住着几个人？我们做了三个月邻居，一直没搞清楚过。布兰尼卡，两个哥哥、一个五六岁的妹妹、一个和她妈妈同进同出的墨西哥男人，布兰尼卡说那不是她父亲，也不是妈妈的情人，是什么她不知道，不过后来，哥哥好像少了一个，墨西哥男人也不见了，却多了个高大的胖老头儿……

再比如说，她妈妈的年龄，我始终猜不透，要不是布兰尼卡叫她妈，我真以为那是她姐姐，这是一个像费丽·雯般艳丽的萨尔瓦多女人，生了几个孩子，少说也三十多岁了吧，可实实在在的，她看上去像个中学生！

还有，他们家到底有几个爸爸？照理，我不该对邻居的隐私表现出那么大的好奇心，可是，那个讨厌的布兰尼卡偏偏老爱告诉我一些乱七八糟的事，有一次，她说哥哥雷诺要回萨尔瓦多去一次，这几天特别高兴。

“为什么？”我问。

“他爸爸要看看他，给他寄来飞机票钱。”

“你去吗？”

“那又不是我的爸爸。”布兰尼卡撇了撇嘴。

“你爸爸呢？”我忍不住问。

“不知道。”她摇摇头，我从她眼里看出失望。

“你见过爸爸吗？”我又问。

“没有，”她说，“不过我知道他很酷。”

“你想他了？”

她点点头，马上又说："我妈妈会生气的。"

当然我还有很多问题想问，可是我不能为难这个孩子。我搂搂她的肩膀说："我理解你。"

又有一次，她来问我：

"昨天晚上到我家来的那个古巴人你见到了吗？"

"没有。"我觉得好笑，他家的门总是关得紧紧的，我又不是整天坐在门口窥探她家秘密的人。

"他是我妹妹的爸爸。"

"你妹妹的爸爸？"我惊奇地问，心想，这家到底有几个爸爸？

"他给妹妹带来许多礼物。"听上去她有点妒忌。

"……"我一时无言，我能猜出眼前这个小女孩复杂的心情，除了同情我又能说什么！

"你想爸爸吗？"布兰尼卡见我不吭声，反过来问我。

"什么？想爸爸？"我笑了，"我是大人了，不过我也想，我一直和爸爸妈妈生活在一起，直到结婚才离开家。"

"这有多好啊！"布兰尼卡无比向往，"有爸爸多好，没人敢欺负我，我妈妈一个人太苦了！"

我拥抱她，我说，"是啊，虽然我不了解你妈妈，但我从她每天起早摸黑干活养你们全家，就知道她有多辛苦，你妈妈非常了不起，你妈妈不高兴你想爸爸，一定有她的理由，你不要伤她的心，你想爸爸的时候就和我说，好吗？"

布兰尼卡点点头，眼里湿润了。

奇怪啊，这几天怎么一直没看见布兰尼卡？有一天，我从窗户里看见她妈妈开车进了公寓大门，就一直等在门口，想在她开门的瞬间问问她。等来等去，老也不见她上来。直到我关门进屋，才听见对面轻轻的钥匙声，门一开，瞬间被关上了。

她是在躲我？闪过这个念头，想起前些日子的一件件怪事。

有一天早晨，我丈夫吃完早饭急急去上班，在门口碰见背着书包的布兰尼卡："咦，你怎么还没上学？"她的学校比较远，平常比较早出门。

"我睡过头，校车开走了，可是妈妈上晚班还没回来呢！"她朝公寓门外张望。

"我送你去吧，"丈夫连忙说。要是她哥哥雷诺，没赶上校车开心还来不及呢！可是布兰尼卡，却很焦急。

"我妈妈不许我乘别人的车子。"

我听见了，走出去对她说："不要紧的，你妈妈回来我会告诉她，她不会不高兴的。"

听了我的话，布兰尼卡坐进我丈夫的汽车。我再三叮嘱丈夫开慢些，带着别人家的孩子，万万不可出差错。

不一会儿，布兰尼卡妈妈回家了，我把事情告诉她，满以为她会谢谢我们，没想到，她的脸一下变了，紧张地问："什么时候走的，多久了？快到了吗？"我说大概半个小时左右，早该到学校了。可是她还不放心，又问：

"你丈夫认识不认识布兰尼卡的学校？"

"本来不认识，布兰尼卡说她会指给我丈夫看的。"

她还想说什么，可欲言又止，脸上满是担忧，不过她什么也没说，转身进屋关上了门。

见鬼！布兰尼卡妈妈的态度，像是我们绑架了她女儿。这真是个奇怪的国度。在这里，有时做好事也会被人看成坏事。记得我丈夫刚来美国，看见学校实验室走廊里垃圾满地，就主动帮着打扫，谁知被环卫工人告到工会，说他想抢工人的饭碗。可是，今天这件事，又有什么不对劲呢？

我刚进屋，门铃就响了。是布兰尼卡的母亲，这个美丽的女人直愣愣地站在我面前，脸色疲惫，毫无平常上班时艳丽的光彩。

“又怎么了？”我问。

“你最好给你丈夫打个电话，问问布兰尼卡到学校没有？”

“……好吧。”我心里很不舒服。有这个必要吗？我丈夫为了送你女儿，上班可能迟到了呢，你谢谢都不说一声，还反复追问我，太过分了。

她靠在门框上，等着我打电话，还好，丈夫已到实验室，我一问，他连忙告诉我：“到了到了，我看着她进校门后才离开的，让她妈妈放心吧！”

她点点头，回去了，还是没有说谢谢。

我担心了一整天，希望布兰尼卡放学快快回家，让她妈妈看看，我们为她女儿做的这件事，没有损害她女儿的一根毫毛。

后来，我也问过布兰尼卡，她妈妈为什么对我们送她去学校如此不放心，她说，她也不懂。除了学校和家里，她妈妈不许她一个人到任何别的地方去，而她的哥哥和小妹妹却可以成天在外面转悠。她妈妈只是说，像布兰尼卡这样的年龄，非常危险，容易受骗上当。

“那你妈妈怎么允许你到我们家来呢？”我问。

“我妈妈说中国人很不错。”

这话总算让我的气消掉一些。

紧接着的一件事更使我对布兰尼卡的家充满疑惑。

那是一个星期天的早晨，我被一阵打骂和哭叫声惊醒，侧耳一听，是对门布兰尼卡家传出。那一下又一下的啪啪声和一阵一阵的嚎叫，直击我心。我站在门后静听，打击声喊叫声更响更惨烈。我忍不住打开门，看见布兰尼卡缩在走廊角落里，一脸的惊恐。

“打谁?”我忙问。

“雷诺。”

“谁在打?”

“他祖父。”

“他祖父?”我在脑子里转了个弯，才明白“他祖父”的意思。奇怪，他父亲和她妈妈散伙了，而他父亲的父亲却住在她家里!

“就是那个胖胖的老头。”布兰尼卡补充说。

“他祖父为什么打他?”

“……我不能告诉你……”她双手抱肩，披头散发。

“不行，我得告诉他不能这样打孩子，这是家暴，犯法!”说着我去想敲门。

“不，不!”布兰尼卡拉着我。“他该打，你别管他!”

我奇怪地看着布兰尼卡，不管怎么说雷诺是她一半血缘的哥哥，她的心怎么这样狠。

“你妈妈呢?”

“还没回家。”

又是一声惨叫。我挣脱布兰尼卡拉扯，鼓起勇气按响了她家的门铃。

一下、两下、三下……

哗啦一声，门开了。

“干什么?”一个戴着红帽子的高高胖胖的老头呼哧呼哧地站在我面前，手里握着根粗黑的皮带，裤腰没皮带，滑到肚脐眼下。

“请你不要这样打孩子。”我迎着他怒气冲冲的目光说。

“这不干你的事!”他吼道。

“如果一个大人 abuse（虐待）自己的孩子，我可以报警!”“abuse”这词我刚从英语老师那里学来，老师还给我们举了种种法律不容许的例子，我大声说，“你如果再打，我就叫警察!”

“哼!”他瞪了我一眼，把手中的皮带往地上一扔，又踢了雷诺一脚，就走出门去。

雷诺在地上一动也不动，T 恤衫上渗出丝丝血迹。

布兰尼卡闪进家门，我示意她和我一起扶起她哥哥，她像是没看见，躲进卧室，关上了门。

我伸手去扶雷诺，他不动。

忽然，他一甩手把我推开，从地上猛地站了起来，气呼呼地盯着我。

这孩子怎么了，竟不识好歹！这家人家怎么了？看来，我不该管这些闲事。

第二天下午放学后，我经过附近的超市买了一大堆东西，我提着满满两塑料袋，直喘粗气，在人行道上歇了两回，最后一次，我想一鼓作气，把东西提到家。

当我弯腰去提塑料袋时，一双结实的大手伸了过来，我抬头一看，是雷诺。他看也不看我一眼，帮我拎着东西大步朝公寓大门走去，我紧紧跟在后面，一路小跑。想起昨天他挨打后的样子，伤还没好就帮我拿东西，真是罪过。眼看到了公寓门口，我紧赶两步对他说："放下吧雷诺，我能行!"他一声不响放下塑料袋，头也不回走了。

雷诺这个样子，把我弄得莫名其妙。这孩子连最起码的礼貌都没有学会。我提起雷诺扔下的这两袋东西，往楼上走去，心想，是我不要他帮的，他把东西扔下来并没什么错，我是希望他帮呢，还是希望他不帮？在我心里只是希望他能说句礼貌的话而已。

我前脚刚进家门，布兰尼卡就跟了进来，要我儿子和他一起玩。在我回家之前，儿子关在家里，只能隔着房门与门外小朋友对话。我的这个规矩是许多人教我的，大人不在，孩子们在外面玩很不安全。

我一面往冰箱里放东西，一面对布兰尼卡说："刚才雷诺还帮我拿东西呢!"

"真的?"布兰尼卡说："他只会叫我帮他忙，从来也没帮过我的忙!"

"我想，他昨天挨打还很痛，就叫他放下，结果他放下东西，一声不吭走了。"

"他的脾气很怪，我好怕他。"布兰尼卡眼里闪过一丝古怪的神色，"可是，你知道，他在日记上写他很爱我……"

"你看他日记了?"

布兰尼卡犹豫了一下，点点头，"你不要说啊，他知道了会打死我的。"

"你是不该看他日记，那不好。"

“是妈妈叫我看的，他从不和妈妈说心里话，妈妈说他爸爸是个坏男人，欺骗她，雷诺听了不高兴，就和妈妈吵，偷偷给他爸爸写信，妈妈要我看看他日记上写些什么？”

“他写了吗？”我知道我不该问，这实在是不礼貌的。

“他没写什么，只是说妈妈不懂男人的心。可是他写我很美，很性感……”说着她吃吃笑了起来。

我惊奇地盯着她，哥哥写妹妹可以这么写的吗？美国人怎么这样！

“你告诉妈妈了吗？”

“没有。”她仍是那样吃吃地笑着。

“恐怕你应该告诉你妈妈。”我脑子里闪过的一幕让我打了个寒颤。

几天前的上午，我坐在起居室的长桌旁写信，那天阳光明媚，室外的棕榈树下开着一簇簇鲜红的玫瑰，楼下邻居四岁的女孩麦琪坐在草地上，给她的卷心菜娃娃晒太阳。透过窗帘的缝隙，我看见一只蜂鸟在嗡嗡飞舞，听老师说这是北美洲特有的小鸟，像只大蜻蜓，这是世界上唯一会倒飞的小鸟。它的翅膀能像蜜蜂一样每分钟震动上万次。我停下笔。饶有兴致地观察着这可爱的小东西。

雷诺向麦琪走过去，吓跑了蜂鸟。公寓的孩子都上学去了，雷诺怎么没去上学？没赶上校车？正在纳闷，只见雷诺坐下来，和麦琪玩了起来。我从来没见过雷诺这么喜欢小孩子，我常见他对着公寓的孩子们吹胡子瞪眼。看来那只是他的表象。我低下头继续写信，过了一会儿，我又抬起头，发现雷诺抱起麦琪，正在亲吻她的脸颊，麦琪不高兴地把头躲开，他还是紧搂着不放。这时，麦琪的妈妈在喊：“麦琪，你在干嘛?”她答道：“我在和雷诺玩呢!”

雷诺赶紧站了起来，这一瞬间，我看见他勃起的下体。也许我过于敏感，也许我什么地方出了毛病，但直觉告诉我，小麦琪面临一种危险。

我想了想，起身到冰箱里拿了个苹果，开门下楼。路过草地，看见雷诺重又坐下了，和麦琪闹着玩，我对麦琪招招手：“嗨，麦琪，你喜欢苹果吗?”

“喜欢!”麦琪向我奔过来，一把抓过我手里的苹果，“谢谢!”

“嗨，雷诺，你没去上学吗?”

“我感冒了。”雷诺阴沉着脸，站了起来，背对着我。

“你到哪里去?”小麦琪仰起脸问我。

“买……奶酪。”我随口说，我常见麦琪啃着刚从冰箱里拿出来的苏格兰奶酪，那玩意儿的气味像中国腐乳，她吃得津津有味。

“我可以跟你一起去吗?”她问。

“不行，你要去问妈妈，我在这儿等你。”

她一跳一蹦回去了，不一会儿，她从窗口伸出小脑袋，“王，妈咪说我该看《芝麻街》啦，我不想跟你去买奶酪了。”芝麻街深受孩子们喜爱，奶酪当然不能和它比。

一颗心悬着的心放了下来，雷诺转眼不见踪影。我到街上转了一圈，什么也没买，回来了。

我把这事说给丈夫听，他很不以为然，说我没找到工作，太闲了，冒出那些古怪念头，再下去，要得焦虑症了!

被丈夫一说，我在心里对雷诺感到歉疚，昨天他挨打，我冒着得罪他爷爷的危险救他，还不是为他好。布兰尼卡说他日记里写的话，让我起疑。难道，我真的像丈夫所说的那样闲得不正常了？

那天放学后，我问布兰尼卡：

“你哥哥说他爱你，可是，昨天他挨打，为什么你不帮他，连扶都不愿扶他一把？”

“这是他活该！他……”布兰尼卡欲言又止，终于，她说：“我妈妈还不知道呢，他爷爷亲眼看见他昨天摸……麦琪的小屁股，要是麦琪妈妈知道，要控告他的，你千万别说啊！他爷爷也不让我们告诉妈妈，妈妈会把雷诺赶走的。”

“天哪，这些可怜的孩子！”我想着布兰尼卡的妈妈，这个可怜的年轻女人，生活的重担压得她透不过气来，一天近 16 小时的工作，除了给孩子们吃，哪有时间了解和关心他们？她只担心在“危险年龄”的女儿布兰尼卡，却顾不上那个在“危险年龄”的儿子雷诺。即便她让女儿偷看儿子的日记，又能解决什么问题呢？

“布兰尼卡，你爱你妈妈吗？”

“当然，只是她太忙了，我没有机会爱她，有时我一天到晚看不见她。”

“如果你爱你妈妈，应该告诉她这些事情。”我说。

“我怕……”布兰尼卡怯怯地说。

“别怕，你知道，你妈妈多爱你啊，那次我丈夫送你去学校，她担心得要命，直到我丈夫说，看着你进了学校，才放下心来。”

“……好吧，等雷诺不在的时候，我告诉妈妈。”布兰尼卡像是在下决心，“不过，妈妈一回来就睡觉，我不舍得叫醒她。”

整整一个月，我没见到布兰尼卡，后来又发现，雷诺也不见了。

难道他去萨尔瓦多看爸爸了？那么布兰尼卡呢？她也找到爸爸了？如果那样，真太好了。我希望她能见到爸爸。在这个公寓里，布兰尼卡是我唯一的好朋友。公寓里其他邻居都很忙，每天只能点点头，说着“早上好”，“今天天气真好”之类的话，可这个小姑娘，让我在孤独中有了一个伴。我知道，她也是个孤独的人。在我们的闲聊中，我了解了他们的世界、一个中南美洲移民的家庭；她也了解了我们的世界，一个中国留学生的家。她成了我和邻居间的桥梁。

每天，我都期待着她突然出现在我门口，我想听她和我儿子吵闹的声音，我希望她一次次来告状，我还想看她宽宽的嘴唇，幽蓝的眼睛。

这天，我正在烧晚饭，刚把三个鸡腿放进烤箱，儿子放学回家了，他上楼时从信箱里拿来一堆邮件：一份中文报纸、一本读书俱乐部的新书介绍、一份每周电视节目预告、一大张阿克密超市的减价广告，还有一封信！

谁的信啊？我擦擦手，拿过信，信封上写着歪歪斜斜的地址，还印着一幅幽默画：一只唐老鸭坐在沙发上，架着一副大眼镜，看着电视屏幕，嘴里说：“对不起，我一直没空写信……”我笑了。

打开信，我叫了起来：是布兰尼卡！奇怪，她怎么会给我写信呢？儿子也兴奋地凑了过来。我们俩一字一句读信：

亲爱的王：

你看了信封上的地址，就明白我在哪里了。我想你！

我回头看信封，上面写着：富兰克林心理治疗中心。这是怎么回事，

布兰尼卡怎么去心理治疗了呢？赶紧往下看：

我到这儿一个月了。那天晚上，就是雷诺把我从你家叫回家的那个晚上，发生了一点事。我想把电视里的动画片看完，可是雷诺不让我看，他说头痛，头很痛，让我给他按摩脑袋。雷诺的爷爷不知上哪儿去了，妹妹也睡着了，我不想帮雷诺按摩，我去开电视。我怪他不该喝太多酒，我们吵架了。我说要把他的事告诉妈妈，我不小心说漏嘴，他知道我看了他的日记，气疯了，说我要是告诉妈妈，他就杀了我。我害怕了，保证不告诉妈妈，只要他让我看电视。他这才高兴起来，说我是他的好妹妹，他非常爱我，非常非常爱我。

我看电视的时候，他紧紧抱我，越抱越紧，我不高兴，挣脱了他，我想去你家。他凶狠地说，你是一头爱管闲事的中国猪。我很生气，我说你挨爷爷打，她救过你，你怎么可以骂她呢？他说，她是救了我，我已经帮过她忙，我不欠她，我讨厌她！我们又吵。

吵着吵着，我发现他身体好烫，我怕他生病，不敢再吵。我想去冰箱给他拿冰，他抱住我说，不要不要，什么也不要，他只要我，他说："布兰尼卡，原谅我，请你原谅我……"

王，我不能说得更多，这里的医生让我忘掉它。反正那天我生气了，打他骂他，他力气好大，我毫无办法……

他呼呼大睡，我哭了。我打电话把妈妈叫回来，妈妈发疯了，他把雷诺从睡梦中拖起，狠狠打他，恨不得打死他。

妈妈打不动了，她哭得很伤心，她说她早就知道，世界上男人都不是好东西，可是她万万没有想到，自己的儿子也不是好东西！妈妈不停地捶打自己的脑袋，叫喊着：上帝啊，为什么这样惩罚我？

雷诺一声不吭，他拿起电话，打给警察局。

不一会儿，警察把他带走了。

妈妈哭了一夜。第二天，两个社会工作者来我家，她们很亲切，把我带到这儿。

现在，我妈妈每星期来两次，和我说话，说很多话。我从来没有感到妈妈这样好。我在这里可以上学校里的课。这里有许多同学，他们都发生过一些事，有的和我一样，有的和我不一样，我们在一起讨论，懂得身体属于我们自己，身体是神圣的。如果身体受到伤害，可以修复，但是，如果灵魂受到伤害，修复是艰难的。

老师还告诉我们，我们还和从前一样，我们的身体和灵魂都很健康。

雷诺在另一个地方，妈妈说，他有较大的麻烦，我不能单独见他。

他们让我学会忘记。可是，怎么能忘记呢？

我告诉妈妈，我多么羡慕有妈妈也有爸爸的孩子。妈妈答应帮我去找爸爸。妈妈说，她在我这样的年龄，常常被别人欺负，她生下我们几个，从此，再没有幸福可言，她怀疑每一个向他求婚的男人。

医生说，妈妈同样需要心理治疗

等我治疗结束，我们就要搬家了。妈妈希望在一个没有人认识我们的地方，重新开始生活。

我怕再也见不到你，决定给你写信。

我想告诉你，自从你搬到我们这里，我很开心。我喜欢坐在你家地毯上看电视吃东西，也喜欢和你儿子玩耍，更喜欢在你家吃晚饭，我永远不会忘记中国菜的美味。

最后，我想说，我爱你，真的！

爱你的

布兰尼卡

看完信，我泪流满面。儿子焦急地问："妈妈，布兰尼卡在哪里，她怎么了？你告诉我呀，我看不懂。"

这才发现，我有了麻烦。我必须向儿子解释这一切，可是太难。人类一些肮脏的事，不是我能说得清楚的，又怎么向一个8岁的孩子解释呢？

1991年2月

爱似深沉的海

爱，就是
人世间最纯洁的和解。
关心它的人，请后退一步，
给神圣的玫瑰
让出一条路。

这是罗马尼亚诗人扬·阿列柯山德鲁的一首诗，如果我不曾认识阿拉娜，不曾为她的爱情流过同情与感动的热泪，也许就不懂这首诗的确切含义。

阿拉娜的父亲是英格兰人，母亲是印度人。她有着印度人美丽深邃的大眼和英格兰人雪白柔韧的肌肤。她和丈夫卡尔住在美国洛杉矶市好莱坞山脚下一幢白墙灰瓦的房子里，门前的草地上开满鲜花，木栅栏上爬满常青的藤叶。卡尔在电影制片厂当工人，阿拉娜是电影厂的模型制作师。自从她俩有了一个可爱的女儿小瑞娜，阿拉娜就辞职在家带孩子。阿拉娜要我隔天去帮她照看小瑞娜，以便她出去健身或购物。

很快，我们熟悉了，互相有说不完的话。我的工作任务渐渐变了——不再是带孩子，而是陪阿拉娜聊天。她把小瑞娜放在地毯上，让她满屋子乱爬，一会儿啃玩具一会儿啃书，口水流一地。我俩开着电视，吃着爆玉米花或巧克力，海阔天空，亚洲美洲、中国美国、男人女人、黑人白人，妻子丈夫，总之，我们无所不谈。

有一天，那是我上课的日子，阿拉娜突然打电话来，她声音低沉，用乞求的口气，求我立即去她家。我只得放下背包，匆匆赶去。一进门，就见阿拉娜眼睛又红又肿，小瑞娜坐在角落里的地毯上，双手在猫食盆里捣鼓，手上、脸上黑乎乎的，旁边围着三只猫，一黄一白一黑，抢着舔盆里的猫食。

“出了什么事?”我焦急地问。

“约翰病了!”她抽泣着。

“约翰？约翰是谁?”我奇怪地问。

“他是我从前的男朋友。他生病竟然不告诉我，他怎么可以不告诉我!”说着她又哭了起来。

这就怪了，结婚了，孩子都有了，还对从前的男友情意绵绵，美国人真是不可思议，阿拉娜究竟想干什么呀？真后悔没去上课!

阿拉娜见我无动于衷的样子，愈加伤心起来，眼泪汹涌而出，我连忙劝她：“病总能治好的，哭有什么用!”

“可是他得的是肺癌!”这话，阿拉娜几乎是叫出来的。

我望着她绝望的神色，不知该说什么好。

从以往聊天中，我知道阿拉娜有一个不幸的童年，父母不和的阴影笼罩着她家，争吵和殴打声不绝于耳。她像一个孤儿，无人注意，无人关心，几乎被这个世界遗忘。十四岁那年，她忍无可忍，离家出走，踏上漫漫流浪路。几年后，她遇上温厚善良的卡尔，相爱结婚，生下小瑞娜……

今天，阿拉娜的嘴里，突然冒出从前的男友“约翰”的名字，我好不惊讶！

原来阿拉娜在流浪途中，先是遇到了比她大十岁的约翰。约翰是一个汽车旅馆的经理，他好心收留她，让她在汽车旅馆住下，她则在汽车旅馆打工。后来两人同居。约翰见阿拉娜聪明好学，供她读书，一直读到大学。阿拉娜在加州大学读完了文学系童话专业，又在电影工作室找到一份工作。没有约翰就没有阿拉娜的今天，阿拉娜对约翰感激不尽。

就在这时，卡尔出现了。阿拉娜在工作室遇到了英俊的卡尔，两人在同一个摄影棚工作，一见钟情，他们疯狂地相爱了。

“你怎么可以背叛约翰呢？”我对阿拉娜的行为大惑不解，这种忘恩负义的行为，历来遭人不齿，可能她也知道不妥，和我谈过那么多心里话，却不曾吐露过约翰这个名字。

“我并不想背叛约翰，”阿拉娜委屈地说，“可是我不能欺骗自己的感情，自从遇到卡尔，我才知道什么才是真正的爱。约翰立刻觉察出来了，约翰很冷静，他说，爱是不能勉强的，他之所以没和我正式结婚而只是同居，就是为了让我找到真爱的人。他当时收留我，我感激他，于是我们一起生活。但是他知道，一个人一生应该体验到真的爱情，他是全心全意爱我的，他体验到了爱情的幸福，非常满足，而我，他知道我对他更多的只是感恩，在遇到卡尔之前，我确实没有体验过真正的爱情，约翰鼓励我去寻找，他还说，一旦得到了，就去追求，就结婚，就去享有爱的果实。”

多么奇怪的约翰啊，我问：“那么，你和卡尔恋爱，难道约翰不感到痛苦吗？”

阿拉娜点点头，“是的，他很痛苦，非常痛苦，但从不让我知道。

他一支支地抽烟，一杯杯地喝酒，我觉得事情有点严重，就在约翰和卡尔之间犹豫。我不知道应该为感恩离开卡尔，还是为爱情离开约翰？就在我举棋不定的时候，约翰找到卡尔，这是两个男人为爱情所作的最真挚最诚恳的交谈。约翰告诉卡尔，爱就是给予，爱情是最无私的给予，当男女双方都想无私给予时，才是最美满的爱情。卡尔问约翰，难道你对阿拉娜不是这样的吗？约翰说是的，我愿意为阿拉娜献出一切，但是阿拉娜对我更多的是感激，她感激我收留了流浪中的她。可是约翰知道，感激不是爱。”

卡尔明白了，卡尔被感动了。卡尔说他会爱阿拉娜，珍惜阿拉娜，为她付出一切。约翰默默离去，阿拉娜和卡尔结婚了。

可是……，阿拉娜痛苦地说，约翰至今孤身一人，他一直没有结婚。

这个在小说电影里才能见到的爱情故事，让我在现实中遇到，多么不可思议。

那天，卡尔送阿拉娜去看约翰，车里带着我和小瑞娜。

开了几小时的车，我们来到贝克莱山庄附近。汽车缓缓驶入棕榈树高耸的林荫道，医院的停车场宽阔而整洁。卡尔打开车门，对阿拉娜说：“你去吧，和他好好谈谈，代我向他问好！”阿拉娜吻别卡尔，卡尔目送着阿拉娜消失在医院的大门里。卡尔转身对我说：“我们到花园里去等她。”

小瑞娜在花园里玩耍，卡尔心神不定，不断地看着手表。

半小时过去了，一小时过去了，一个半小时过去了，我们足足等了三个小时，依然不见阿拉娜的身影从门里出来。小瑞娜又累又饿，吵着要妈妈。卡尔叫我带她去吃麦当劳，我让她在麦当劳儿童娱乐场地骑马滑滑梯蹦蹦跳，尽情玩了个够。回到汽车里，小瑞娜倒头便睡。

太阳渐渐西斜，阿拉娜还是不见踪影。我不免心焦起来，我问卡尔："是不是去叫她一声呢？"

卡尔坚决地摇了摇头，说："不，不必要。"

我问："你去看约翰吗？"

他摇摇头说："不，阿拉娜能代替我，我却不能代替她。"

于是，我们继续默默等待，各自陷入沉思。

"王，我能否问你一个问题？"卡尔打破沉默。

"当然可以。"我说。

"在你看来，一个人是否会同时爱上两个人？"卡尔期待地望着我，又补充说："我指的是男女之爱。"

这是人类讨论了几千年的一个话题，既简单又复杂。人们只有不同看法，没有结论。

我想了想，说："在我看来，一个人不可能同时爱上两个人，然而一个人的一生中，可能会爱上不同的人。"

"为什么？"

"……每个人，对爱的理解不一样，在不同的年龄段，也不一样。一些人，把好感当作爱，另一些人，明明爱得很深，却不说爱，说成喜欢。"

卡尔点点头，似乎很满意的样子。他闭上眼，靠在椅背上，像是睡着了。

夜幕中，阿拉娜终于从医院那扇紧闭的大门里走了出来。很奇怪，隔了那么远，卡尔竟然感觉到了，他猛地睁开眼睛，眼神一亮，说，她来了，阿拉娜！

我看了看手表，我们足足等了四个半钟头！

阿拉娜疾步走近汽车，卡尔忙为她打开车门。

阿拉娜给卡尔一个很深的吻，又吻了吻后排熟睡的小瑞娜，然后坐在卡尔的身旁。我看见她的眼睛红红的，噙着泪。

在回家的路上，阿拉娜和卡尔谁也没说话。开车的卡尔神情专注，始终把右手紧紧握住阿拉娜的左手。

约翰动了手术。几个月来，阿拉娜常常奔走于医院和家之间，忙得不可开交。她不断求助于我，给她加班。为了他和约翰的爱和友情，我不得不帮她，为他们料理家务，照看小瑞娜。每次阿拉娜去医院，卡尔为她准备鲜花、巧克力、奶酪蛋糕，凡是约翰喜欢的东西，卡尔都放在心上了。

但是我发现，卡尔的眼里，有一丝淡淡的忧伤。阿拉娜不在的时候，他在院子里不断抽烟，眼睛愣愣地望着远方。卡尔想什么呢？为约翰的病，还是为阿拉娜对约翰的情？

终于有一天，阿拉娜告诉我，约翰可以出院了，医生说他的手术很成功，康复得很好。阿拉娜欢呼雀跃，卡尔也显得十分高兴。他们在家忙了好几天，准备接约翰来他们家住上一段时间。他俩还准备一起去医院接约翰。我也兴致勃勃，帮他们打扫房间，整理衣柜，为约翰腾出足够的空间。

阿拉娜在约翰房间的床头柜上放了一束红色的玫瑰，卡尔在床上方的天花板上贴了一幅拳王阿里的巨幅照片，据说阿里是约翰从小的偶像。阿拉娜很高兴，亲吻了卡尔，称赞他想得这么周到。阿拉娜说，约翰躺在床上，睁开眼睛就能看到阿里，阿里会给约翰带来力量和希望。

阿拉娜的家，充满过节的气氛。从超市里买来的各种各样的食品堆满了厨房，塞满了冰箱；客厅的录音机里终日放着贝多芬和莫扎特的曲子，芭蕉叶和龟贝叶在壁灯照映下翠绿欲滴……

说实话，我也很想快快见到约翰，这位阿拉娜的恩人和曾经的爱人，品格如此高尚的人，只有在小说和电影中才能遇见。

那天傍晚，我一下课，就往阿拉娜家里跑，路上，我不断想象约翰的模样。绝症会重创一个人的形象，约翰一定十分憔悴，脸色苍白，他没有结婚没有孩子，孤身一人会有些忧郁。可怜的约翰，要是能在阿拉娜家住上一阵，友情和爱情定会将他滋润。

“小瑞娜！阿拉娜！”我喊着她们的名字走进屋里，觉得有些异样。

阿拉娜呆呆地坐在客厅的沙发上，手里捏着一封信，神情沮丧；小瑞娜依旧和三只猫为伍，坐在角落地毯上，脸上和手上黑乎乎的；卡尔站在屋外的草坪上，透过客厅的窗户，我看见卡尔站着发呆，手里拿着一支烟。

“怎么了，阿拉娜？约翰呢？他来了吗？”

阿拉娜摇摇头，眼里含着眼泪，她把手里的信默默递给我。

那是约翰的信，整整齐齐，上面写着：“亲爱的阿拉娜，感谢你和卡尔在我绝望的时候给予我无私的帮助，我得到的太多太多！今天，我就要离开美国，带着你们的爱，前往欧洲，在无人认识我的地方开始我全新的生活。再见，亲爱的卡尔，再见，亲爱的阿拉娜。”

下面署名：爱你们的约翰。

“他走了?！他怎么就这样走了?”我简直无法理解，一个生重病的人，一个正需要别人照顾和帮助的人，却要去一个陌生的地方，开始“全新的生活”?

“我了解他，他不想妨碍我和卡尔，他原本就不想让我知道他生病，是我偶尔听一个朋友说起才知道的。我每次去看他，他都生气，非常生气，有时故意不理我。可是我知道，他天天都想看见我。他动手术那天，进了手术室，我在房间帮他整理东西，发现他的笔记本上，记下了我去医院的每一个细节，记下了我的眼神，我的每一句话，我的快乐和忧伤……”阿拉娜说着，呜咽起来。

多么遗憾啊，我不能见到圣人约翰了。我把信又读了一遍，这是一个多好的人呵，他的爱，就是付出，不求回报。这种爱，像深邃的大海，无边的蓝天。一个女人一辈子，如若得到像约翰这样的爱，该是多么的幸福。当初，阿拉娜为什么要舍弃如此珍贵的爱，嫁给卡尔呢?

我想知道，在阿拉娜的心里，如今最爱的是谁?约翰，还是卡尔?

1991年1月

第三辑

美丽的蘑菇

小安是我们连队的老知青。说是老知青，年龄比我们大不了多少。她是1962年下乡的，那时才17岁，我们新知青，是1968年“文革”后去的农场。

小安的脸圆圆的，红红的；小安的杏仁眼亮亮的，忽闪忽闪的；小安的声音甜甜的，脆脆的。小安他们“老知青”是垦荒者，比起我们这些新知青，不知要艰苦多少倍。他们一来，就驻扎在岛上滩涂的地方，潮来一片汪洋，潮退一片芦荡。他们在芦苇丛中搭起三角形茅棚，骄傲地称为“列宁式”草棚。大家都见过这样一张油画，伟大的革命家列宁被流放在西伯利亚的时候，住的就是这样的窝棚。革命者就要吃苦。

白天，小安和知青们围垦。他们在芦苇丛中砍芦苇，一片片芦苇在他们手中倒下，一片片灰白色盐碱地呈现眼前。汗水是咸的，喝的水也是咸的，嘴里永远是苦涩的。被砍掉的芦苇丛，像未被驯服的野兽，露出锋利的爪牙，时不时，尖如刀刃的芦苇根，将知青们脚底咬上一口，哪怕是厚厚的橡胶底鞋，一戳就穿，鲜血直流。

晚上，小安和战友们躺在“列宁式”窝棚里，身下是一层层芦苇杆垫子，垫子下面是潮湿的盐碱地。劳累了一天，再潮湿阴冷，脑袋贴着枕头就能呼呼入睡。这时，芦虱、各种虫子、泥地下的小蟛蜞，纷纷爬出来凑热闹。半夜，有谁突然惊叫，不是噩梦，就是身上爬满的虫子，或者，蟛蜞咬了脚趾。

艰苦的日子，因为有着革命理想的召唤，有英雄主义的支撑，倒也乐观。芦苇荡扬起的歌声里，一定有小安的声音，小安的嗓子能唱出很高很亮的音。

砍芦苇的日子结束后，地里长出大片青草，那是改良盐碱地必要的措施——种青。等绿色的青草长高长茂，就将它们割下，埋进地里。如此反复种青，几年下来，盐碱弱了，土地才能种上庄稼。

种上庄稼的知青住进了草房，草房里有铁架子床，比睡地铺不知舒服多少。起码，蟛蜞和虫子不会轻易爬上身来。小安的歌声更响更甜了。

我们进连队的时候，是 1968 年。连队有了楼房，两层。这是小安这批老知青用艰辛的汗水创建。我们享受他们的成果，住进亮堂堂的楼房。门前是一个灯光球场，窗后是一片绿色的田野。

小安结婚了！她和丈夫搬进家属宿舍的平房里，里面有烧柴的灶头。

小安的丈夫汤明是个文艺爱好者，他懂音乐，会指挥。会指挥的汤明看中了会唱歌的小安，郎才女貌，郎貌女才，他们浪漫地结合。很快，小安成了一个孩子的母亲。

小安结婚后的日子是艰难的，工资每人才 24 元。两人加起来 48 元的钱，柴米油盐，衣物家具，双方父母，都要用钱支着。许多老知青为了结婚，倾囊而出，婚后每天只能吃萝卜干酱菜。小安夫妇当然也不例外。尤其是生了孩子，有营养的食物，先要给孩子吃，小安和汤明更艰苦了。

隔一年，小安又怀孕了。挺着肚子的小安，依然每天出工。不过，她做的是轻工作，比如棉花地除草，工具房里搓草绳，或者食堂里拣菜。小安很乐观，她干活的时候，歌声依然嘹亮。没多久，第二个宝宝出生了。小安休了56天产假。

插秧的季节，小安产假满了。小安又和我们一起出工。

插秧的季节，雨水总是很多。绵绵细雨，像一张迷迷蒙蒙的网，将田野、房屋、人畜，笼罩起来。

插秧的季节，常常穿着雨衣出工，收工回到寝室，衣服全都湿透。湿衣服在门后挂一个晚上，第二天一早出工，依旧湿漉漉的，往身上一套，凉凉的，黏黏的。

小安出工时，上、下午各有半个钟头回去喂奶时间。小安回去喂完奶，匆匆赶回田里，就盼着收工。她不断问有手表的知青，现在几点？下午，她时不时看日头是否偏西，太阳是否下山。她说，自己奶水不多，孩子吃不饱，老在托儿所里哭，哭得阿姨心烦。做了妈妈的老职工们七嘴八舌说，你要吃好点，吃得好，营养好，奶水就多了。有人还介绍发奶的食物，什么黑鱼汤、鸡汤、蹄髈桂圆汤，蘑菇鲫鱼汤……小安苦笑说，哪里吃的起呢！我要是吃黑鱼、蹄髈和鸡，我家汤明天天吃萝卜干酱菜，我不舍得他，我要孩子，也要汤明！

小安是乐天派，小安不怨天不怨地，心中有革命理想，她什么困难都能克服。只要收工哨子一响，她拔腿就往连队跑，一路小跑，撒下一路歌声：一座座青山紧相连，一朵朵白云绕山间……

那一天，雨滴滴答答下个不停。小安收工回家还是一路小跑，跑着跑着，小安突然在一棵樟树前停下了，好一大片蘑菇啊！从来没见过这么漂亮的蘑菇，远远看去，像一把把淡粉色的小伞，伞端点缀一个个小白点。

小安见了直嚷嚷，小安说，今天我有发奶的东西吃了！说着她把草帽摘下当容器，蹲下去采蘑菇。后面上来的知青停下脚步，在一旁七嘴八舌。那时，知青们常常采蘑菇烧汤吃，如果抓到水稻田里蹦出来的小鱼，放进口袋带回宿舍，再采些蘑菇，用火油炉子烧蘑菇鱼汤，太好吃了！那鱼汤的鲜味，被形容成“鲜得来，眉毛也要落脱”！

有的说，奇怪，出工时路过这里，没看见一朵蘑菇，怎么收工回来就变出一大片了呢？有的说，到崇明这么多年，摘过许多次蘑菇，还没见过这种类型的呢，这么漂亮，是个新品种呢！

有个知青推推鼻梁上的眼镜，认真地说，我听说，尖顶的蘑菇有毒！另一个说，书上说越是漂亮的蘑菇越是有毒。

小安的手犹豫了一下，说，这蘑菇看上去并不很尖呀！

这时，雨大了。走吧走吧，大家说，不怕一万，就怕万一，还是不要吃得好。

大家走了。小安也走了。

小安走了不远，还是舍不得，她返回那棵树下，终于将一片美丽的蘑菇全采了下来，放进草帽里，端了回去。

汤明拿着妻子采来的蘑菇在河边洗。

河边聚着许多人，有的洗脸洗脚，有的洗衣刷鞋，还有家属在淘米。大家从没见过这么漂亮的蘑菇，纷纷打听哪里采的。有几个知青发出强烈警告：漂亮的蘑菇可能有毒！

汤明听了笑笑。汤明说，那么我先尝，要是有毒，就先毒我。汤明很爱妻子，妻子喜欢的事，他不会轻易阻拦。

晚上，我们在连队办公室开会。汤明从窗前走过。

汤明，汤明，蘑菇吃了吗？里面开会的人喊他。

汤明说：吃啦，我先吃的，然后小安吃，太鲜了。可惜没给孩子吃，怕万一有毒。

没事吧？

没事儿，汤明摇摇头说，又说，只是……有点头昏。

当心点啊，有事赶紧到卫生室去！

……

我至今也不明白，那时的我们，怎么那样无知，对于生死攸关的大事怎么就那么轻率。

连队会议还没开完，小安和汤明已经被送到场部医院抢救。我们赶紧散会往场部医院扑过去，小安已经被紧急转送县中心医院。

老支书在县中心医院守了整整一夜，没能将小安守回来。

第二天清晨，小安走了。

噩耗传来，全连震惊。特别是看见小安采蘑菇，看见汤明洗蘑菇的人，更是痛心疾首。小安处于哺乳期，吃下去食物吸收很快，中毒也深。而汤明，经过灌肠输液，被抢救了过来，成为不幸中的大幸。

追悼会在县火葬场举行。

三辆卡车载着连队二百多人哀哀凄凄前行。火葬场的烟囱高得惊人，据说那时烧的是柴，烟囱高了才能将火拨旺。

怀着恻隐之心，连队绰号叫“小武训”的知青小刘斗胆去和火葬场的工人说情，希望他们烧得利落些，不要再给小安增加点滴痛苦。

悼词是我念的。这是献给小安最后的礼物，再难过我也要把它念好，可是，当我读到“终年 25 岁”的时候，眼泪再也忍不住，哭出了声。

小安 3 岁的女儿被抱在汤明手里。汤明中毒后的身体还没有完全复原，遭此打击，更显虚弱，他脸色苍白，泪水湿透了衣袖。女儿一边哭着叫妈妈，一边问父亲：爸爸，爸爸，妈妈为啥一直睡觉啊？无人应答，无不动容，呜咽声一片。

从此，小安的歌声在我们连队永远消失了。

要是那蘑菇不那样艳丽，就不会吸引小安的注意，小安一定还活着。

要是小安不那么贫穷，不缺少奶水，她也一定还活着。

要是小安不响应号召上山下乡，就不会来这荒芜的海岛，待在城里的小安一定还活着！

悲剧决非偶然，只是不愿细想，也不敢细想。

美丽的蘑菇呵！

如今，小安去世已经35年了，她的女儿也近40岁了。小安要是活到改革开放后的现在，定会过上丰衣足食的生活。如今，家人只能和小安在梦中相会。在梦中，汤明定能听到妻子甜甜的歌声，儿女们定能看见母亲灿烂的笑容。

2004年2月

云想衣裳

“我叫麦蓝，我家电话是87203440，家住浦兴路301弄云裳花苑21号201室，哪位好心人看到我，请打电话给我家人，或者送我回家，不胜感谢！”

麦蓝出门前，从口袋里掏出这张纸条，她原本是摸钥匙，结果掏出这么个玩意儿，她生了气。肯定是女儿放在她口袋里的，因为医生说她得了那种病，那种会慢慢失去记忆的毛病。她听女儿在电话里和别人说什么“阿尔茨海默症”，挺拗口的一个名词，女儿和她说是老年病。

麦蓝教了30年语文，药品说明书还是会看的，查医学字典也是会查的，她怎么也不相信自己竟然得的是老年痴呆症！女儿带她看过两回医生，做过一次脑CT，医生问了她一串问题，就下了结论，还说医生是神经内科专家。

瞎说，我才不信呢！麦蓝将纸条扔进门口的废纸篓，她得让女儿看看，自己出了门到底能不能回来！

麦蓝出门从不忘记带那个蟹青色包，不知从何时起，她包里放的东西越来越多：钱包（钱不多，女儿不让多带）、钢笔、剪刀、语文书、茶杯、草纸、毛巾、肥皂、老花眼镜、手套、餐巾纸、酒精棉……鼓鼓囊囊的。今天，她在桌上翻日历，看到“白露”两字，脑子里闪出“白露身不露”的话，钻进衣橱找了半天，找着找着，想不出自己究竟要找什么，看到这件浅灰色涤纶两用衫，就是它了。她穿上，下楼。

热，热浪滚滚。小区门口的保安看见麦蓝，行了个礼，问道：麦老师，穿这么厚衣裳，背介大的包，出差啊？麦蓝摇摇头：出去买份报纸看看。保安朝她笑笑，保安说：老热的，麦老师走好！麦蓝说谢谢，觉得保安笑得怪怪的。

街上书报亭里，挂满了五颜六色的报刊杂志。麦蓝家从前都订全年《新民晚报》，今年，女儿突然不订了，她要母亲每天下午出去买一份。自从老伴三年前突然去世，女儿怕她寂寞，老是撵她出门，让她多走走，多和人说说话。于是每天下午，麦蓝就多了这样一件买晚报的事，有时忘了买，女儿会不高兴。

麦蓝问书报亭摊主：晚报多少钱一份？摊主一抬头，见是她，朝她笑笑，开玩笑说：阿姨，你天天来买，怎么天天要问，报纸又不是小菜隔天价格不一样。麦蓝有点不悦，和数字有关的事，麦蓝还真是健忘。摊主的笑，有点像门口保安的笑，她不好意思再问，从包里掏出一把零钱递上去，报摊老板朝她手心里抓了几枚硬币，递过来一份当日的晚报。

好热！路边的梧桐叶子一动不动，汗水从麦蓝额头渗出，麦蓝顶着闷热，四处转悠，女儿要她多散散步。凡是女儿要求她做的，只要有道理，她一定照办。可是麦蓝想，要是女儿对自己也那么顺从，就好了。

马路对面，高大的罗马柱上方顶着几个金色的大字“水上皇家花苑”，这是对面小区的名字。麦蓝对这名字很不以为然，不就是一个小湖两幢高楼嘛，叫什么“水上”、“皇家”，虚荣！麦蓝喜欢自己小区的名字，“云裳花苑”。女儿带她看房子那天，她一见这名字就喜欢上了，这名字优雅，没富贵气。

麦蓝眯起眼睛，盯着“云裳”两字，脑子里电光一闪，“云想衣裳花想容，春风拂槛露华浓……”花团锦簇！这是什么时候背过的诗？谁写的呢？她想不起来。每回看小区的名字，都要想半天，觉得字里有字。是什么呢？不知道。这成了麦蓝经过小区门口的一个谜，不是斯芬克司之谜。

难道真的痴呆了？不不，麦蓝安慰自己，人的感觉有时是会这样。比如说，有时身上痒，可又不知道痒在哪里，麦蓝不是痒，每回想不起什么事，想说的话说不出来，她就感到憋屈，“云——裳，云——裳”麦蓝在喉咙口闷闷地念着这两个字，沿着花坛边转了两个圈子，红红黄黄的花儿恹恹的，麦蓝终于被热浪逼回了家。

麦蓝开门的瞬间，很是得意，瞧，没那张纸条，我照样回家了！我 60 出头，谁说我得了“痴呆症”？我还参加小区的绘画班，合唱团，我画的画不比别人差，唱歌也不比别人走调，那些老歌，哪一首不是从头唱到尾，心里明白着呢，怎么就“阿尔茨海默”了？

沙发坐上去热乎乎的，窗框一摸发烫，麦蓝平时怕费电，舍不得开空调，为此，女儿老怪她。今天这么热再不开，女儿回来肯定生气。麦蓝看看墙上的钟，估计女儿要下班了，赶紧找到那个黑色的遥控开关，按了一下，然后坐下看晚报。

怎么还是热。

麦蓝把报纸翻来翻去看，用笔在报纸上划出多条杠杠，这是麦蓝对付女儿的办法。女儿每天回来都要问：妈妈，今天晚报上有什么新闻？麦蓝就照着划好的杠杠读给女儿听，女儿听了，表扬她记性好，麦蓝暗暗得意。

门铃响了。从前女儿回家自己开门，现在改了，按门铃要母亲站起来开，为了让门铃刺激母亲的耳朵，母亲动动手脚。

麦蓝赶紧站起来，刚把门打开一条缝，女儿就嚷了起来：哇，这么热，老妈，你还穿两用衫？还不快脱了！

麦蓝边往回走边说：白露身不露嘛。

你说什么？白露？立秋还没到呢，你看错日历了，哎哟，妈妈，你把门窗关得这么紧，空调又不开，要热死啦！

麦蓝指指空调说，这不开着吗！女儿走过去看空调，老妈哎，根本就没开呀，她知道母亲常常这样，脑子里正想做某件事，就以为已经做了。有时是忘了，有时是幻觉。女儿的办法就是一次次提醒。可是麦蓝不高兴。难道自己真的痴呆了不成？这回她肯定没错，你看，她拿起遥控器对女儿晃晃，我明明开过的嘛！

母亲手里拿的是电视遥控器，女儿哭笑不得，女儿叹了口气，将空调开关递给母亲，妈妈，是这个，空调开关，不是电视遥控开关。

一会儿，冷风凉飕飕地吹了过来。麦蓝像孩子做错了事，有点委屈。女儿布置的事，她觉得完成得很好，晚报买了，散步了，回到家了，报纸看了，还是做错了一件事，不，是两件，女儿说，大热天不能穿两用衫。女儿帮她脱下外套，搂搂母亲说：妈妈，你不高兴啦？麦蓝点点头。女儿又问：日记写没写？没写？不要紧，明天写，如果一直不写，就不会写字了。

日记没写，是今天第三件错事，女儿给她的日记本已经快一年了，麦蓝一个字也没写，不是她不想写，实在是没什么好写。日记要记点有意义的事，每天吃饭睡觉散步卖报，有什么意思呢？

妈妈，报纸上有什么新闻？女儿又问

麦蓝指着报纸说：你自己看，我都给你划出来了。

女儿撒娇地在麦蓝脸颊上亲了亲说：老妈，我要你读嘛！

女儿身上一股幽香扑鼻而来，麦蓝回头看看女儿，突然惊讶地瞪大眼睛，哟，芽芽，你怎么……穿成这样？她刚才只顾应付女儿的检查，没注意女儿穿的样子。

我，怎么了？芽芽站起来，看看自己，在母亲面前转了一个圈。芽芽穿一件紫罗兰麻纱短褂，短褂上精致的吊带，一根在肩膀上，一根滑落下来。芽芽低头，能看见自己雪白的肌肤，小巧玲珑的肚脐眼。芽芽很爽很自信，她说：妈妈，这是今年流行的款式，叫露脐衫。

露肚脐眼？太不像话！麦蓝眉头紧皱。

这有什么关系呢？

太难看了！

妈妈，身体多美啊。

不能露这么多。

那你说，露多少正好？

麦蓝噎住了。

芽芽包里的手机响了，女儿连忙从包里拿出手机，跑进卧室，女儿对着手机在房间里轻声细语，格外温柔。

卧室的门开着，女儿在卧室走过来走过去，裸露的脊背，白白的，细皮嫩肉在麦蓝眼前晃，晃得麦蓝心惊肉跳。她无法想象，女儿穿着这样的衣服走在大街上，穿着这样的衣服挤在公交车里，穿着这样的衣服去逛商场！

脑海电光一闪，麦蓝轻声喊道：小云？眼前闪出一个身影，她自己吓了一跳。

最怕女儿说自己有幻觉，她眨眨眼睛，真的看到了小云。她知道幻觉是精神疾病的症状，狠狠掐了一下自己手臂，痛！肯定不是幻觉，麦蓝放下心来。

她真的看到了小云，一个真真切切的人，那一幕幕，电影似的，呈现眼前……

1970年6月中旬的一天，唐小云在崇明农场的水田里插秧。

小云个子很高，皮肤白皙，眼睛黑亮。连队的知青，个个怕晒黑。他们一个个戴着草帽，把帽檐压得低低的，走路只能瞧见自己的脚尖，身上穿着厚厚的劳动衣服，即便每一寸皮肤裹得严严实实，还是挡不住阳光把他们晒得黝黑。可是小云不黑，再怎么晒，皮肤只是微微发红，睡上一晚，第二天又白白净净的。连队职工送她一个绰号“白丽”，上海话听上去像是“白脸”；她长得高，有人又叫她“高丽”。一开始，小云挺不高兴，后来渐渐也就习惯了，谁让她在连队里鹤立鸡群呢！

唐小云人美，活儿也干得漂亮。摘棉花速度，她全连第一；插秧，她插得又快又整齐。除了挑担不行，其他农活，男生都比不过她。农忙的时候，她一人抵俩，又吃得起苦，是把好劳力。每年连队分班，哪个班长都抢着要她。

麦蓝和小云分在一个班，一个宿舍。一个上铺一个下铺，没多久，她俩就像一个人似的，索性把饭菜票放一起，一块儿排队买饭，一块儿吃饭，一块儿到河边洗衣服，连上个厕所，也是一块儿去。更奇怪的是，每个月来“老朋友”，如今叫“大姨妈”，也凑在一块儿。

麦蓝长得平平淡淡。她俩站在一块儿，全连惊羡的目光投向小云，麦蓝从不自惭形秽，也从不妒忌，麦蓝很自豪，因为小云和麦蓝是一个人。小云美，就是麦蓝美。

冬天，崇明岛的风刮得像刀子似的，房间里毛巾结成一根根长冰棍，小云和麦蓝把两床被子抱在下铺，睡到一块儿。她们用柔软的充满弹性的身体温暖对方，快乐得像融化了一样。

曾经有一次，麦蓝和女儿说起和小云合睡一个被窝的往事，女儿惊讶地说：啊呀妈妈，这不是同性恋吗？麦蓝生气了，你说些什么呀，什么同性恋？要不是太冷，谁愿意挤在一张床上睡觉呢？全连那么多知青睡一个被窝，哪来那么多同性恋？

小云总是干干净净，哪怕打补丁的劳动衣服，睡觉前也要叠得整整齐齐。不像麦蓝，收工回来把劳动衣服往门背后一挂，管它皱巴巴湿漉漉。小云再苦也要过得精致。吃饭的时候，宿舍里没有桌子，小云在箱子上铺一张白纸，碗筷一放，白米饭青菜，很是过日子的样子。

食堂里新米烧的饭，又糯又香，那是柴火烧的大锅饭，让人吃了还想吃，小云说可以做酒酿。她从上海买回酒药丸，先把丸子放在碗里碾碎，将新米饭乘热放进搪瓷茶缸里，一层米饭撒一层酒药，最后在米饭上挖个小洞。小云说，酒酿做得好不好，全看这洞里是否冒出水来。小云用毛巾把搪瓷缸一层层包裹起来，酒酿要有一定的温度才能酿出。晚上，小云就把搪瓷缸抱在胸口上捂。小云捂上半夜，麦蓝捂下半夜。到第二晚，就有微微的酒香在被窝里溢出，小云和麦蓝高兴得什么似的，夺过来夺过去，缩着鼻子闻。满被窝的酒香啊，她俩先醉了。

小云的祖父是老中医。“文革”停课闹革命那两年，小云在家闲着没事，整天翻看祖父的中医药书，翻着翻着，就上了瘾。下乡后，小云不时地搬几本医书，躲在帐子里看。有一回小云突然问麦蓝，爸妈做啥给她取“麦蓝”这名字？麦蓝说好像因为母亲生她的那天，天空很蓝很蓝。小云说：奇怪啊，医书上说，麦蓝是一种植物，制成中药叫王不留行，能活血化淤，你爸妈懂不懂中医呀？麦蓝笑了：我爸妈是工人，怎么会懂？“王不留行”是什么？好怪的药名！小云说，从前有个中医叫邳彤，曾经有两次，邯郸王路过邳彤所在的村子，村民痛恨邯郸王的霸道残忍，不给他留食宿，邳彤很感叹，将中药麦蓝改名“王不留行”，想让天下人记住“得人心得天下”的道理。小云说，你们管我叫“白丽”、“高丽”，我也给你取个绰号，麦蓝就是“王不留行”！麦蓝笑着说：我又不是邯郸王，我连个班长都不是。

农场的日子就这么一天天过，因为每天有些新的喜悦，他们也就不觉得苦和累。再说了，她们头脑极其简单，以为生活原本就是这样。那时，她俩不懂爱情。她们没爱过谁，也不知道有谁爱她俩。在农场干了两年活，老觉得是学校里下乡劳动，每天嘻嘻哈哈，像孩子一样。

事情的变化发生在麦蓝当上班长之后。

小云并不妒忌麦蓝做班长，相反，小云很为麦蓝高兴，就像麦蓝不妒忌小云的美一样。那时，班长是连领导指定的。照理，小云样样出色，提拔班长的应该是她，可是做班长的却是麦蓝，原因是麦蓝的家庭成分是工人，小云的祖上是地主。

麦蓝做班长的第一件事，是把小云争取到自己班里，成了麦蓝手下的一员干将。事情做成后，她俩高兴得呀，笑倒在床上。小云说：你做班长了，要秉公办事，别徇私啊，你是“王不留行”，记住历史教训。麦蓝说，当然啦，我保证！

可是渐渐地，小云有点不高兴了。班长是要常常开会的，小云是群众，很少开会。每天收工之后，麦蓝忙着政治学习，忙着生产汇报，忙着革命大批判，小云在宿舍里苦苦等麦蓝，饭凉了，吃饭晚了，哈欠连连的，麦蓝还没回来。小云等得心焦，麦蓝深感歉疚。麦蓝不忍心让小云一次次一日日等她，就叫小云吃饭别等她，小云先是不肯，后来麦蓝生气了，小云不再坚持。渐渐，她俩就把饭菜票分开，各自买饭吃饭。天气转暖，她俩睡觉也分开了。小云爱干净，睡上铺，麦蓝很随便，睡下铺，下铺的床什么人都能往上坐。

麦蓝忙，小云闲，小云感到深深的寂寞。

收工之后，小云常常一个人躲在帐子里，除了看书，就是呆呆地躺着。有一回，麦蓝半夜回来，发现小云还在翻来覆去，就撩开她的帐门，看到小云大睁着眼睛。麦蓝想，自己累得粘上枕头就打呼噜，小云有时间却睡不着，真是不公平。她凑到小云耳朵边轻轻地开玩笑：小云，你有时间都睡不着，太奢侈了吧。小云一听，竟滚下两颗眼泪。吓得麦蓝赶紧爬到上铺，搂着小云睡了一宿，这一夜，有麦蓝陪伴，小云睡得沉沉的，好香好甜。

芒种到了，这是江南双抢时分，一年里最忙的时候。芒种，芒种，就是有芒的麦子快收下，有芒的稻子快栽下。连队刚收完麦子，就抢着插中稻。清明下秧芒种栽，白露前后谷怀胎，每天天不亮连队就吹哨子，赶着大家起床。知青们带着一张困倦的隔夜面孔，呵欠连连在食堂买一大碗粥，就着酱菜吃完，就往田头，赤脚踏进清晨阴凉的水田里。

这天午后，太阳热辣辣的，人们懒洋洋的。小云依然精神饱满，把秧插得飞快。小云就是这么个人，只要有事儿干，从不觉得疲倦。不知什么时候，小云身后的一个男生追了上来，紧紧追她。小云偶一回头，发现了男生的企图，两人于是暗暗较起了劲。瞬间，稻田一班人马被甩在后头。

可是，男生再怎么追赶，还是落后了。男生只得认输。他直起腰，擦把汗，想看看前面这女孩究竟有什么样的魔力，这一看，他愣住了。

小云的衣服太小太短，一弯腰，就遮不住身子。她的大半个脊背露在外面，在午后的阳光照射下，白花花的，耀人眼帘。男生愣了会儿，回过神来，脱口而出：

“喂，白丽，侬衣裳太短，肉露出来了！”

只顾埋头插秧的小云一惊，赶忙把手里的秧把一扔，直起身子，扯直衣服，涨红了脸，可怜兮兮地站在秧田中央，不知所措。

后面插秧的青年男女突然爆发出一阵哈哈的笑声，小云慌慌张张回过头去，没人注意她，他们不是在笑她。她定了定神，茫然四顾，不敢再弯腰。

男生见小云惶恐的样子，觉得自己有点唐突，赶紧低头，一路插了下去。这回，男生超过了小云，第一个插到头。插到头的男生反身坐在田埂上喘气，发现小云不见了。男生有点困惑，想了想，男生又下了水田，将小云没有插完的那 10 来米一气插到头。

小云悄悄地离开秧田，到处找麦蓝。麦蓝赶着牛车正在运秧。铁姑娘的时代，女孩赶牛车也不稀罕，相反，牛在铁姑娘手里更顺从。

牛车在机耕路上发出吱吱嘎嘎的声音，麦蓝心急如焚，直嫌老水牛慢悠，要知道田里的秧插完了，插秧的人正歇在田埂上聊天呢，这在农忙时可是大忌啊，再晚，今天的8亩地完不成了。

麦蓝远远地看到步履匆匆的小云，小云，小云！麦蓝喊着，心想小云大概乘休息回连队上厕所。在田里干活若要方便，女生比男生麻烦。男生在芦苇丛、树林里，女生则要跑回连队，有时来回要走3、4里路。麦蓝喊了好几声，小云不吭声。

小云走近牛车，挡在老水牛前面。麦蓝坐在牛车上，手握牛鞭问：上厕所啊？

小云不看麦蓝，小云扭着脸看别处，对麦蓝说：班长，我要请假回上海！

小云不叫她麦蓝，也不叫她“王不留行”，小云叫她班长，这太奇怪了。

麦蓝问：小云，你怎么了，生病了？

小云摇头。

家里有急事？

小云还是摇头。

那是为什么？

小云说：我要回家做衣裳！

老水牛“扑哧”一声喷出一口热气，麦蓝想笑，麦蓝说：小云，做衣服有那么要紧吗？现在是农忙，要是我批准你回家，人家会说我包庇你。

我的衣服实在太短，背都露出来了！小云往下拉扯着自己的外衣，固执地站在牛车前面不动。

麦蓝这才注意到，小云个子又往上蹿了，衣服短得可怜，刚刚及到裤腰，她是该做身新衣服了。可是，麦蓝还是不明白，她知道小云不会为逃避农忙而请假，可是在田里干着活突然想着要回上海做衣裳，这就太奇怪了，又不是赶嫁妆！小云有什么事不便告诉她呢？从前无话不谈的她俩，从什么时候起，如此生分起来？

麦蓝跳下牛车，她不想为难小云，可又想知道小云究竟发生了什么，她走到小云身旁，用衣袖擦擦小云额上汗珠，小云，什么事，能告诉我吗？

小云不吭声，小云流泪了。

麦蓝，麦蓝！远处传来副班长的喊声，秧没了，快点呀，你磨蹭什么呢！

来了来了！麦蓝回头应了一声，转身对小云说：小云，我把这车秧运到地里头，收工后我们好好聊。

小云闪开了身子。

牛车继续朝地里走，小云反方向径直朝连队去。麦蓝回头看小云，衣服紧绷在身上的小云，显得格外苗条；走在机耕路上的小云，显得格外孤独。麦蓝的心，突然痛了起来。麦蓝想，莫非小云恋爱了？麦蓝那时不懂恋爱，不过她知道，连队凡是恋爱的人，都会注重衣裳和打扮，那么，小云爱上谁了呢？

麦蓝挥了挥手中的鞭子，牛车快了起来，麦蓝回头又看了一眼在机耕路上远去的小云，谁知，这一眼，竟成永恒。

太阳下山了，西天一片红云。牛鼻子直喘粗气，插秧的人一群群回连队。麦蓝卸下牛车，将牛牵到河里，把牛绳拴在河边的樟树上。麦蓝返回地里，查看插秧的进度，晚上要向连部汇报。她心里牵挂小云，急着想回去和她一起吃晚饭。就在这时，场部的高音喇叭响了起来，场部紧急通知：班以上干部马上到场部开会，传达重要文件。

饿着肚子的麦蓝赶往场部。

麦蓝永远痛恨1970年初夏的那个在场部召开的会。会议足足开了两个小时，传达中央的一个什么文件，文件读10分钟，场部领导精神抖擞，轮番上阵讲话，白天干活的知青和老农，东倒西歪睡着一大半。麦蓝好不容易等到散会，摸黑回到连队，还没走进宿舍，老远就听鼾声一片，宿舍里的人全睡着了！

铺着白纸的衣箱上，放着满满两大碗米饭，上面盖着红烧肉和青菜。麦蓝奇怪，小云干嘛帮她买两碗饭呢？再饿，她也吃不了两大碗呀。不过她真是饿坏了，捧起饭碗就吃，边吃边想起小云下午请假的事，就踮起脚，隔着蚊帐，看看上铺的小云。

小云的蚊帐是从前老式蚊帐，厚厚的，冬天保暖，夏天闷热。麦蓝隔着蚊帐，模模糊糊看见小云裹着被单，脸朝里，背朝外，一动不动。看样子睡得很熟。麦蓝想，今天下午，在机耕路上，小云闹的是什么情绪呢？明天再细细盘问她。

麦蓝狼吞虎咽，三下两下把两碗饭全扒拉进肚里，心里说，谢谢你啊，小云，你总算没把我撑死，她以最快的速度洗洗就上了床，刚粘上枕头，就什么也不知道了。

第二天一早天黑乎乎的，起床的哨子响了，要出早工拔秧，麦蓝一跃而起，她是班长，不能赖床，快，大家起床了！宿舍里的人打着哈欠，懒洋洋掀开蚊帐门，有人抱怨说，这个倒头连长，手表怎么比我的快，才3点55分就吹哨子，不让我们多睡5分钟！

一个个下床洗脸刷牙，却不见小云动静，小云，小云，快起来了！麦蓝边喊边掀开小云的蚊帐，咦，小云呢？怎么不见了？

小云的被子叠得整整齐齐，蚊帐里面的角落里，挂着一串天蓝色绒线编的小绒球，枕头边上放着一本书，上面有个奇怪的书名——《麦蓝·〈本草纲目〉拾遗》。

宿舍里的人议论纷纷，大家说，小云昨天回到宿舍闷头睡觉，晚饭也不吃，大家帮她和麦蓝买了饭菜，她连动也没动，问她是不是身体不舒服，也不搭腔。会不会生病了？会不会半夜去看病，或者会上海了？麦蓝说小云给她请过假，要回上海，她没批，要是真回去了，要算旷工的。再说夜里她能到哪里去？没有汽车没有船，再说小云不是无组织无纪律的人。大家一听都急了。赶紧分头去找。

太阳升起来的时候，小云还是没有找到，麦蓝心里七上八下，不断看手表，想着小云昨天怪怪的模样，估摸第一班从崇明岛开出的船，已经到了上海，她跑到连部办公室，一个长途电话打到小云家里。

小云没有回家。

小云失踪了！

全连的人，四处寻找。

到处在议论小云，田头、地里、菜园、食堂，甚至厕所里。那个插秧时追赶小云的男生心里忐忑。

两天后，小云的尸体在北大河浮了上来。

小云的脸很白很白，胖了许多。小云的衣服穿得整整齐齐，扣得严严实实。小云的衣服下摆和裤腰被缝了起来，缝得密密麻麻。

小云没有留下只言片语，没有人知道小云什么时候离开寝室，没有人知道小云那晚想些什么，没有人知道舍弃如此美好的生命，小云是否犹豫过。

麦蓝扑倒在小云身上，哭得死去活来。

整个连队一片寂静，出工的哨子不吹了，婴儿不哭了，小猫小狗不叫了。

小云走了，小云的连队死了……

多年后的一个夏天，麦蓝参加连队知青聚会，与当年那个和小云较劲的男生相遇。男生悄悄地问麦蓝：要是当年我不曾说小云的脊背露出来了，小云是否还活着？

麦蓝摇摇头：我不知道。

一阵沉默。

麦蓝也问当年那个男生：要是那天我让小云回上海做衣裳，小云是否还活着？

那个男生也摇摇头：不知道。

又是一阵沉默。

麦蓝鼓起勇气，问当年那个男生，那个萦绕心头几十年的问题：告诉我，你那时，是否爱她？

男生一愣，随即点点头：应该是吧，那时不懂，反正和她一起干活，很开心。

小云知道吗？麦蓝期待地望着他。

我和谁都没说过，我只觉得，那种感觉很神圣。

麦蓝很失望，麦蓝说：要是小云知道你爱她，她一定还活着。

男生眼圈红了，转过身去……

妈妈，妈妈你怎么啦？一阵香水味幽幽袭来，女儿打完电话回到客厅，看见母亲满脸是泪，大吃一惊。

我看见小云了！麦蓝呆呆地望着女儿。

小云？小云是谁？女儿疑惑地问，眼里充满担忧，妈妈，你看过电视剧了，是不是又有幻觉……

不，我不是幻觉，也没有幻听。麦蓝打断女儿。麦蓝知道女儿买了一本有关“阿尔茨海默症”的医学书偷偷在看，还常常把里面看到的症状和自己一一对照。女儿不在的时候，麦蓝也偷偷看过这本书，可是她觉得大部分症状和自己无关。

女儿不知道小云，不是麦蓝不想告诉她，而是女儿不要听。这些年，越是老了，麦蓝越想说说过去的事，特别是农场里的那些人和事。从前和丈夫说，丈夫很爱听；现在想和女儿说，女儿嫌烦。有好几次，麦蓝突然想起小云，刚想说，眼里就有泪花，女儿忙说：妈妈又要祥林嫂了，那些陈谷子烂芝麻，有什么好说的！

陈谷子烂芝麻?！麦蓝眉头一皱，芽芽啊，妈妈的青春，全埋在这些陈谷子烂芝麻里呢！

女儿知道自己的话伤了母亲的心，赶忙装出认真倾听的样子，好吧好吧，妈妈，我听你说。

可是，麦蓝什么也不想说。是呵，过去的事，芽芽听了有什么用?麦蓝被扭曲的青春岁月，女儿不会理解，听这些事情，又长不了工资。麦蓝于是把过去的岁月锁在心里，虽然过去老是跑出来咬她，咬痛她的心。她只能在心里自己与自己聊天，竟也舒服些了。

真的，我真的看见小云了！麦蓝坚持说，她让女儿坐在身旁，她今天一定要说，说小云的故事，她要证明自己没有幻觉，她要告诉女儿这件事情有多么重要。谁说麦蓝记忆渐渐丧失？麦蓝对小云的记忆刻骨铭心。

这一回，芽芽没有打断母亲，她再不想听，也不能打断流泪的母亲。

说着说着，麦蓝突然停下来，她找不到表达的话语。画面在脑海里翻腾，嘴唇在颤抖。麦蓝断断续续讲，女儿断断续续听。女儿不明白，衣服小了，买一件就是，干嘛要回上海去做？麦蓝回答：那时要是没有布票，有钱也买不到布。芽芽还是不明白，买布为什么要布票呢？麦蓝说，那时物质短缺，什么都要票。女儿站起来又坐下，匪夷所思，真是匪夷所思！麦蓝说完了，芽芽搂着母亲，她终于相信，小云确有其人，几十年来，母亲的心上，刻着小云这道伤痕。

世界上怎么会有这样的怪事？那个时代的人怎么这么愚蠢？小云的死，怪不得母亲，怪不得那个爱他的男生，可是凭什么如此自责，几十年不能释然？

妈妈，小云的死，和你们都没关系，听下来，她有忧郁症，青春期忧郁症，她应该去看心理医生才对。麦蓝呆呆地望着窗外，心不在焉。女儿又说了一遍。

你说什么，心理医生？麦蓝回过神来，那时候哪有什么心理医生？再说，要是小云有病，有忧郁症，那我们呢，我们都有病。

是的，那时全国人民都在生病！芽芽激动地说。

胡说什么呀！母亲看看女儿露脐衫，看看你穿成这样，才真有病。

手机响了，女儿拿起手机，来了来了，我就来！妈妈，我和同学有个聚会，芽芽一边换鞋，一边和母亲挥挥手，我晚上要出去，你不要等我，早点睡觉，我不是叫你写日记吗，你就写小云，写你，写你们过去的事情，回忆，对你的病有好处。

我没病，麦蓝坚决地说，你老是说我有病！

妈妈！芽芽埋怨道，有病不可怕，只要承认就好，人家里根总统有那个病，不但承认，还发新闻通告全世界呢！

唉！麦蓝摇摇头，叹了口气。

芽芽急急忙忙穿衣打扮，换了件黑色低领无袖短衫，领圈出奇地大，一侧肩膀白生生露了出来。麦蓝觉得难看，在芽芽拿起坤包的当儿，赶紧上去把女儿的领子往上提了一下，这边提上去，另一边却掉了下来。

麦蓝埋怨说，老穿这样露的衣服！芽芽笑笑，妈妈你不懂，这叫性感！芽芽一边往外走，一边叮嘱母亲，晚上别出门，今天累了早点睡。砰地一声，女儿那句“妈妈再见”被关在门外。

麦蓝在门后站了一会儿，她和门对话：芽芽的衣服好看吗？不好看。答对了，5分。芽芽说我有病？你看我像有病的人吗？不像。又答对了，5分。像是在课堂里请同学回答问题，语文教师麦蓝觉得很满意。自从丈夫三年前心脏病去世，麦蓝觉得天崩地陷，很长一段时间，她无所适从。天天陪她说话，陪他看电视，陪她上街买菜的人没有了，她总觉得那个人还在。每顿吃饭她放三双碗筷，每回看电视总要回头问他好不好看，早上醒来，总要问睡得好吗，当然，回答她的总是寂静。她自言自语，自问自答。有一天，奇迹终于出现，恍恍惚惚中，她突然听见了声音，这声音不是自己的，是家里的物品发出的，她好高兴啊，原来物品都是有灵性的呢，它们会说话！尽管女儿说这是幻听，要带她去看医生，她自己也怀疑过，可屡屡听见，也就信了，这是丈夫的灵魂在说话呢。后来，女儿给她吃了一种药，这些家什又沉默了，再也不回答她的问题。她知道这是药物作怪，后来，只要女儿不在家，她就把那些药扔进垃圾桶。于是家里的物品又开始和她说话了。

麦蓝走到凉台上，夜幕已经降临。她看见女儿迈着碎步，急促地走向小区大门，轻盈的身影，像一阵清风，瞬间消失在小区门外。

“云裳花苑”几个字在麦蓝眼前闪烁。一阵汽车的轰鸣声从小区门口带过，“云裳花苑”颤抖起来，朦朦胧胧中，麦蓝又看见了小云……

芽芽回家，已是深夜。

芽芽轻轻地打开门，奇怪，家里怎么灯火通明？妈妈又忘关灯了。她蹑手蹑脚走进去，惊讶地张大了嘴。母亲卧室的门敞开着，房间里乱七八糟，床上、椅子上、床头柜上堆满了各式各样五颜六色的衣服，有麦蓝的，也有隔壁房间芽芽衣橱里的，几乎全搬了出来。地上，桌子上撒满一张张拇指大小的纸片，芽芽捡起来细看，每一张纸片上，都是红色圆珠笔写的仿宋体“布票”两字。

麦蓝和衣躺在床上，躺在一大堆衣服中间，发出轻微的鼾声。日记本打开着，写满了字。芽芽赶忙拿起来看。

小云，终于又看见你了，好想你啊，你看你看，好多好多衣服，好多好多布票，全是你的，你快来拿吧！

我住的地方叫“云裳花苑”，“云想衣裳花想容”，告诉我，到底是云像衣裳呢，还是衣裳像云？

小云，现在人的衣服太多了！可是他们却穿得很少，冬天露大腿，夏天露脊背，还露肚脐眼。三十年河东，三十年河西。

小云，他们说我有病，说我们都有病，该记住的，忘记了，该忘记的，却记住了。其实他们也一样，你说呢？

其实我知道，我没病，我哪像是有病的人？

逼着人家看病吃药，自己却不吃，这是病。

从前有个皇帝，他在皇宫里吃山珍海味，可是他在野地里，只能吃青草。

小云，你做的酒酿最甜最香，我喜欢。

……

麦　蓝

（你说麦蓝是中药“王不留行”）

这都写的什么呀，芽芽放下日记本，惊诧地望着倒在床上酣睡的母亲，环顾凌乱的房间，她突然捂着脸，呜呜地哭了起来：

妈妈，你怎么变成这样？妈妈，你到底有没有病啊？

妈妈你告诉我，我该拿你怎么办呢？

2007年5月

面　膜

美容院里的自杀者

第一次上美容院，听到一个离奇的故事。

那是一家很有名的叫莎莎的美容院，蒸汽袅袅，香气袭人，服务态度出奇地好。

我舒舒服服往床上一躺，美容小姐在蒸汽下一边为我按摩，一边同我聊天。聊着，聊着，竟聊出一件怪事。我指着那些脸上涂着浆糊状东西，直挺挺躺在那里的男男女女，问："我也要这样吗?"美容小姐说："当然，这叫面膜。根据皮肤的具体情况，有各种面膜，主要为了清洁和营养皮肤。"我觉得涂着面膜的样子很可笑，说"像死人一样。"美容小姐说："你不要吓我！前几天我刚刚碰到一件事情，很可怕的，你不要提醒我。"我说："对不起，我不是故意的，"可又很想知道，"究竟什么事啊?"

美容小姐于是将这件事情告诉了我：

那天下午，来了一个很漂亮很时髦的女人，二十七、八岁的样子，脸色苍白，说话有气无力。她告诉我要做基护——皮肤基本护理，然后化妆，一个宴会妆，要化得浓一些。她躺到床上时，扑通一声，把我吓了一跳。天气有点凉，我给她拉过一条毯子，她说不要不要，她觉得很暖和。

我们这儿老顾客很多，这个女人我从来没见过。看她样子，对美容很熟悉。我问她本来在哪里做的美容，她说，哪儿都做，爱上哪儿就上哪儿。我在她脸上按摩，她吃吃地笑，我问怎么了，她说好痒。我问是否要按重些，她不答话，恍恍惚惚的样子。我觉得她有点不对头，就问，你是不是不舒服啊？她咯咯咯笑出声来：怎么会不舒服呢？真是舒服极了！说着，还伸了个懒腰，差点把蒸汽罩碰翻。她要做冷膜，她说她虽然上个星期刚刚倒过膜，可是脸上皮肤又脏了，粘上许多垃圾，又刺又痒又痛，难过得要死！我说，你的皮肤看上去不像很脏的样子。她说，你怎么知道，我的脸有多脏，只有我自己才知道，我真恨不得把皮肤刮掉一层呢！她要我好好给她清理清理，面膜涂得厚一些。我说其实倒膜不宜多做，一个月最多做一次，多做反而对皮肤有害。她执意要做，我只好答应。她还提前塞给我50元小费，让我暗暗吃惊。其实她的皮肤很白，很细，没有色素沉着，也没有粉刺、青春痘。不过，来我们这儿的一些有钱人不懂基本美容知识，只想急于求成，又爱甩派头，我们拿他们没办法。在我给她脸上涂膜的时候，她没了声音，昏昏欲睡，不一会儿就听见她的鼾声。我怀疑她醉酒，可又没闻到酒味道。我想，她这个样子，不是病，就是吃错药了。倒完面膜，我给她盖好毯子，听见她睡得很香。我悄悄对经理说，这个顾客有点怪，笑得有点傻，说话含含糊糊，后来就睡着了。经理说，不会有病吧，你留点心！

过了一会儿，我去摸摸她的面膜是否干了，掖了掖她的毯子，没了鼾声，她一动也不动，睡得很深。我和经理说，这个顾客一定几天几夜没睡，跑到美容院睡觉来了。

半个钟头后，我去揭面膜，我喊她，小姐，揭面膜了，动动嘴巴动动眼睛！她还是一动不动。我推她，小姐，动动嘴巴动动眼睛，你怎么了，你听到吗？要睡觉到家里去睡啊，后面顾客在等着呢！她还是无声无息。

我把经理叫来。经理说，她不醒，你就揭吧。于是，我小心翼翼地揭她的面膜，怕她痛，我尽量帮她松动松动。当整张面膜揭下来，我看到一张蜡白的像死人样的面孔，眼睛半睁半闭，嘴巴歪斜，口水从嘴角流下。我哇地大叫一声，手里的面膜掉在地上。经理立即用手去试试她的鼻子，说，有气的，还有气的，快打110，叫警察！

整个美容院炸开了锅，手里的活儿全停了下来。那些做面膜的一个个把面膜揭下来，想看看这个像死了一样的女人。警察来了，立即保护现场，又叫来救护车。大家手忙脚乱把她抬上车，经理和我一直跟到医院急诊室。一翻检查下来，你知道是怎么回事？吸毒！她吸了很多海洛因，要死人的。医生说不想自杀的话不会吸那么多，这个东西贵得要命。吸一丁点，几百元呢！

奇怪，自杀还要花一大笔钱！幸亏发现得早，再晚一些就没了。你看吓人不吓人？后来医院拼命抢救，总算活了过来。当时为了通知家属，翻遍她的包，没有任何证件，钞票倒有上万元。看来是一个有钞票户头。警察问我她是哪里口音，我说是上海口音。他们就派人去查。据说，她醒来后，大吵大闹，砸东西，摔药瓶，叫着，为什么不让我去死，为什么不让我去死啊?！很快，她又毒瘾发作，满床打滚。医院把它送进戒毒所，强行戒毒去了。

你看，多吓人的一件事，美容小姐说，这种事，有几个人能碰到？吸毒，是旧社会的事，外国的社会问题，怎么我们现在都有了？一想到那张蜡白的死人面孔，真是汗毛凛凛，搞不懂自杀为什么要跑到美容院来，害自己还要害别人，真正恶作剧啊！

说得也是，为什么要跑到美容院来自杀呢，如果不是神经不正常的话，总有什么特别的原因。我问：她叫什么名字？

不清楚，医院里后来用了她在我们美容院登记的那个名字。好像叫“方小娅”，不知是不是她的真名，美容小姐说。

戒毒所里，她一直沉默

我去戒毒所寻找方小娅。凭职业的敏感，我想采访她，我要了解她和潜伏在她背后的那些人和事，或许能为我们妇女问题研究中心提供一些新的研究资料。

所长让我找戒毒所张医生。她原是个优秀的精神科医生。戒毒所成立后，组织上要她改行，她于是和吸毒者打上交道，成了他们的救星和克星。我走进张医生的办公室，刚打了个招呼，还没来得及拿出介绍信和证件，就有人喊她：“张医生，不好了，3 号房间的小姑娘发心脏病了！你快点去呀”张医生示意让我等她一下，就拿着听筒匆匆出去。我坐在那里，环顾四周。

这是间小小的办公室，窗明几净，上面贴着管教人员守则和几张奖状。桌上摊着一本《管教导刊》，有一篇张医生的《对常见吸毒者类型的心理分析》的文章。我很有兴趣地读了起来。突然听见走廊里闹闹嚷嚷，有个女人尖叫着：“我没有吸毒，我冤枉啊，放我出去，放我走！”我站起来，走到门口，看见走廊对面的房间里有个披头散发的时髦女郎，管教人员让她脱下鞋子，衣服，进行检查。她很不情愿，一个劲地叫嚷“我没有吸毒，是他在吸，警察不分青红皂白把我一起抓来，你们冤枉好人!”我这才注意到，走廊的另一角，缩着一个脸色青灰的男子，20来岁的模样，他浑身发抖，涕泪直流，一副可怜巴巴的样子。一个女管教很严肃地对时髦女郎说：“你安静点，有没有吸过，我们验了血就会知道的，不会冤枉你。”她让那个女郎脱下鞋子，袜子，甚至胸罩，她仔细观察了她的鞋子，特别是鞋跟；她让她拉下扎头发的松紧圈，察看了她的头发和头饰；最后她叫她摘下首饰，检查她的项链和耳环。末了，她让她换上戒毒所的衣服，“好了，到走廊里，去验血。”时髦女郎正要走，女管教忽然说：“慢！让我看看你的耳朵。”时髦女郎一听，下意识地捂住了自己的耳朵，脸色大变。女管教上去，扒开她的手，从她的两只耳朵里挖出两小包塑料包着的白色粉末，“这是什么?”

时髦女郎支吾着，“反正我没有吸……”

“那么你贩卖?”

“不不，我没贩卖!”她急忙分辩，“都是他的!”

张医生忙着给那一男一女验血、量血压。回到办公室，她无可奈何地对我说：“这里就是这个样子，我们是监所性质的医院，整天都有一些麻烦，见怪不怪了。刚才发心脏病的人其实没有病，她还没戒断，吵着想要出去，这怎么可以！前两天她塞给我一个金戒指，想买通我，让她提前走，被管教训了一顿，罚她延长3个月。今天，她不知哪里弄来治哮喘的药，吞下去好几粒，结果心跳160多，把我紧张了一下。一再追问，她自己也害怕，才说了出来。原本想借此保外就医，结果她适得其反。”

我问：“他们为什么迫不及待出去?”

“因为受不了苦。”张医生摇摇头，“毒品这种东西一旦上瘾，要断也难。这些人中的大多数，都是享受惯了，有了钱，精神又空虚。在他们圈子里，认为吸毒是身份的标志，这辈子什么都享受过了，要是没有享受过这个东西，就算白活。因此，到戒毒所大多数是强制来的，还有的自愿戒毒的是因为家产败光，不得已才来的。戒毒是很痛苦的，他们吃不了这个苦，出去了很容易再吸。一个吸毒者，生理戒断是容易的，心理依赖却要相当长时间，有的一辈子都想这东西。这就需要全社会共同来做这个工作。所以，对于我来说，最伤心的就是看到戒断的人又重新进来。他们不愿意，我何尝又愿意再见到他们呢？毒品这东西，真是一个可怕魔鬼！”

“所以，你的工作就是从魔鬼口里救人，很有意义。”我说，然后我向她打听有没有一个叫方小娅的戒毒对象。

“有啊，你怎么知道她的？”张医生说，“她是吸大剂量海洛因造成呼吸衰竭抢救后转来的。”她告诉我，“方小娅进来时，一米六十三的身高，体重只有70斤，瘦得像根竹竿。她每天用一克以上海洛因。按照现在的行情，这就是说，每天要花费上千元，这要什么样的人才能用得起呢？张医生用美沙酮替代药给她治疗了十多天，症状减轻了许多。现在正进行为时3个月心理治疗。可是，给方小娅做心理治疗太困难了。她守口如瓶，死也不开口，要想知道她的事比登天还难！为了弄清她的身份，戒毒所花了九牛二虎之力，好不容易才找到她丈夫。”

“她丈夫是不是知道她吸毒？”我问。

“他说不知道，”张医生说，“所里打电话去的时候，她丈夫非常惊讶，说，方小娅？她不是到东南亚旅游了吗，我亲自送她去机场的，怎么会在你们那儿？吸毒？根本不可能，你们一定搞错了！经他这一说，我们也有点吃不准了。我一次次找方小娅谈话，一点用也没有。后来有一次，我试探着对她说，我们已经找到你家地址，戒毒只有在家人的配合下，才能更加有效。我把写着她丈夫姓名地址及她父亲姓名地址的白纸，放在她面前。她朝那张纸瞄了一眼，惊恐起来，扑通一声跪在我面前，拉着我的手道：求求你，求求你们，千万别把我的事告诉我父亲，他有病，有心脏病，这会要他命的，你们不要伤害他，不要伤害她呀！我把她扶起来，帮她擦掉满脸的眼泪鼻涕，我说，要是你怕伤害你父亲，那么，你在美容院里干嘛要吞下那么多海洛因，难道你那时没有想到你的父亲？她只是呜呜地哭，不说话……”

“看来，她很爱她的父亲。”我说。

“是的，据我们了解，他父亲是个离休的局级干部，母亲已经死了。户口簿上就他父亲一个人。”

“那么，你们怎么和他父亲联系？”

张医生说：“暂时还没有。她父亲孤身一人，要是一时想不开，也麻烦。方小娅让我们把她丈夫找来付戒毒费用。她丈夫家里是做珠宝生意的，很有钱。她公公凭祖传的鉴别珠宝的本事，凭着海外关系，开了珠宝店，生意很红火，如今是全市个体业主资产最多的。我们怀疑她丈夫是知道她吸毒的，或者，她丈夫也吸毒，但没有证据。我们这里的调查统计发现，夫妻之间，要是男的先吸，女的跟着吸的不少。那天，她丈夫终于来了，方小娅不肯见他，我们以为她害怕。就做工作让她出来见面。两人互相瞪着对方半天不说话。丈夫带来许多吃的、用的，堆了一桌子，两人还是一句话也没有。最后，时间到了，要走了。男的才轻轻说：你骗我，你不是出国旅游了吗？方小娅哼了一声，说：谁骗谁呀?!

方小娅丈夫不知又说句什么，据警卫说，他是微笑着说的，很温和的样子。方小娅一听就跳了起来，畜生！她骂道，你们一家都不是人！我死了太便宜你们！说完就大哭起来。她丈夫一点不生气，说，你真是小孩子脾气，怎么老改不掉！他还过来搂搂她，在她耳边不知说了句什么，被方小娅挣脱开，一个耳光打在他头上，滚，她骂他，我再也不要看见你们！要死我也死在这里，不出去了！她丈夫悻悻地说，随你，你看着办吧，我知道你不会老像小孩子的。”

我说：“她丈夫怎么这样好脾气，很宠她的样子。”

张医生困惑地说：“我总觉得有点怪，吸毒会导致倾家荡产，戒毒也要化不少费用。有的人吸了戒，戒了吸不知多少次。要是换了人家，染上毒瘾的要被一家人恨死骂死。可是方小娅反而气势汹汹，把丈夫骂得狗血喷头。另外，方小娅的毒品是哪里来的？戒毒的人一般都不肯说出毒品是哪里买的，这是为了出去后留条路。方小娅丈夫虽然有钱，也不会放纵妻子每个月花费两三万元去吸毒。这只有两种解释，要么她丈夫也吸，要么他有把柄落在方小娅手上。后来，我们和方小娅谈过多次，她就是咬紧牙关不说话。同室的人说她像一具僵尸，只不过比僵尸多一口气。她只是反复对我说一句话：不要告诉我父亲！我不出去，死也不出去了！她三个月的戒断期已经到了，执意不走，我们也没办法。丈夫每月来看他，她不见，只让他付钱。”

“那么，能不能让我和她谈谈。”我问。

“当然，不过很难，你要有耐心。”张医生说，“我们很希望能和她沟通。”

方小娅走进来了。像湖边一棵柳树，柔柔地飘过来，虽然很瘦弱，脸色很苍白，但漂亮。

我突然一愣，我在哪儿见过她！

她坐下，抬起头看了我一眼，又垂下眼帘，轻轻而又坚决地说：“我拒绝和记者谈话。”

“我不是记者，”我说：“我是妇女研究中心的研究人员，只是来调查一些不同类型妇女的情况，你不要紧张。”我一边说，一边竭力回忆，我究竟在哪里见过她。

“我不想让我父亲知道。”她用右手捋了捋长发，雪白的手腕上，有颗蚕豆大的黑痣。

“我愿意帮助你。不过，我不明白，你父亲三个月没见到你，难道不会去你家打听？”

“他知道我在东南亚旅游，别的什么也不知道，家里不会告诉他的。”她很肯定地说。

“你总不能一直在国外旅游下去。”我说。

她不响，咬咬嘴唇。她的左手习惯地托住右手腕，正好遮住那颗黑色的痣。

“能否告诉我你的学历？”

“……”

“是不是愿意告诉我，你做什么工作？”

“……”

“你大概是在偶然的情况下吸上那个东西的，是吗？”我小心翼翼，尽量不刺激她。

“……”

“选择美容院作归宿，究竟是怎么回事？”

“……”眼泪在她眼眶里打转，她望着窗外，睁大眼睛不让眼泪掉下来。她的眼睛很黑很深，细细的泪珠粘在睫毛上，在黑黑的眼睛上一闪一闪。

我没词了。我知道我问得很愚蠢，但这是计划中的问题。沉默了一会儿，实在想不起在哪里见过她，我想一定是自己把她和哪部电影或电视剧中的人物搞在一起了。美丽的女人太耀眼，不易辨别。我考虑是否结束这次谈话。但是，我不甘心，想作最后一次努力。我说：“你们娘家还有其他人吗？兄弟姐妹有吗？你妈妈呢？”

她的嘴唇颤抖了几下，还是不吭声。

我自言自语：“奇怪，我总觉得在哪儿见过你？”

她对我投来惊异的一瞥。就这一瞥，使我想起一个人，那双眼睛和眼前的这双一模一样，黑黑的，深深的，美丽而忧伤！那是一年前，我母亲的女同事在一次车祸中身亡，母亲行动不便，让我代表她参加追悼会。我献上一只花篮，鞠躬致哀。一个女孩悲凄的哭喊声令人心颤，最终昏倒在灵柩前，她就是母亲那个死去同事唯一的女儿，我妈妈说，只知道她的小名叫——

“咪咪！”我轻轻喊了一声。

她愣住了，脸上满是惊愕的神色。

不用说，方小娅就是咪咪！

世界上怎么会有这么巧的事！如果不是那次去美容院，我就不会听说这样一件怪事；如果不是因为研究的需要，我就不会去调查这件与我无关的事；而如果不是因为去调查研究，我不会遇见我妈妈的这个已故老同事的女儿。

沉默了三个月的方小娅，再也控制不住自己……

妈妈为我而死……

是的，我就是咪咪，这是我的小名。求你们别告诉我老爸我在这里，他什么也不知道。我爸爸什么亲人也没了，只有我一个女儿。我这样不争气，我对不起他。最后一次回家，我告诉他，我去东南亚旅游。他问要多少时间，我说还要办几件生意上的事，可能要长一些，确切时间自己也不知道。其实，殷礼和我结婚到现在，从来没有让我过问生意上的事，除了让我象征性地在珠宝店的店堂里站过两次，我一天到晚待在家里。我不得不骗我爸爸，我当时准备……准备永远离开这个世界……别问我为什么，任何一个有我这种经历的人都会和我做同样的选择。我希望爸爸以为我出门远行了。如果我在美容院死了，真是一了百了。可是偏偏我又活了下来，从前痛苦的时候，有那种东西吸，可以躲到迷幻感觉里。现在戒了，人反而清醒，整日整夜煎熬，我实在受不了了！分分秒秒想着那种东西，要是吸一口，只吸一口，就好了，所以，我不能出去，我知道一出去，我还是会吸。

你知道我妈妈死了，是车祸死的，可是你不知道，她是为我而死。那次追悼会，我哭得天昏地暗，除了妈妈的遗体，我什么也看不见，我千百次地呼唤她，求她原谅我，可是她再也听不见了。

悲剧，发生在我结婚那天。追根究底，是在我辞职的时候，或者说，在我厌恶护士工作，和殷礼恋爱时就已经埋下祸根。

事情就是这样不可思议。

婚礼准备在希尔顿饭店举行。那天把我忙坏了，在做完所有的准备工作后，我去美容院化妆。临走，我把为婚礼准备的 5 套礼服拿出来试穿，这才发现那条白色的真丝长裙腰间有半寸左右不太平整，我很不高兴。我说，裁缝怎么这样拆烂污，这是结婚礼服！我妈在一旁左看右看，说，不仔细看，还真看不出来，将就点算了，你一天三次催裁缝，裁缝也慌，难免有瑕疵。我说，妈妈你别帮裁缝的忙，这样的礼服我不能穿，你让他去改。我叫小保姆，玉珍，玉珍！快帮我去裁缝那儿跑一趟。妈妈说，玉珍帮你爸配中药去了。我一听就生气，我从小任性惯了，我说中药哪天都能配，干嘛非要今天配？妈妈连忙制止我，嘘，你爸这两天心脏很不好，等着吃药呢！其实你也太疙瘩了，我们那时结婚，什么也没有，穿着一套家常布衣裤就结婚了，不是也恩恩爱爱到今天嘛！听老妈唠叨就心烦，得了得了，别说了，我现在马上要人帮个忙去裁缝那儿，我自己要去美容院，你说怎么办？妈妈说，不用去裁缝那儿，她自己试着拆开一段，缝一缝，烫一烫就行。我可不能让妈妈来糟蹋我的结婚礼服，我不让妈妈改，我说，妈妈你不要面子，殷家人可是要面子的。妈妈脸上掠过一丝不易觉察的阴云，她说，咪咪，婚礼在哪里举行，穿什么样的衣服都是次要的，我和你爸爸并不看重这些，说实在，我们真不愿意你去那么豪华的地方举行婚礼。我说，那由不得你，是人家出的钱，你管不着，妈妈，你帮我跑一趟，就算我求你，我把礼服塞到妈妈手里，推着她往外走，我说，不远，乘5站路就到了。妈妈叹了口气，说，咪咪啊，你这样虚荣，早晚要吃苦头的，妈妈很无奈，这么说着，还是出了门。

见妈妈出门，我松了口气，赶到全市最好的一家美容院，做全套皮肤护理，化晚宴妆。我最喜欢上美容院，哪家好我就上哪家。我躺在美容椅里，头上包着条毛巾，美容小姐给我按摩之后，涂着一层面膜。

我看不见自己涂了面膜的样子。但能看见别人。一些白色或奶黄色浆糊状的东西，涂在一张张或美或丑或满是粉刺的脸上。过不了几分钟，面膜渐渐变硬，原来的面目都被凝固在这张膜下，没有眼波流转，嘴角没有微笑，能活动的肌肉都被面膜固定，人人变成刻板模型。我学过护士，做过解剖，能叫得出脸上每一块肌肉的医学名称。有一回我走进一家规模很大的美容院，正巧一排五六个人躺在那儿糊着面膜，突然有一种走进停尸房的感觉，浑身一震，一种不祥的感觉闪过脑海。天晓得我怎么会产生这样的感觉。幸亏年轻的美容小姐亲切招呼，把我从那种荒诞的想象中拉了回来。那天，我吓得没让小姐给我做面膜，匆匆按摩了一番就离去。不过后来，我再也没有产生过那种可怕的幻觉。我依然来美容院，依然做面膜。相反，一旦躲在面膜里，就有一种安全感，与世隔绝。眼睛不能睁，嘴不能动，静静地躺着。耳朵能听见外面的声音，像是在另一个世界的声音，与己无关。好像鸵鸟把脸埋在沙堆里，看不见，很安全。

每星期一次，我走进美容院，躲进面膜里，出来的时候，就觉得自己已经换了个人。你觉得奇怪？你没有这种感觉？我有。对于我来说，面膜是我的一层防护膜，它让我的脸在半个钟头时间里和别人的脸一模一样。

但是婚礼那天做面膜，我心神不定。我嫌时间过得太慢。我想东想西，做梦也没想到这辈子会在希尔顿饭店举行婚礼。殷礼和他爸爸真是对我太好了！我盼着那一刻快点到来。我想象着婚礼上换五套婚服光彩照人的样子，雪白、娟红、翠绿、鹅黄、黑丝绒，式样新颖，都是设计师为我特别设计的。殷礼说我天生是个时装模特儿，他很为我骄傲。到时候，我的小姐妹们一定会羡慕死我。她们的运气，没一个有我这样好！

父母亲对我的婚事没有表达过满意。他们没有和殷礼家人见过面，他们不喜欢生意人。自从我听了殷礼的话，辞去医院护士工作，父母对他们很不满。我父母你是知道的，他们都是老党员，一本正经。他们甚至不想参加我的婚礼，我和他们吵了一架，我说，要是他们不去参加婚礼，我从此不再踏回家门。他们只有我一个女儿，怕失去我，总算勉强答应。但是，直到那天早上，妈妈竟然对爸爸说，婚礼还是你去吧，你做代表，我今天腰痛得直不起来。爸爸说，女儿结婚，做母亲不能不去。我担心他们临时变卦，让我没面子，也不好对殷家交代，我只想快点做完面膜，早点接他们去饭店，婚礼可以给父母亲提供一个和殷家沟通的条件。

你问我怎么认识殷礼的？那是在医院里，他是盲肠炎病人，我是小护士。我原来想当医生，可是没考取医学院，就进了护校，我以为护士很浪漫，穿着白衣，像一朵在医院里飘来飘去的云。可真的当了护士，才知道护士工作很辛苦，又脏又累，护士不是白衣天使，而是白色机器人。毕业后分到医院里，每天让病人呼来唤去。我开始讨厌这个工作。每次值夜班，我对病人很不耐烦，有时凶声恶气。病人对我很有意见。为此，我没少扣奖金。

后来碰到一个开盲肠炎的病人，他对我特别宽容。他开刀后没好好吃东西，又没下床走动，便秘了三四天。难过得要死。医生叮嘱我给他灌肠。我一听就恶心，我戴了两个口罩，怨气冲天。我懒得和他多说一个字，用手势示意他把裤子退下，把身子侧过去。插管子时，我离他远远的，胡乱捅着，他轻轻哼了一声，一定是插痛了。我没有歉意，还嘀咕他器官位置不正。我看到他鄙夷的神色，我不怕病人有意见，反正我也不想做护士。后来这个病人向护士长打听我的情况，护士长说我是干部子弟，能干这一行就不错了。出院后，他竟然给我写信，说我这样的美人当护士太可惜了，要给我另外介绍工作。我一开始没理他，后来，他一再给我来电话，说要我改行学珠宝鉴定。我心动了，和他见了面。原来珠宝行是他父亲开的。他们家很有钱。我们就这样好上了。

这个人后来成了我的丈夫殷礼。论外貌，他很一般，论才华，他也一般。他最大特点就是没脾气，也因为没脾气，你永远吃不准他。结婚两年多，我还是觉得他陌生。我们决定结婚之后，有一次他问我，你愿意跟一个器官位置不正的人结婚，就不怕他还有什么不正吗？我撒娇说，不正我也不后悔，是你让我脱离护士这个苦海。其实，我愿意结婚，是他家有钱。从前说郎才女貌，现在是讲郎财女貌。他后来对我说，那次灌肠，他很不高兴，很想对我说，重回学校去吧，再学学解剖，但是他把话咽了下去，他说他从我的眼里，手势里，全身的动作里都看到了我厌恶这份工作，他说了也没用。他见我漂亮，就动了心，想娶我，他从小没有妈妈，他希望家里有个女人，至于珠宝鉴定，只是借口。

我爸爸妈妈强烈反对我辞去医院的工作。妈妈认为，一个女人在社会上要自强自立。若是靠别人，哪怕是丈夫，也是靠不住的，万万不可轻易辞去工作。爸爸一针见血说，你其实不爱殷礼，你是爱他家的钱，你们这种婚姻不可靠，是钱财和美貌的交易。他拿钱买你的青春美貌，可是你的青春美貌是要过时的，他的钱却不过时，可以再买别人的青春美貌，当你青春美貌不再，还剩下什么呢？小娅，若是没有爱情，万万不可轻易结婚！

爸爸的话发自内心，他曾经为婚姻吃过苦头。57 年，我父亲被打成右派，他的前妻和他划清界线，毅然离开他。他一个人被下放农村劳动改造，孤苦无告十多年。在那里，他遇到了我妈妈，我妈妈在镇上学校当教师，他找到了爱情。后来他们结婚生下了我，恩恩爱爱二十多年。我对父母说，谁说我没有爱，我爱殷礼，爱他这个人，也爱他的钱。你们那个时代的婚姻不讲钱，可是我们现在的婚姻要讲钱，现在这世道，没有钱是万万不成的。我爸爸认为我并不了解殷礼一家，他说，你为什么要这样急忙辞职，急忙结婚呢，你不能再等一等，看一看吗？我什么也听不进。我爸爸说，小娅，你太幼稚，一定会吃苦头的。我觉得他们迂腐得可笑，我对殷礼说，我爸妈希望我自立，我就到你们珠宝店去站柜台吧，你付我工资。我装模作样站了几天柜台，他们给我很多钱。殷礼家的生意做得很红火，但是，我的父母始终对殷礼一家人很冷淡。

回头讲婚礼那天，妈妈帮我去找裁缝修改礼服，我在美容院脸上敷着面膜，面膜很硬，紧绷在脸上。我闭着眼睛，想着过去，想着将来，想着荣华富贵的日子等着我，心里喜滋滋的。忽然听见小保姆玉珍焦急的声音，她在向美容小姐打听我的名字。我竖起耳朵细听，一点不错，是玉珍，我想问玉珍你到这儿来干嘛，可是面膜紧绷住我，我伸手唔唔唔招她。玉珍奔过来，大声叫道：不好了，小娅姐姐，出事了，杨阿姨被车撞了，现在送到医院去了！

什么?！脑子轰地一声，我猛地从床上坐起，狠命扒去脸上的面膜。美容小姐上来阻止我，慢点慢点，别把皮肤拉坏了。先动动嘴，动动眼睛再揭！我顾不得了，三下两下把紧绷在脸上的面膜全扒拉下来，撕扯的疼痛我全然没感觉。我一把抓住玉珍肩膀，怎么回事？你说呀，到底怎么回事？玉珍眼里含着眼泪说，我也不知道，是医院打来的电话，开刀要亲属签字，方伯伯已经赶去了，叫我赶快来找你！她像放连珠炮似地一口气说着这些。

我冲出美容院，脸上还留着斑斑驳驳的面膜。四五个做“面膜”的，直起身子，发出惊讶的唔唔声。玉珍在我背后喊着，慢点，小娅姐姐，当心啊！她追了上来。

我赶到医院时，妈妈已经死了，死在手术台上。她是在穿马路时，被一辆卡车撞上的，手里还捧着我的那条丝绸长裙。路口的警察说，她好像没有看见红灯，也没有听见汽车喇叭声，径直穿过马路，卡车来不及刹车，撞上了。载着妈妈遗体的车子缓缓推向太平间。我发疯似地扑上去，拖住车子。我轻轻掀开白色被单，看见妈妈的眼睛紧闭，头肿得很大很大，那条白色的丝绸长裙皱成一团，已被鲜血染红，静静地缩在她的脚边。我喊道，妈妈，妈妈，我对不起你，我对不起你呀！人们使劲把我拉开，恍惚中，我看见爸爸孤零零地站在医院走廊里，像座雕塑。我扑过去，抱住他的肩膀，哭着说，都是我不好，我不该逼着妈妈去裁缝那里……爸爸一动也不动，半晌，他一字一句地对我说，你明明知道的，她站了几十年讲台，腿脚不灵了，不轻易出门……

我愿意接受父亲最严厉的谴责，哪怕骂我、打我，只要能减轻我心里的悔恨，我绝不计较。可是，万万没想到，就在这时，爸爸说了一句牢牢扎进我心里的话：也好，他说，你妈妈，终于不参加你的婚礼了！

我睁大眼睛，万分惊讶望着父亲。如果母亲愿意用生命的代价抗议女儿的婚事，这种反对何其强烈！除了惊愕，我什么话也说不出来，我无法理解也无法原谅父亲在我最伤心时说的这句话，但愿这不是母亲的意思。

父亲终日不说一句话。殷礼花1万元给妈妈买了一个骨灰盒，在火葬场安排一个最好的位置存放。父亲不声不响把骨灰领了出来，换了个很普通的盒子，抱回家，放在床头柜上。有一天，他对着妈妈的骨灰盒和我说：我是因祸得福啊，要是不打成右派，还遇不到你妈妈呢！只要有你妈妈，哪怕被打成一百次右派，我也心甘情愿！我忍不住掉下泪来。我爱妈妈，我也想妈妈，但如今最需要妈妈的是爸爸。我怎么才能弥补我的过失，怎样才能摆脱心中的悔恨呢！

婚礼取消了，我感到遗憾，我向往的辉煌场面即便再来，也不会和原来一样。不久，我住进殷礼家，领了结婚证，我们成了合法夫妻。

我知道你们就想知道我怎么会吸上这个东西，我不能和你细说，真的不能。生意圈子里吸毒一点不奇怪。我能告诉你的是，母亲死后，我心里非常歉疚非常难过，我吸了一支烟，这支烟里有毒品，我当时并不知道。这支烟让我摆脱沮丧心情，一下子拥有了天堂的感觉！我的大脑满是漩涡，我的四肢软绵绵的，我像朵云，飘来飘去，我无法形容这种美妙的状态，它像幽灵深入骨髓，深不可测。药性过后，我哭了，我不愿醒来，希望永远在仙境中。就这样，我又去寻找这种感觉，很快上瘾了。

我一发不可收拾。如果说，一开始是因为偶然，后来是为了摆脱失去母亲的痛苦，我哪里晓得，毒瘾上来的痛苦超过一切别的痛苦，我陷入恶性循环之中，痛苦、解脱、悔恨，再痛苦、再解脱、再悔恨，循环往复，没有穷尽！这白色的粉末，这可恶的魔鬼，想要战胜它，只有去死！你说我现在已经戒了，是的，可是我很想念它。进来前，我自己也戒过两次，没有多久，我又吸，剂量更大。所以，我不能走出这里，一出去，我肯定会再吸，我没有办法，真的，没有办法，再强大的人都没有办法抵御诱惑，我永劫不返，我只能永远待在这里了！

不要问我怎么得到这个东西，我不能说得更多。我现在唯一的希望是不能让父亲知道。可我实在很想他，想扑在他怀里大哭一场。如果你能帮我忙，请带封信给他，我会感激不尽。这封信，我已经写了整整三个月了！

我的女儿已经死了……

我带着方小垭的信，还有她托我买的一个日本制造的电子血压计，敲开了他父亲的门。信封是蓝白相间的航空信封，上面写着：新加坡方小垭托。

要扮演这个角色是困难的。把一个悲剧当喜剧来描述，我必须撒谎。我必须告诉方小垭的父亲，我的一个做生意的朋友在新加坡巧遇方小垭。她在海边沙滩上晒太阳，皮肤黑里透红，看上去气色很好。她还有几笔生意要谈，在那儿要多待些时日，托我朋友带回这封信和血压计，希望父亲不要牵挂，保重身体。

我奇怪方小垭很少提她的丈夫，我无法对她的婚姻做出评判。很显然她对我说的那番话有很多保留。不过，有一点可以肯定，她日夜思念的是她父亲而不是丈夫。她的父亲多灾多难，这个解放战争参加革命的老干部，因批评领导被打成右派，前妻离她而去，他在农村整整改造20个春秋，得到方小娅母亲的爱，两人一起度过清苦的充满屈辱的日子。“文革”结束后回到城里，当上农机局副局长，没干几年，就到了离休年龄。两位老人恩恩爱爱度着余生。不想，突然之间，相依为命的妻子离他而去，他孑然一身！对这样一位老人，谁忍心再给他增添新的痛苦呢？

在市中心一幢老式公寓的3楼，我按响门铃，门开了。一位清癯的老人站在我面前，一头稀疏的白发，一张饱经风霜的脸，慈祥中透出威严。

我说明来意。我掏出方小娅的信和礼物，小心翼翼地递上。

他接过信，拆开，很快读了一遍。把信往茶几上一放，抬起头，看着我，一句话也不说，点燃一支烟。

我心虚。我讨好地说，“方伯伯，不知你是否记得，我母亲叫陈佩珍，是咪咪妈妈的老同事。”

“陈老师？”他一听，脸色顿时温和起来，“知道，她来过我家好几次，她好吗？”他起身给我泡茶，问道“怎么，你知道小娅的小名？”

我说：“是的，那天我代表母亲参加伯母的追悼会，看见她哭昏在母亲的遗体旁，有人告诉我，这是你们唯一的女儿，叫咪咪。”

老人的眉毛颤抖了几下，眉毛又白又长。

我改换话题，向她转告我母亲对他的问候，向她介绍我目前的工作，最后又转到方小娅身上，我说：“伯父，真看不出，你们的咪咪能做生意，听我朋友说，她的生意做得挺大的！”

“哦，是吗？”方小娅父亲把茶端到我面前，直视着我。

“她信上没说？”我躲开他的目光。

“说得不清楚，不知道我能不能见见你的那个朋友，当面和他谈谈？”他重新坐下来，问道。

我连忙说：“我的这个朋友，整天满世界飞，他到上海把信和东西丢给我，又飞北京了。你要是有信，我可以托他带给小垭，他不久又要去新加坡了。”我想得到一封方小垭父亲的回信，以宽慰方小垭的心，我可以借机和她继续谈下去，我的调查才刚刚开始。

“信嘛，我可以自己寄，不用麻烦他了。只是，信上为什么没有地址？”

我用早就准备好的话回答说：“大概咪咪的住址经常变，所以没留地址。”

“那么，你的朋友又怎么能找到他呢？”他的目光直逼过来。

“他们……生意圈的人，总有办法打听到吧！”我又一次把目光躲开，我能理解一个父亲想知道女儿情况的急切心情。

“恐怕，在新加坡，是打听不到方小垭的吧？”这回，他逮住我的目光不放。

“你……我不明白方伯伯您的意思。”我很惊讶，愣愣地看着他。

“你会明白的。”他站起来，从电视柜里拿出一卷磁带，塞进录像机，“我想请你看段录像。”说着，他打开电视机。

我满是狐疑地注视着屏幕。这是一则新闻透视。世界戒毒日那天，电视台在市戒毒所拍的一组镜头。我的心咯噔一下，提到喉咙口，难道这里有方小垭？不，不会的，即便有，电视台也会作技术处理。

新闻不长，有三五分钟的样子。除了张医生，没有我认识的人。放完后，我松了口气，里面根本没有方小垭。可是，方小垭的父亲为什么要把这个新闻录下来，而且还要给我看呢？

“你，或者你的所谓朋友，是从戒毒所出来的吧?”他一边倒带子，一边问。

“不不，”我一口否认，“我从来就不知道那个地方……”

倒完带子，他又放一遍，“你仔细看看”他说。

戒毒对象们正在上课，张医生在黑板上写着什么。镜头转向下面，穿着相同衣服的戒毒对象一个个闪过。他突然在一个长发披肩的人身上定格，那个女子把头深深地埋在臂弯里，像是故意不让摄影机对着她。摄影师偏偏把这个镜头放大，成了追悔莫及的一个少女的大特写。

“你看看，她像谁?”小娅的父亲问。

我摇摇头，愣愣地看着他。老实说，凭这模糊的身影，确定不了她是谁。

“再看看!”他盯着我，好像做测谎试验。

我还是摇摇头。

“她就是我那不争气的女儿!”他用发抖的手指点着屏幕，“你以为你和她合伙来骗我，就能骗得过去?!”

“方伯伯，你是不是搞错了?”我慌了，想负隅顽抗：“你是不是疑神疑鬼了?”

“他是我的女儿，要是我认不出，谁能认得出?”他痛心地说，“你看，这是什么?”他指着她右手腕一颗模模糊糊的黑瘢，“这是一颗天生的痣，跟着她长大。后来，她嫌难看，动了不少脑筋要弄掉它，始终去不掉。”

原来如此！在抖动的屏幕上，有谁会注意到这样一块模糊的黑痣？除了熟悉她，了解她的亲人，没有人会对此发生疑问。可怜天下父母心呵！

我无言以对。

沉默，可怕的沉默。

我抬起头，想请求这个可怜的老人原谅，想给他说几句安慰的话。可是我说不出来。方小垭父亲一动不动坐在沙发里，铁青着脸，像一座雕塑。

我说："对不起，方伯伯，我不是故意的，我把我知道的全说出来。在告诉你之前，我想问你，为什么你认定那人是方小垭？在这之前，难道你已经觉察到了什么？"

他缓过神来，说出了郁积心头的一番话：

我当然不会无缘无故怀疑自己的女儿。我太了解她了。如果说，在你来之前，我还存有万分之一的希望，希望那个手腕上有黑痣的女孩子不是我的女儿，那么，刚才，这仅存的一点希望也破灭了！

你不知道我和她妈妈是在怎样的情况下结婚的。我们日子里充满艰辛和屈辱。她生咪咪的那天，还在地里劳动，肚子痛得在山坳里打滚。我们取名小垭，垭是两座山之间狭窄的地方，咪咪就生在那样的地方。生她不易，我们格外疼她。小垭从小跟我们受了许多委屈。一个右派的女儿，没有和人家吵架的权利。一吵架，镇上的孩子们就喊"右派右派，还想耍赖，老实交代，好好劳改！"她总是哭着跑回家，问我们为什么要当右派。后来好不容易改正了，回到城里，我们俩省吃俭用，给她创造了最好的条件，想弥补她受过的那些伤害，哪知道反而害了她。她越来越娇气，怕苦怕累，好吃懒做。好不容易护校毕业，分在全市最大的医院，她却不想当护士。她认识了病房里的一个病人，来路不明，却听他花言巧语，把工作辞了，还死心塌地和他结婚。她毫无政治头脑，不求上进，反而批评我们太一本正经。她和那个人结婚，看中的是他家钱财。她贪图虚荣，为了婚礼要换几套衣服，逼着她妈妈为一点点瑕疵去找裁缝修改，结果呢，出车祸身亡……她母亲，是多么好的一个人呵，这么多年，没有她妈妈，我早就活不下去了。我把她母亲看作是我生命的一部分。可是，这生命的一部分，在一个下午突然消失了，我全身空了。我这条破旧的空船孤伶伶地在海上漂，我什么也没有了，除了床头柜上的这个骨灰盒，就剩下女儿小娅！

你说小娅为母亲的死痛恨自己？是的，她悔恨过，但很快就过去了，忙着去享受自己的生活。你说她很爱我们？但是，她最爱的是她自己。我和她妈妈越是宠她，她越自私。她只考虑自己。父母的爱是无私的，她的爱是有前提的。真正的爱应该有责任，小娅不懂，她不懂责任，只有在不妨碍她的情况下，她才爱父母。这是我们教育的失误，严重失误啊！这个世界上，小娅觉得最需要珍惜的是她自己，而不是别人。

小娅不听劝告，急急忙忙搬进殷礼家，以为那里是天堂。但是，我发现她其实并不快乐。每次回家，她都萎靡不振，哈欠连天。她脸色青灰，胃口不好。她一打哈欠，就说要回家。我以为她怀孕了，叮嘱她当心身体。有一次，她刚进门就大汗淋漓，我忙让她躺下歇歇。后来她上卫生间，关在里面半天才出来。出来后一副虚脱的样子。我很不放心，再三要她去医院检查身体。她答应我，可是从来没去医院，而是常常去美容院。她津津乐道美容院里的事，什么按摩，什么面膜，每次做完回来，总要问我，她的脸色是否好了一些。我批评她，有那么多钱扔在美容院，为什么不注意营养和锻炼？她哪里听得进！有一次，我在卫生间里闻到一股烟味，知道她学抽烟了，心里说不出地难过。我只当她为排解母亲去世的苦闷才吸烟，就像我当年被打成右派抽上烟叶一样，我原谅了她。又有一次，她刚进来一会儿，开始流鼻涕，我以为她感冒，就给她找感冒药。她不吃，很烦躁，说要回家，转身出了门。我站在楼上窗口望她，她半天也没走出公寓大门。我不放心，下楼去看看她怎么了。走到2楼拐角，一眼看见她背朝着我，蹲在角落里。她在干什么？我正想喊她，她听到脚步声，猛地站起来跑了。我很奇怪，她到底怎么了，有什么见不得人的事？几个月前的一天，我打开报纸，一篇关于吸毒戒毒的通讯报道令我大吃一惊，我突然想起咪咪，感到很害怕，莫不是她？我不敢想，实在不敢往下想。那一天，我血压升高，手脚冰凉。我希望那是我胡思乱想。后来她回家次数越来越少，每次坐一会儿就走，我留心观察也没有发现什么，眼看她越来越瘦，嘴唇青紫，她却什么也不和我说。

最后一次，她回来告诉我，她要出远门，到国外旅游休养，顺便有些生意上的事。那天，她抱起母亲的骨灰盒，亲了亲，嘴里喃喃自语。临出门，她紧紧抱住我不放，让我感动了许久。我不放心她一个人出去，她说，那里有殷家亲戚照顾，叫我不用担心。就这样，她走了，一走半个月。有一天，在新闻透视里我看了这档反吸毒的节目。镜头拍到戒毒所的时候，好几次扫到一个熟悉的身影，小垭！我脑袋轰的一声，虽然我老眼昏花，小垭还是认得出的，只是看不清她的脸。她把脸捂着。我真希望那是一个和她长得很像的姑娘。新闻透视结束了，我呆呆地坐在沙发上，回忆小垭身上的一幕幕，心越来越沉，越来越冷。我一直等，等到重播的时间，把节目录下来，一遍遍看，我看到了那颗痣，她就是我的女儿小垭！

你不要为她解释，不管她有什么理由，我不要听，我没有这个女儿！我什么都能原谅她，好逸恶劳也好，对母亲颐指气使也好，坚持和那个殷某人结婚也好，我都原谅，就是不能原谅她走上吸毒的路。旧社会过来的人，看得太多了，害了多少人啊，奇耻大辱啊，好不容易绝迹几十年，又死灰复燃了，她这是自己作践自己！我怎么会有这样一个女儿？她母亲地下有知，死不瞑目，死不瞑目呵！什么？你要我给她写封信？做梦！我不会给她写一个字！自从那天看了电视，我坐在这儿整整想了一个晚上，心也痛了一个晚上。天亮的时候，我终于想通了——我没有女儿，我的女儿已经死了，她的死不足惜。我只是想弄明白，是谁害了我的女儿？听说贩毒分子常常出没在大洋桥一带，我悄悄去那儿观察过几次，我忘了告诉你，我在部队里是个优秀的侦察兵。我向公安局提供了一些重要的情况。有一次，有人居然上来向我兜售毒品，被我一把逮住。我还要继续侦察下去。为民除害。今天居然冒出一封吸毒分子的来信，新加坡，真好听啊！她还没把我骗够吗？她还怕伤我的心吗？够了，你别为她辩护！如果她想活下去，赶紧把供给她毒品的人揭发出来。我虽然离休了，还有一条老命，能帮助公安局多逮住几个毒贩，不让别人继续受害，我这条老命豁出去也值了！

他们是人还是鬼？

再一次见到方小娅，我不再只是为我自己工作。

方小娅一走进来，就急切地想看父亲的回信。我的回答令她失望。

她十分沮丧。沉默了一会儿，她说："我知道，爸爸不喜欢写信，他就是这个样子。他身体好吗？血压高不高？那个血压计会不会用？"

其实那天，我和他爸爸把血压计忘在一边。我说："很好，你尽管放心，老头硬朗得很呢！"

她笑了，露出雪白的牙齿，脸上泛着红晕，说："我知道爸爸会长寿，我看过他的手相，生命线很长。"

我小心翼翼推进我们的谈话，我说："你很想父亲，医生说你现在能出去了，出去就能见到父亲，为什么你还是不愿意呢？"

"我……"她犹豫着，"我不能出去，一出去我就会再犯。"

"为什么？只要有毅力，可以服药戒毒。"

"你不懂，我曾经戒过两次，都没用。"她痛苦地摇着头，"第一次，我听说外省有个戒毒所，交一笔钱，住 10 天，昏迷疗法就能戒掉。毫无痛苦。我偷偷去了一次，在那儿睡了 7 天，醒来就没瘾了。高高兴兴回家。没几天又吸上了！第二次，我下决心戒，每天减少剂量，减到很少，眼看要成功了，突然，唉，真的没办法，剂量反而更大。我越陷越深，我恨我自己，知道没救，才走绝路。既然死不掉，我就只有待在这里一条路了。"

"要是没有毒品来源，你不就戒了吗？你不去买就是。"

"我从来不买……"她说。

"从来不买，那是谁给你的呢？"我追着她问，"你能不能告诉我，你是怎么开始的？"

"不要问我，我不会告诉你！"方小垭把嘴闭上了。

"小垭，你到底怕什么呢？"

"……"她低下头。

“小娅，上次你丈夫来，他说了一句话，你大骂他，他说什么了?”

“你怎么知道的?”她惊恐起来，“他们录音了? 我怎么就没有想到呢?”她一脸恐慌。

“真傻，要是有录音，我还用问吗?”其实，管教人员在上课的时候，已经把戒毒所的性质都告诉他们。这是监所性质的医院，是个特殊的地方，他们是违法分子，同时又是病人。对待他们，除了药物，主要还是靠心理治疗。我说：“小娅，永远住在这里是不可能的，为了你的父亲，你也应该出去，重新开始生活。”

“就是为了爸爸，我才不出去的。”

“你父亲经历过那么多磨难，他没什么承受不了的事。”

“世界上有一种事，哪怕钢铁战士也承受不了，没有经历过的人是不懂的。”

“我不知道你父亲还有什么事不能承受，即便他知道你在这里，也……”

“你告诉他了?”她警惕起来，见我没有吭声，她激动地说，“你说过不告诉他的，你怎么可以说话不算数呢?”像是受到了极大的侮辱，她气得嘴唇颤抖：“我看错人了！你和他们一样，都是来骗我的!”说着，她站起来想离开。

她是那样虚弱，我轻轻一拉，就把她按回椅子上：“小娅，你别冲动，听我把话说完。”

她两手捂着耳朵：“我不要听，我不要听！你们都是骗子!”

我生气了：“小娅，究竟是谁在骗人? 难道你骗你父亲还骗得不够吗? 你妈妈为你而死，你把你们家折腾得还不够吗?”

这一声呵斥还真有效，她停止叫嚷，捂在耳朵上的手垂了下来。

我把见到她父亲的情况详详细细说给她听，当然，我隐瞒了他父亲那句“我女儿已经死了”的气话。最后我说：“小娅，你父亲教育了我。我原来只是为了社会学搞研究找资料才来找你，那是我的工作。可是你父亲感动了我。他不只是想救你，他要救社会上和你一样吸毒的人，为了挽救他们，他愿意拿余生和吸毒贩毒斗争，他说哪怕献出老命在所不惜。我是带着对他的崇敬离开你家的，我现在来找你，不再只是为我写论文，哪怕你从此一句话也不说，我也无所谓。我只是来告诉你，你有一个了不起的父亲，他受苦受难不放弃信仰，你应该回到他身边，重新开始新的生活。”

小娅听了不住流泪，最终号啕大哭：“爸爸，我对不起你，对不起你呀……”。

不知什么时候，张医生悄悄走了进来，慈爱地看着方小娅：“让她哭吧，哭个够。她需要好好想想了！”

不知哭了多少时间，方小娅回到自己的房间，不吃也不喝。第二天，他问管教人员要了一厚叠纸，趴在床上不停地写。写着写着，她突然停了下来，再一次抱头痛哭，使劲锤打着墙壁。同房间的人以为她疯了，赶紧喊管教干部。张医生见她激动异常，给她打了一针镇静剂，她才慢慢安静下来，睡着了。这一觉，她睡得长长的，醒来的时候，已经是第 3 天早晨。我正好去看她。她慵懒地蓬松着头发，眼睛肿得像水晶包。她默默地把一叠纸递给我，说：“还没写完，你看看吧！”

这是一封方小娅给她父亲的信：

爸爸，亲爱的爸爸，我流着眼泪给你写信，眼泪没有流出来，而是流进心里了。心里太苦，还要流进这么多眼泪，又满又沉！要么让我死去，一切痛苦随之而去；要么倾诉，把一切都倒出来。第一个方法我已试过，可惜没有成功。现在我想倾诉，我知道，看到我写的这些，会使你难过，我别无选择。

我知道你不会原谅我，我自己也一直不能原谅自己，从我辞去护士工作，应该说，从我认识殷礼，恶魔就开始缠上了我。我真是鬼迷心窍，想钱，想过舒适的生活，我选择了殷礼。我觉得他很爱我，真的，一开始我相信他爱过我。虽然我不是很爱他，但是，我觉得他富有，脾气好，待我也不错。就不顾你们的反对和他结婚。为了我满足婚礼上的虚荣心，我逼着妈妈去找裁缝，让妈妈永远离开了我们。我恨不得跟着妈妈一起去，我的悔恨无法形容！在我痛哭失声的时候，我听到一句更令我心碎的话，爸爸，是你说的，“也好，你母亲，她可以不用去参加婚礼了！”我终于知道，对我的婚事，你们岂止是不满。可是我不能原谅你那句话。我觉得，你在我受伤的心上又狠狠扎了一刀。所以，妈妈的丧事办完，我就搬到殷家。我发誓不再举办婚礼，免得让大家都觉得难堪，我是一个爱虚荣的人！

殷礼知道我很痛苦，对我格外体贴爱护。我在他家里得到上宾的待遇，我想要的一切，吃的、穿的、用的，应有尽有。但是，这并不能使我的痛苦有所减轻。妈妈不是我害死的，但是妈妈的死是我造成的。每时每刻，我的心在痛，为妈妈，为你，也为我的过错，我常常一个人暗自哭泣。

没多久，殷礼为生意上的事，去了广州。整幢别墅阴森森的，令我害怕。他父亲的房门通常总是紧闭，你无法知道这个家里是否有人存在。有一天，我坐在梳妆台前，对着镜子百无聊赖地打量自己。我拉开梳妆台上的小抽屉，看见那只翠绿色的玉戒，那是妈妈给我的礼物，我止不住流下伤心的泪水。不知过了多少时间，我抬起头，吓得差点跳起来。镜子里，殷礼的父亲站在我身后的房门口，默默地注视着我。他穿着雪白的衬衫，戴着蓝底红点的领带，深黑色的西装，西装左上方的口袋里露出白手绢的一角，那样子，不知是准备出门，还是刚刚从外面回来。

亲爱的爸爸，我很少和你谈殷礼的父亲，我很少看见他。这个快 70 的老人，还在全力以赴做生意，常常几天几夜不回家。据殷礼说，他的公司设在一家大宾馆里，工作晚了，他就睡在那里。他偶尔回家，总是把自己关在三楼房间里。我觉得，他们家不是那种花天酒地的生意人，很自律，懂生意经，所以赚了不少钱。殷礼对父亲言听计从，从不违抗。生气的时候，我嘲笑殷礼，说他的脑袋不长在自己肩膀上，而是在他父亲身上。殷礼听了也不生气。可是渐渐地，我不敢嘲笑了，殷礼的父亲是那样威严，我只要一看到他，就会有一股冷气从脚底升起。殷礼说，他母亲受不了父亲的脾气，早就离开了他。他们家的祖上几代都是做珠宝生意，解放后公私合营，他父亲做了珠宝店职员。从他祖父那里，他父亲学会一套鉴别珠宝的本事。改革开放了，他父亲重抄旧业，果断让儿子辞了职，跟他学做生意。他父亲练就一双火眼金睛，对珠宝成色，假冒伪劣，一看就知道。凭着殷家亲友的海外关系，珠宝生意越做越大。殷记珠宝公司的分店一直开到杭州、广州、深圳，甚至海外。殷礼非常佩服他的父亲，无论大小事，都要由父亲做主，包括他的婚事。没有他父亲点头，和谁也不能结婚。殷礼反复告诫我，在他家里不要东打听西打听。包括来来往往的人，他父亲不让我们知道的事不要多问。他说这是因为生意上的竞争非常激烈，只有格外当心，才能立于不败之地。殷礼说，父亲总是对的，他做生意从不失手。我对殷礼父亲敬而远之，总觉得他神秘莫测。

我倒吸一口冷气，看见殷礼父亲站在房门口，颤抖着声音叫了声“爸……”他走了进来，嘴角竟然带着一丝笑意，他问我，想妈妈了？我点点头。他叹口气，是啊，你妈妈死得真冤，连句话都没留下！但是，这不是你的错，你不要总是责怪自己！

一个严厉的人说出如此亲切的话，让我好感动，眼泪像小溪一样涌了出来，滴在我那条湖蓝色真丝长裙上，我抓过床头一条毛巾，捂着嘴，抽泣起来。

他靠近我，拍拍我的肩膀，说，伤心有什么用？人死了不能复活，快别哭了。

我点点头，呜呜地说，我也不想哭，可是心里实在太难过，一点办法也没有！

他说，是啊，每个人都会碰到这样的情况，难过得要死，什么解决办法也没有，不过，我能用这个办法，说着，他从口袋里掏出一包烟，抽出两支，放在梳妆台上，他说，抽支烟能稍稍放松一下紧张的神经。不信你试试。他又一次拍拍我的肩膀，悄没声息地走了。

我看看那两支烟，中华牌，我是吸过的。爸爸，你不要生气，在和殷礼认识后，我曾经吸过他给我买的摩尔烟，他说，这是女人抽的，有派头，今后做生意，要派上用场。我那时吸过几次，觉得很苦。后来，妈妈死了，我很苦闷，就吸得多了。他们家的烟都是上等的，一个人内心痛苦时吸烟，那烟就变得不苦了。

我对着香烟愣了几分钟，拿起其中的一支，桌子上放着殷礼那只白金打火机，我用它点燃。一小缕青烟袅袅，我慢慢吸着，烟雾很快迷漫在房间里。

不一会儿，我恶心想呕。我想这支烟怎么这样熏？接着我头昏，这是怎么了？头昏的感觉怎么如此美妙？我飘飘然升上仙境，像云一样。我站起来，摇摇晃晃，仰天倒在床上。我看见数不清的高楼大厦、哥特式教堂、亭台楼宇，一一掠过；我看见五彩缤纷的花朵在我眼前飞舞闪烁。爸爸，你不知道我有多开心。我看见妈妈了！妈妈笑了，没有生我的气！妈妈坐在石头上，在那个你们带我去过的生下我的山坳里。那里绿树环抱，泉水叮咚。妈妈美丽而端庄，温柔而慈祥。她微笑着，向我招手，我欣喜若狂，向她飞奔而去，妈妈转瞬不见了。我眼前掠过许多早已忘记的人和事，甚至我在医院里接触过的病人，统统浮现在我眼前，是爱丽丝漫游奇境，还是我在做梦，几个月来，我从来没有这样开心过！

后来，我看见殷礼的父亲走了进来，微笑着向我伏下身子。好像问我是否快乐。我使劲点点头。他离我越来越近，越来越近，我不断地往下掉，往下掉……脑子里一个漩涡接一个漩涡，好像落入万丈深渊，我觉得自己再也不会回来了。

不知睡了多少时候，我醒来了。窗外一片漆黑，我浑身无力。黑暗中，我睁开眼睛竭力回忆，刚才究竟怎么了？我捏捏自己的手臂，痛。不是做梦，也没有发疯。心里产生一种深深的悲哀，一种末日来临的绝望。我爬起来，竭力回忆那好像是一个世纪前的一幕一幕。怎么了，我是怎么了？我发现我衣服散乱，床褥不整。我不记得自己睡觉前做过什么。我爬起来，去浴室淋浴，有些异样的感觉，我隐隐感到发生了可怕的事情，可我不能断定。那现实和梦幻颠来倒去的景象，使我脑子一片混乱。我怀疑那支香烟。难道是麻醉药？我警惕起来，从前学的药物学课本上怎么说的？我竭力把考试背过的内容回忆起来，没有结果。我任水哗哗地冲洗我的全身，冲洗不断涌出的眼泪，冲走一切的不愉快！可是，我的心，还是越来越沉，沉得喘不过气来。

爸爸，我应该想得到的，我学过那么多医学知识。其实，我已经想到了，只是不敢想下去。我不断地回味那种若有若无缥缈的感觉，竟是全身心地渴望，渴望再有那样的感觉，我认定下一次一定更美妙。

我走出浴室，一眼就看见梳妆台上躺着的另一支烟，有一股强大的吸力，把我吸了过去。我又一次点燃了香烟，销魂摄魄的快感，很快从我心底的某个地方荡漾漾开来，一波又一波……

奇迹出现了。我仰躺在床上。天花板上飞出了小鸟，墙壁上晃动着美丽的鲜花，窗外一片金光，漩涡一个接一个。每一个漩涡里闪现着妈妈的影子，我想抱住她，可是她总是很快地消失在漩涡中，然后又很快地出现。妈妈，妈妈，你回来了！夜晚太美了，月光照亮了整个房间，我听见山涧的泉水声，太阳和月亮同时挂在天上。

殷礼的爸爸又出现了，一会儿又像是妈妈。她笑着，走过来坐在床沿，我说，妈妈，你原谅我吧！她说，咪咪，我怎会不原谅你。她向我伏下身子，我把头靠在她的臂腕上，她抚摸着我，在我脸上亲吻。又一阵漩涡之后，妈妈变成殷礼的父亲，我想推开他，想坐起来，可是软软地，一点力气也没有。一阵痛苦的战栗，一阵令人伤心的欢乐，我盲目地服从着……奇妙的眩晕，我又落入无底的深渊……

再次醒来，我被陷害了，不是在小说里，不是在电影或电视里，就发生在我身上。我该怎么办？等殷礼回来我要告诉他，他可靠吗？爸爸，我想告诉你，但是，爸爸，你还能承受这样的打击吗？亲爱的爸爸，我那时就想到了死。但是，我不愿死得不明不白，我要知道那魔鬼究竟在干什么，杀了他，我再去死，那才值得。

然而，这样的想法转瞬即逝。我的愤怒被我的欲念击垮。每隔一段时间，我就失魂落魄，身上有万千只蚂蚁在爬，我在屋子里转来转去，像动物园笼子中的猛兽，烦躁不安。我到处找，找烟，我无比怀念那极乐的时刻，那飘飘欲仙的感觉。我还想再看看我的妈妈，再看一次，和她说几句话，只差一步，我就能听到她的声音了！

我多么想得到一支烟，就一支。殷礼的父亲出现了。那些对他咬牙切齿的恨，那些杀他一千次的念头，顿时烟消云散。我可怜巴巴地看着他，眼泪汪汪，不住地颤抖。救救我，救救我呀，我要死了！

烟不失时机地出现了，在他手上，他嘴角挂着一丝冷笑，走过来，像哄一个婴儿似地，轻轻地拍我，搂我说，放松，你没事的。我求他：不要再折磨我了，快给我吧！他说：我当然要给你，不过你不能要得太多。我迫不及待地一把夺过来，点上，深深地吸着。他在一旁望着我，脸上露出得意的神色。

我一发不可收拾。我沉湎于无法抗拒的疯狂之中。像个毫无控制力的孩子，常常过早地吸完他要我保存到第二天的东西。然后，又早早地去乞求他。为了得到这白色的粉末，我宁愿向这魔鬼献身一百次一千次。我时而无精打采，时而飘飘欲仙，时而烦躁不安。每天除了这白色的东西，我什么也不想。

在我短暂清醒的时候，我对他咬牙切齿。如果有一把枪，我立刻给他一枪；如果有一把刀，我就把他千刀万剐！

有一天，我对那魔鬼说：我要揭发你！

他冷笑说：我们一不偷，二不抢，用的是自己的钱，自由选择生活方式，不算犯法。再说，你揭发我，谁帮你解除痛苦？

我说：我去戒！

他说：戒不掉的，以后怎么做人？

我说：大不了死！

他说：死是容易的，只是，你可怜的父亲怎么办？

我心如刀绞。

他装作亲切的样子责怪我：我并没有让你吸那么多，我只让你解除一点痛苦，没想到，你像个馋嘴的孩子，毫无节制，弄成这个样子，这能怪我吗？我在你身上每天要花上几千元呢！

我哭了，骂道，你这个流氓，老流氓……

老流氓？他故作惊讶地说，你不是很快乐吗？

我扑上去，打了他一个耳光。这耳光，极其无力。

因为这耳光，他惩罚了我。整整3天，他一点也不给我。我胃里可怕地翻腾，我不停地开门又关门，我一会儿上楼又一会儿下楼。成千上万只蚂蚁不停地咬噬我的心。整整三天三夜我没有合上眼。周围很细小的声音都听得清清楚楚。一个接一个哈欠，强烈的喷嚏一直伴随着我。我冷得发抖。

呵，这个世界上最迷人也最恶毒的魔鬼！在快感和痛苦两方面都具有惊人的本事。如果我不能得到你，我只有去死！

我已经完全疯了，我无力地在地上爬，从楼梯上一格一格爬着到他房门口，跪在地上，长时间地哀求他：求求你，我再也不了……

爸爸，原谅你的女儿，向你叙述这一切，让你和我一起愤怒和痛苦。我写下这些，回忆曾经有过的耻辱，是为了今后不再耻辱。

殷礼终于回来了，我流着眼泪向他忏悔。满以为他会狠狠揍我一顿，满以为他会跳起来和他父亲拼命。可是，他好像早知道似地，出奇地平静。他说：有什么办法呢，我也早已离不开那东西了，只能听他的话，只是，我从不多用。你想，我们该吃的吃过了，该玩的玩过了，现在这东西也吸了，我们算是人上人了！

畜生！我骂道，你们全是畜生！

他说，你不也一样吗？

我狠狠地打了他两个耳光，责问他，你为什么要找我结婚？

他摊开双手，说，这是他派给我的任务。吸这种东西的人，其实是不想结婚的。你知道我一无所有，钱、房子、财产，一切的一切都是他的，只要他活着，我什么都没有，包括你。

啊，我发疯似地扑上去喊道，我要去告发他们！

嘘！殷礼说，老头子说了，你要是说出去，就让你爸爸也尝尝这个味道！

爸爸，他们竟然还想害你，害一个无辜的人，害我最后的亲人！他们还说，哪怕缉毒队长，战绩辉煌，拒绝贿赂，却能让一包海洛因香烟毁掉。爸爸，我害怕极了，我的这封信就是他们的末日。可是爸爸，你千万当心啊，他们什么事都做得出。你千万不要随便抽别人送你的香烟，你千万千万当心！

所以，我只有死，才是我唯一的出路。

我开始变成一只温顺的小猫，对他们百依百顺。暗地里，我每天减少剂量，把他们给我的份额暗中留下一些，藏起来。两个月里，我攒下一包纯度很高的海洛因。然后，我骗殷礼说，我想去香港泰国一带旅游。殷礼父亲见我越来越乖，也同意了我的请求，让人帮我在旅行社办了一系列手续。

我回家和你告别，爸爸，你一定记得那天的情景。我抱起妈妈的骨灰盒，吻了又吻。我在心里说，妈妈，再过几个钟头，我就来见你了，我来陪你，永远永远。你在一旁默默注视着我，你说，你的脸色不好，是不是身体不舒服？我说，没有，我很好。你说，我不懂你为什么一个人去旅游，你总是那么任性。我说，除了旅游，我还要做点生意上的事，那里有殷家的亲戚，你尽管放心。你说，路上当心。我说，爸爸，你一个人多保重。我在心里一遍一遍说，爸爸，原谅我，我先去了。我和妈妈在那边等你，你不要怪我无情，我是为了你不受伤害。我实在没有办法，我一错再错，已经无法挽回。你疑惑地看着我，突然说了一句，我知道，你身不由己！爸爸，你还记得这句话吗？我不懂你的意思，我觉得你好像已经把我看穿，好像已经什么都知道了。我差点扑在你怀里痛哭，我差点想把一切都告诉你，我希望你原谅，希望你救我。我不愿意死，真的，我不愿意！但是，我没有办法，我抹掉眼泪，毅然离开了你。

殷礼把我送到机场，等他转身离去，我也匆匆离开旅行团，走出机场，扔掉行李箱，撕掉身份证，叫来一部出租车，把我送到莎莎美容院。在出租车里，我把两个月积攒下的以及殷礼父亲给我路上用的白色粉末，全部吞了下去……

爸爸，你会奇怪我为什么选择美容院？我也不知道。我在美容院里有过一种奇怪的幻觉，每一次做面膜，就有一种隔世的感觉。

最终，我在美容院呼吸衰竭，昏死过去。抢救过来后，我被送到戒毒所。他们好不容易找到殷礼，这使他们惊恐万状。殷礼来看我的时候，再一次带来他父亲的恐吓：如果你把我们说出去，就让你父亲一起来承担后果，我们有的是钱，供你父亲享用！我害怕了，什么也不敢说。但是，如果我从戒毒所出去，仍然会被那白色的魔鬼擒获。我只好选择留在这里，永远！

爸爸，有许多疑问仍然困惑着我。我始终不明白，殷礼父亲究竟是个什么样的人？殷礼又是什么样的人？他们是人还是鬼？是人，为什么毫无人性？是鬼，为什么可以在社会上横行……

不是尾声

小垭让我把这封信看完后带给他父亲。

一个星期后，殷礼的父亲在一个五星级宾馆里被捕，他正在和国际贩毒分子进行一桩巨大数量的毒品交易。他是一个老牌的贩毒分子，他的贩毒历史可以追溯到解放前。他鉴别海洛因纯度的水平就像他鉴别古董一样高明。他对毒品的嗜好扭曲了他的灵魂。长期以来，他醉心于性能力与海洛因剂量的试验，他的妻子忍无可忍，离开了他。在他房间里抄出的大大小小笔记本上，详细地记录着一些奇怪的数据，方小垭不是他的第一个牺牲品。

两星期后，殷礼在出租车上吸毒，警觉的出租车司机把他送到派出所，随后他被送到戒毒所强制戒毒。他和他父亲案子的关系，正在调查之中。

方小垭的父亲，这个倔强的老头，继续出入于贩毒分子猖獗的场所。他为公安局提供了不少有价值的情报。毒贩分子对他恨之入骨，多次对他的进行恐吓骚扰，他毫不动摇，甚至把毒品夹在香烟里陷害他，被他一一识破。他彻底戒掉了香烟。第二年，在协助公安人员围歼毒贩的一次行动中，这位老侦察兵被贩毒分子连刺数刀，身受重伤，如今还住在医院里。

这些，又是另一篇小说。惊心动魄，催人泪下。

哦，对了，还有一件事差点遗忘。方小垭走出戒毒所的那天，穿着一条我特地为她买的缀着一串串翠绿色嫩芽的裙子，我说嫩芽象征新生，一切从头开始。她显得很精神，脸上泛着红光。进来时瘦弱不堪的她，如今丰满了许多。回家的路上，她拐进莎莎美容院。所幸的是，美容小姐没有认出她来。她说要做面膜，清洁一下肮脏的毛孔。我很奇怪她对面膜的执着。她说：做完面膜，干净了，就是另一个人了。我说，感觉只是感觉，感觉不是现实。她笑笑。

张医生说，方小垭的心理，永远有一个“面膜”情结，就像有人总觉得手脏，守着水龙头不断洗手一样。她总觉得她的皮肤有污迹，要不断清理。她在面膜下经历过生与死的那场挣扎，已经刻在她的心里。

我把方小垭领回家，交给她的父亲。我把她的故事写出来，献给读者。

1996 年 2 月

红　姨

一

我第一次看见男人和女人接吻是8岁那年。我不曾料到，男人和女人之间的吻，竟是那样惊心动魄。不要说我少见多怪。在这之前，我只见过大人对孩子的亲吻，就像母亲对我那样，时不时在我脸上啄一下，有时还留下一个印痕。我小的时候，也喜欢在母亲脸上啄一下，留下点口水。亲吻是一件快乐的事，当我看见小妹妹胖嘟嘟红扑扑的脸蛋，就恨不得捧住咬她一口。无论是母亲吻我，还是我吻小妹妹，都不同于男人和女人之间那样疯狂。如果那时的我，像现在的孩子一样，从小在电视里耳濡目染男人女人搂搂抱抱，我绝不会如此惊愕。

我不是故意窥探别人的隐私。隐私这个词我们从西方引进。确切地说，这个词的翻译并不符合英文的原意。隐私在中国有点儿贬义，似乎是见不得人的意思。而英文 privacy，是指个人不想让外人知道的一切私事，这比中国人理解的范围要宽泛得多。我断定我们小的时候，连大人都不懂什么是西方意义上的隐私。如果那时，我像西方的孩子那样，从小懂得不去窥探别人的隐私，也就不会看见那一幕。

那时的我，除了吃饭、睡觉、上学，玩耍，对张家长李家短没有兴趣。这个海岛上的部队家属，来自全国各地，北方人居多。闲来无事，她们成天凑在一起，抱着孩子的，做着针线的，拣菜的，操着南腔北调，不停地嚼舌头。我母亲有空时，也会加入她们这一群。她更多地默默听别人，很少插话。我和姐姐在家属堆里钻来钻去，不是为了听她们闲聊，而是无处可去。母亲生怕我们爬山摔着，或海边玩耍掉进海里，决不让我们离开她身边。她只许我们在她的视线范围里活动。我们随父亲从山里来到这个岛上，正碰上两岸关系紧张。父亲的舰艇大队一直在海上训练巡逻，很少回家。人生地不熟的，母亲对我们格外不放心。

那天，姐姐兴奋地在我耳朵上说，听到吗？她们在说，那个穿红衣服的阿姨今晚要结婚了呢！她的那个舰长丈夫终于从海上回来了，我们去招待所看新娘新郎好不好？

这有什么好看呢？我才不去！我说。自打那个穿红衣服的阿姨来到部队，姐姐的眼睛成天跟着她转。姐姐比我大四岁，像个小大人。不知道因为那件火一样红的衬衫勾去了姐姐的魂，还是她漂亮的脸蛋吸引了姐姐的目光。反正姐姐的嘴里，老是红衣服阿姨长，红衣服阿姨短，让人心烦。

那个红衣服阿姨可漂亮啦！姐姐露出羡慕的神色，你不想看看？

我不理她。我正在吹肥皂泡。我用一根细管子蘸着肥皂沫，对着天空，鼓着腮帮使劲吹，一连串泡泡飞了出去，在阳光照耀下，五光十色。我抬起头，眯起眼睛，欣赏我的杰作。

你到底去还是不去？姐姐问。

我不去。她不是和我们一块儿堆过沙雕、到南普陀看过和尚的吗？妈妈说她那件衣服红得发烫，她笑起来有点傻，让我们别学她样。

哼！妈妈不给我们买好看的衣服，成天让我们穿哥哥穿不下的蓝衣服，姐姐噘着嘴说，又宽又大，害得我做广播操不敢把手伸开，难看死了！我就喜欢红衣服阿姨，就喜欢看她笑！

得了得了，一天到晚红衣服阿姨、红衣服阿姨，你干脆叫红姨得啦，省点口水去背书！我讽刺她。

红姨？这名字好听，姐姐拍着手说，我们以后就叫她红姨吧！

算了吧，见姐姐对我随口说出的名字那样高兴，我暗暗得意，可是嘴里却说，我去告诉妈妈你说她坏话！我对着姐姐的脸，呼地一下吹出一串肥皂泡。姐姐往后退了几步。其实，姐姐说妈妈的那些话，我很赞成，我也讨厌穿哥哥穿下的衣服，谁不喜欢好看呢？

你告诉妈妈好啦，我才不怕呢！你看，这是什么？姐姐摊开手心，手心里一颗米老鼠奶糖，玻璃纸包的。那时候的糖果很稀罕，不到过春节，妈妈不会买糖。我不但爱吃糖，还喜欢集糖纸头。像今天的孩子集邮一样，我那时已经集了满满三本五颜六色的糖纸头了，只不过，这些糖纸头大多是拣来的，很少是自己吃糖剥下的。

这是哪儿来的？盯着姐姐手心里的米老鼠奶糖，我咽了一下口水。

姐姐得意地说：上午看见红姨和那个舰长叔叔从街上回来，（姐姐竟然立即用上了“红姨”这个称呼！）舰长叔叔长得又高又大，可威武了！他俩手里捧着许多糖果，是准备今天晚上婚礼上吃的。红姨看见我，就给了我一颗，我不舍得吃，给你！

我从姐姐手里接过糖，心想，姐姐对我真好。好吧，我说，我跟你去看新娘。

我和姐姐手拉手，穿过虎头山上的篮球场，绕过司令部的办公楼，从山的东面跑到山的西面。九月的中午，山上静悄悄的。阳光灿烂地照耀着这个和金门一水之隔的海岛，海风裹着咸咸的鱼腥味，一阵阵向山上袭来。参天的古树在海风里微微摇晃，凤凰树火一样红的花，一簇簇，一团团，点缀着绿树环抱的山头。我嘴里含着那颗米老鼠奶糖，甜甜的、浓郁的奶香味直沁我的心脾。姐姐叽叽喳喳说个不停：红姨今天一直在笑，眼睛、嘴巴、鼻子、眉毛，都在笑，连她那件红衬衫抖动着也像在笑；红姨脸上红红的，像两朵云；眉毛弯弯的，像月亮；眼睛亮亮的，像……像夜里的星星！天知道姐姐今天怎么会冒出这么多形容词，她每次写作文都是愁眉苦脸的呀。许多年后，我姐姐竟然成了作家，她的成名作写的就是红姨的故事，我想，我姐姐的写作欲望就是在看到红姨后突然萌发的。

山腰里，面对着大海有一座小楼，这是一个南洋资本家别墅改建的部队招待所，三层楼高的红顶白墙，被隔成许多小间。新来的家属都安排在这儿。我们不知道红姨住哪一间。听红姨说，她房间里除了一张木头床两张方凳一个竹壳热水瓶外，其他一无所有。她说等舰长出海回来后布置好新房，要请妈妈和我们到她房间喝茶吃糖。

楼里静悄悄，房门都关着。我们轻手轻脚，沿着镶嵌着彩色玻璃的门厅往里走，踏着暗红色盘旋的楼梯上到三楼，又从三楼走下一楼。楼道里一个人影也没有。其实，即便知道红姨在那一间，又能怎样？难道我们敲门进屋，对他们说，我们来看新娘？那多不好意思啊！

我们的目光停在房门上那一个个壶型的锁孔上。几天前，不知哪个恶作剧拿砂子填了某家的锁孔。这家的男人，一个观通站站长夜里回来，怎么也没法把钥匙塞进这壶形锁孔里，他以为出了什么事，急得一脚踹开了房门，惊醒了睡梦中的妻子。妻子大呼小叫，惊动了整个虎头山，以为对岸的特务摸上门来。第二天，家属们挤在一堆议论。说有孩子在锁洞窥见过那女人有不端行为，是那女人自己把锁眼堵上的。我母亲则一再叮嘱我们，乖孩子不要做恶作剧，乖孩子不要去做探头探脑的事。

要是母亲没有关照过这件事，我们根本就想不到要在锁眼里看风景。孩子们的心思真是奇怪，大人越是不让做得事，他们越感兴趣。姐姐急于找到红姨，把眼睛贴着锁孔上一间间看，忽然，她像触电似地闪开。怎么啦？我跟着把眼睛贴了上去。只见一个大汉四仰八叉躺在床上打呼噜，军装挂在床架上，腿上全是黑乎乎的毛，我皱了皱眉头，恶心！赶紧把头缩了回来。我轻声说：妈妈不让我们探头探脑，我们会倒霉的，快走吧！姐姐心有不甘，说：你吃了大白兔奶糖，答应陪我的，我就想看看红姨，看一眼也好。

姐姐眼睛贴在门上，一个个锁孔寻找。我不明白姐姐为什么对红姨那么感兴趣，我只觉得无聊，决定走人。

你走好啦！姐姐生气了，看我下次还会不会把糖留给你吃。是啊，这倒是件要紧事，姐姐对我挺好，我总该陪陪她。那好吧，你找，我等你，要是有人来，我就咳嗽。

我在楼梯拐角处站住了。我想，万一有人从楼上下来，我必须给姐姐一个信号。

就在这时，一连串说话声从拐角处的那间小屋里传来。

给我吧！一个男人的声音。

现在不。女人的声音。

为什么？男人的声音，

那不好。女人的声音。

我们今晚就结婚了！

那就等到今晚，就几个钟头！

是红姨的声音！他们在说什么呢？我把眼睛贴到锁眼上。

红姨穿着那件火红色的衬衫，站在床沿旁，弯腰缝着一条大红喜字被子。舰长站在她身后，从背后搂着她。舰长很魁梧，红姨在她怀里十分娇小。

答应我吧，我明天又要出海。舰长的脸紧紧贴着红姨的背上。

刚结婚就出海？哪有这么不通情理的。红姨用嘴咬断一根缝被线。

那也说不定，这两天海上紧张得很，美国第七舰队正在增加兵力。领导怕你等得太久，让我赶回来结完婚就走。

红姨不吭声，继续缝她的被子。

给我。舰长的声音有点发抖。

不行，没拜过天地，我不能。

傻瓜，部队里才不拜天地哩！

那今晚干啥？

闹呗！你要有思想准备，说不定还要当众亲嘴儿。

真的？红姨停住了手里的活儿，转过身子，我看见她一脸恐慌，说，那哪儿成！

这有啥，我参加过几次婚礼，当兵的都会起哄，不过你放心，再怎么闹，也没有我们北方闹洞房那样，你可不许生气！

好吧！红姨点点头，重新弯下腰缝被子。

看来你是真的不肯了，舰长不无遗憾地说，那么，能不能让我亲亲你，算是军事演习，要不然，今天晚上你会对付不了。舰长抱紧了红姨。

红姨犹豫了一下，像是下了很大的决心，终于放下手中的针线。她站直了身子，转过身去。这一瞬间，我看到她的脸像彩霞一样红艳。她微微闭上眼睛，像是迎接一场重要的战斗，把脸慢慢地向舰长移过去，移过去……

像是被雷电击中，当舰长的络腮胡子触到红姨嘴唇的那一刻，红姨浑身一颤，软软地倒了下去。

舰长真是个坏蛋，我愤愤不平，差点骂出声来。

舰长粗壮的臂腕一把搂住红姨，一团红色的火焰在锁眼里晃动，晃动，最后久久地静止在那里。

我的心怦怦跳个不停，手心冒出了汗。

找到了吗？姐姐不知什么时候走到我身旁悄声问。

猛回头，我的脸发烫。

看到什么了？姐姐见我慌张的样子，疑惑地问，她把我往边上挤了一下，弯腰朝锁眼里望去。立刻像触电似地，回过身来，你没羞！她低声骂道。

我又不是故意的，我说，是你说要来找红姨的！

姐姐不吭声。她拉着我，踮着脚，屏住气，轻轻地退出去，退出去。退出了这幢有点神秘的招待所小楼。到了门外，我们一转身，拔腿就跑。我们俩都很兴奋。

我告诉姐姐舰长和红姨说的那些话。我说红姨怎么那么小气，舰长问她要一样东西，她就是不给，说是婚礼以后才能给。姐姐说，你懂什么呀，你又不知道舰长要的是什么。我问，那舰长要什么呢？结婚就像刚刚看见那样的吗？姐姐说：不要问东问西，你不懂的。我说，你不是也不懂吗？姐姐不说什么，只是叮嘱我，回去千万别告诉妈妈。

我突然觉得有点伤感，觉得舰长欺负了红姨，红姨好可怜啊！姐姐也有些伤心。整个下午，我再也没有吹肥皂泡，再也没像往常那样在山上追逐打闹。我们坐在一棵硕大无比的凤凰树下发愣，凤凰树火焰般的花，全变成锁眼里见到的那红红的一团。

二

认识红姨是一个星期前。那天放学后，我和姐姐瞒着妈妈，跑到山脚下的海滩上玩。我们堆了一个城堡，捉来许多寄居蟹做城堡的臣民。好不容易把臣民安置进各自的屋子，一眨眼工夫，它们飞快地钻进沙里，消失得无影无踪。我和姐姐大眼瞪小眼，看着城堡发呆。后来我们坐在礁石旁看大海。海浪一下又一下拍击岩石，飞溅起的无数片细小的浪花。太阳缓缓地向西边的山里落去，像个硕大无比的金灿灿的蛋黄。湛蓝湛蓝的天空，没有一丝云彩；碧蓝碧蓝的大海，涌动着丝绸般起伏的波浪。我们索性躺在沙滩上，对着一望无际的天空，唱起从水兵们嘴里学来的歌：

蓝色的天空像大海一样，
广阔的大地上尘土飞扬，
……

凡是海军司令部喇叭里播放的歌，从《马路天使》里“郎呀，咱们俩是一家人”到《人民解放军进行曲》里的“向前，向前，向前”，只要播过两遍，我们都会唱。而唱得最多的，就是这首“蓝色的天空像大海一样”。

唱着唱着，我问：姐，蓝天真的像大海一样吗？

姐姐把眼睛盯着天上想了想，说：颜色有点像，可是蓝天不像大海那样，大海有涌动的波浪。

我说：歌词里为什么说蓝色的天空像大海一样？

姐姐说：我们老师说，这叫比喻，我觉得，大海睡着了才像蓝天一样。

我说：大海才不会睡呢！它半夜里还是动啊动的。

姐姐不吭声，她也许觉得我的话有道理。

你怎么知道大海不会睡觉呢？忽然，一个清脆的声音从身后传来。

我和姐姐吃了一惊，撑起胳膊回头看，一团红色令人目眩。一个年轻漂亮的阿姨，赤着脚，手里提着一双鞋，腿上湿漉漉的，沾满了沙子，正望着我们笑。她身上的红衬衫，像天边的太阳那样鲜艳，在海风中不停地飘动。在充斥蓝白两色海军军服的兵营里，冒出一件火一样红的衬衫，真让人兴奋！

你真好看！姐姐发出由衷的赞叹。

你在偷听我们说话！我抗议道，尽管我也觉得她很漂亮。要是料到几天后我们偷看了她和舰长接吻，我就不会在乎她听了我和姐姐的话。

我并不想偷听呀，是你们的话被风吹到我耳朵里来啦！她笑眯眯地说。

我和姐姐对望了一下，我问：你是谁？

家属，刚到部队，我是来结婚的。

结婚？你和谁结婚？姐姐问

203舰舰长，你们见过他吗？他是世界上最好的人。她的脸上露出得意的神色。

我们摇摇头。我问：就是说，你要做新娘了？

是啊，可是一来就赶上他出海了，她边说边在我们身旁坐下，我一个人也不认识，真是憋得慌！

姐姐忙说：那你上我们家玩好啦，我爸爸也到海上去了。

她说：他们安排我在招待所住，我怎么也睡不着，昨天晚上，我一个人在海边坐了半夜。

你看见大海睡觉了吗？姐姐问。

看见啦，我还听见大海呼吸呢！

大海会呼吸？我奇怪极了，从没听人说大海会呼吸。

她神秘地一笑，说：我的舰长每次给我写信，总要说大海的事，在他眼里，大海像人一样，有血、有肉、有脾气，会呼吸，会哭会笑……

是吗？我和姐姐很感兴趣。

是啊，昨天晚上我坐在这儿，全看到了，这辈子第一次看海，简直把我看呆了。

可惜啊，姐姐叹了口气，我妈妈不让我们晚上出来看海。

她同情地搂搂姐姐：晚上看海，好神秘啊，有一刻，大海静得出奇，只有轻微的呼吸，我想躺到海里去，舰长在海上，我想海里一定是柔软的，很舒服。我脱了鞋子把脚往海里伸，两个巡逻的哨兵走过来，以为我要寻短见，把我赶了回去。我哪里会寻短见？我和舰长要结婚了，好日子还没开始呢！说到这里，她咯咯咯直笑，笑得我和姐姐忍不住也笑了起来。

我问：你会游泳吗？

不会。

那怎么能躺到海里去？姐姐说，人家会游泳的到海里也死了呢！前两天从对面岛上游过来一个投诚的士兵，被一个渔民救上来，奄奄一息，后来还是死了，身体泡得很胖很胖，就在沙滩上放着，说是被海水咸死的，好可怕！

为什么不把他放回海里？她说，海里一定比沙滩上舒服。

这怎么行，他家在这个岛上，他是从对岸逃出来的，就是想回家。姐姐说。

她摇摇头说：我的舰长说，海上死了人，就葬在海里，海是每个出海人的家。

看得出，她很相信舰长的话。

我们就这样熟悉了。

这个比我们大十几岁的阿姨，等舰长等得好辛苦，每天像孩子一样和我们堆沙雕闹着玩。她挺像幼儿园阿姨，她提议我们堆个大兵舰。这通常是男孩子们玩的游戏，堆完兵舰就打海仗。我们三人一会儿就堆了一艘两丈多长的军舰，舰头对着大海，两个书包做炮架，拣来两个棍子当炮筒。她在舰身上用手指认认真真划了203，这是她舰长的兵舰。最后，她坐进驾驶室，命令我们出发。姐姐装着轮机长的样子，嘴里发出隆隆的声响；我坐在炮架旁，喊着：开炮，开炮！

干嘛要开炮？她阻止我说，开炮要打死人的，我们就开兵舰，到海上去看看！

对，我们不开炮，我们开兵舰，去你找你的 203 舰长！姐姐说。

好丫头！她拍拍姐姐的脑袋，笑了。

开船喽！我大声喊道。

开船喽！我们三个人一起喊着、笑着……

多少年过去，那沙滩上的情景一直留在我的脑海。太阳渐渐地沉下去，沉下去，在和大海交界的地方撒下万道金光，湛蓝的海水涌动着，水面上泛着晚霞的红光。柔软的金黄色沙滩、沙子堆起的兵舰、兵舰里坐着两个女孩，还有一个赤着双脚，红衬衫飘动的准新娘……

三

深夜花园里四处静悄悄，
树叶也不再沙沙响，
夜色多么好，
令我心神往，
在这迷人的晚上，
……

那天晚上，虎头山上的喇叭里一遍一遍播发着《莫斯科郊外的夜晚》，夜来香的芬芳从打开的窗户阵阵袭来。203 舰的代表，司令部里全体军人和他们的家属，除值班外都参加了红姨和舰长的婚礼。偌大的会议室被挤得水泄不通。

婚礼很简单，桌上放着糖果瓜子，领导同事祝贺词，新郎新娘介绍恋爱经过，大家刨根究底，不让恋爱故事草草收场。一次次起哄，一阵阵笑声，屋里烟雾缭绕，热气腾腾。

我和姐姐挤在人堆里不停地吃。碍于妈妈递过来的严厉目光，我不敢把那些米老鼠奶糖往口袋里揣。我对大家的嘻嘻哈哈没有兴趣。我在吃东西的间隙，不时拿眼睛瞅红姨。她仍然穿着那件鲜艳的红衬衫，脸映得红彤彤的。她的眼睛又黑又亮，像山脚下那口水井；她羞涩的眼神像被拨动过的井水，幽幽地一闪一闪；她坐在那里，头深深地低着，嘴紧紧地抿着，微笑渗透她的全身。这微笑，散发在空气里，传递到每个人的心上，被放大成一屋子的笑语喧哗。轮到红姨讲述恋爱经过的时候，她的脸憋得通红。她语无伦次，引来满堂笑声。她把求饶的目光一次次投向舰长，军人们粗鲁地打断舰长的话，不许他帮忙。

好几次，我想接住她的目光，对她表示同情，她视而不见。每次抬起头，她的目光在众人面前一扫而过，迅疾落在舰长脸上。只要看到舰长，哪怕再害臊，她两眼也会发光。

她就是那个在海边赤着脚，和我们一齐堆兵舰，喊开船，咯咯咯笑的红姨？她的天真，她的爽朗，她的亲切，忽然变成了忸怩和羞怯。

要是女人被男人吻过之后，变成这般模样，那我一辈子不嫁人，真的，不嫁！我把不满归在那个舰长身上，我对姐姐悄悄说：瞧舰长得意的样子，我讨厌他！

为什么呀？姐姐奇怪地望望我说，舰长像电影和小说里的英雄，我喜欢他！

没羞！我刮姐姐老面皮。姐姐不理我，只顾盯着舰长看。

那个分管家属工作的干事小张，不断变换着花样，掀起婚礼上一个又一个高潮。他把一块花生牛轧糖用线吊在空中，要新娘新郎同时凑上去每人咬一半。这不是要他们接吻吗？新娘顿时惶恐起来。在大家一次次的掌声中，两人试了几回，总也咬不下来。新娘羞得恨不能把头埋到地下，新郎也直摇头。张干事宣布，如果他一、二、三……数到十，糖还咬不下来，就要罚新郎新娘更厉害的一遭。红姨和舰长一听急了，赶忙站起来，伸长了脖子，再次瞄准那块糖。我停止了咀嚼，想起中午在锁眼里看见的那一幕，我担心，红姨被吻了之后会不会倒下来啊？看着激动得脸色泛红的张干事，我在心里骂他，下流胚！这时张干事已经数到八，眼看新娘新郎的嘴就要碰到那块糖了，红姨又一次企图缩回去。就在这时，舰长以迅雷不及掩耳的速度，一把拉过不知所措的红姨，捧住她的脸，把咬下的半粒糖送进她的嘴里。全场一片欢腾。

红姨的身子颤抖了，她晃了晃，真要倒下去似的，舰长一把扶住她。笑声掌声闹成一片，会议室里像炸开了锅。

忽然，一阵凄厉的警报声响起，呜……呜……呜！警报声忽高忽低，人们愣住了，面面相觑，喧闹的婚礼顿时鸦雀无声。

他妈的，晚上来捣什么鬼！有人骂道。

隆隆的飞机声从远处传来，电灯迅疾被拉灭，会议室一片漆黑。

几乎同时，母亲扑到我们的面前，紧紧拽住我和姐姐的手。透过玻璃窗，我看见漆黑的夜空有一点点红蓝的光，向山上移动。有人说：雷达兵是睡着了怎么的？警报刚拉完，飞机就到头顶上了！

怎么办？张干事问大家，要不要到防空洞里去？

怕他个鸟！唬唬人的，别理它。有人说。

出了事，我可担当不起。张干事说。

在这个东海前线的岛屿，警报是常有的事。只要对面岛上有飞机起飞的动静，就要向大家发出空袭警告。我们平常听惯了，都不当回事。警报响起，先听听几声，哦，才三声！大家没事儿似地在山上晃悠。惊恐失态的是那些刚来岛上的新兵和家属。有人半夜把枕头当孩子抱起，逃出屋躲空袭；有男人穿了女人裤子跑进防空洞里。这些都成了家属们第二天的笑料。我觉得警报就像喊“狼来了，狼来了”一样，没有一回真的打起来。我们住的楼顶露天凉台上还架着一挺机关炮，每天傲视天空，从没给它显身手的机会。我盼着什么时候真的打起来，轰隆隆，噼噼啪，像电影里那样，我呢，像儿童团员那样，拿起红缨枪，上山送个情报什么的，那才有趣呢！

会议室漆黑一片，我乘机抓了一大把糖塞进自己兜里，又抓了一把塞在姐姐兜里。姐姐按了按口袋，贴着我耳朵警告说，看我不告诉妈妈！

一阵震耳欲聋的隆隆声，从头顶滚过。多架敌机在黑暗中逼近虎头山，在我们上空盘旋了一会儿，扬长而去。妈妈的手一直紧紧拽着我们，手心里冒出了汗。

飞机声刚刚消失，解除的警报响起。电灯顷刻大放光芒。

红姨像受惊吓的小鸟，依在舰长怀里，紧紧抓住舰长粗大的手臂。我轻轻对姐姐说：你看，红姨害怕了，红姨是个胆小鬼！姐姐说，你懂什么，你要是新娘，也会害怕的！

婚礼继续进行，渐渐进入尾声。气氛被警报冲淡了不少。主持人请新郎新娘谈婚后的打算。没人起哄了，红姨不再害羞，她大大方方地说：我爹娘死了，没有别的亲人，我跟了他，真心诚意，永生永世不分开！舰长说：我不会欺负她，我们俩相亲相爱，互相帮助，还有嘛，准备多养几个儿子，长大也当兵！

大家哄地一声笑，噼里啪啦拍手。

轰隆隆……一阵炮弹掉在海里，把窗玻璃震得格格直响。

今天是怎么了？军人们议论纷纷，刚才警报没拉完，敌机就到了上空，现在警报刚解除，反倒投炸弹了，真他妈的会捣蛋！

“砰”地一声，会议室的门被撞开了。随着一声“报告”，司令部通讯员小黄撞了进来，径直走到舰长面前，把一份电报交给他。

舰长迅速看了看文件，神色凝重。他抬起头，向大家宣布：司令部命令，203舰全体人员各就各位，立即出发！

一屋子的人全愣在那儿。红姨一把抓住舰长的手，脸色刷地白了。舰长歉意地望着她，说：这是命令，我很快就回来，你自己当心！

红姨轻轻地说：我不担心，我在南普陀求过菩萨，你会平安无事的。红姨说的是真的，两天前，她带我们一起去南普陀。我和姐姐向老和尚要了伤膏药，给妈妈治腰痛。红姨在菩萨面前跪了许久，还抽了根签，据说是上上签。下山的时候她开心得像小鸟一样。回到家，我叫妈妈也去为爸爸抽一个签。妈妈不肯，说：从前你奶奶生重病，到庙里求签，说是能好，不久却死了！

舰长对红姨笑笑说，解放了，还讲迷信！他深深地看了她一眼，放心，等我回来，一起回老家看望父母。他挺了挺身子，向红姨、也向我们大家立正、敬礼，转身告别。

一群军人，跟在舰长身后，跑了出去。急促的脚步声很快消失在走廊尽头。

婚礼就这么散了。妈妈走过去，拉了拉发愣的红姨说，上我们家去住吧，她爸还在海上。红姨犹豫着，经不住我和姐姐劝说，她总算跟我们往家里走去。

回家的路上，清冷冷的月光从树丛一路撒下，远处传来一阵阵隆隆的爆炸声。

妈妈突然叹了口气对红姨说：谁让我们嫁了当兵的呢，嫁了，就是这样的命!

四

五十年代末，那场震惊世界的海峡两岸的炮战就在这一夜打响了。

双方都作了长长的酝酿和积蓄，可是在我们眼里，这一切好像在一天里突然发生。以后的日子，我们每天数次，听凄厉的呜呜作响的警报声，慌慌张张躲进阴暗潮湿的防空洞。双方的飞机在天空中轰鸣；炮弹掠过头顶发出刺耳的尖啸；机关枪在房顶上嗒嗒作响；探照灯、彩色信号弹在夜空中闪烁。

舰长出发十多天了。张干事每天给我们带来海上的消息：敌机来过多少架次，击落几架，击伤几架，我方舰艇人员无一伤亡等等。

警报一天比一天多，司令部的人越来越忙碌。起初，我们学校坚持上课，按路线由老师接送，遇到敌机轰炸，在老师带领下躲进路边的防空壕，后来，有个同学被炸伤，校舍被震塌一个角，学校被迫停课。我们整天在家闲着。妈妈不许我们出去，她怕警报来时找不到我们。红姨和妈妈每天最要紧的事就是等张干事带来海上的消息，除此之外，她们一起拣菜烧饭，扎鞋底聊天，说的全是打仗。

一天晚上，姐姐被允许去隔壁同学家听收音机。我百无聊赖，拿着姐姐扔下的《一千零一夜》翻过来又翻过去，耳朵里听红姨和妈妈说话。

那天从早到晚没响过警报，妈妈说：今天总算太平了一天。

红姨说：张干事今天怎么没来？

妈妈问：你想舰长了？

红姨说：你难道不想？

妈妈说：我们老夫老妻了，抗战到现在，分开的时间比在一起的时间还长。

说实在的，我真后悔，红姨难过地说，那天中午，他要我我真该给他。

照规矩，不到结婚那晚，不该给的，你不要后悔。母亲安慰道。

我就是这么想的，还不是为了那些老规矩！可心里就是后悔。

这些规矩不知道是谁定的？我妈妈说，又不跟别的男人，有啥关系！

红姨停下手中的活儿，唉，这话，你早点对我说就好了！

不急，急什么？等他回来，你补上不就得了！说完这话，妈妈扑哧一声笑了起来。

红姨红了脸，推了妈妈一下，瞧你说的，好像我着急似的，我还不是为了他！

她们说的事，我不懂，似乎和中午偷听到的是一回事。

红姨压低声音问：你说是不是很可怕？他一挨着我，我就透不过气来，如果很可怕，会不会把人憋死？

没事，你不用害怕，妈妈凑近她，正要说什么，一转眼发现我愣愣地看着她俩，生气了，你在这儿干吗！出去，给我到楼上看看，那两个广播员阿姨回来没，要是回来了，把厨房里的包子给她们端去。

我悻悻地走开。到厨房里炉子上拿了冒着热气的包子，往楼上走。身后传来妈妈和红姨哧哧的笑声。

楼上住着两个军人阿姨，上海人，是前沿阵地的播音员。每天天蒙蒙亮，她们乘吉普车到前沿阵地的一个地堡里，对着海那面岛屿不停地广播。有时，她们把传单放在气球里，让气球顺风飘向对岸。每当太阳落山，在夜色的掩护下，她们从地堡里爬出来，拖着疲惫的身子，乘车回到我们楼上的宿舍。每天晚上，只要警报不响，她们房间的灯光就亮着，她俩趴在桌上，不停地写呀写，写广播稿。妈妈常说：人家都说上海女孩娇气，我怎么就看不出来呢？妈妈心疼她们，三天两头叫我把面条，饺子端上去给她们吃。

今天我已经是第二次上楼，广播员阿姨还没回来。门敞开着，屋里空无一人。听说她们工作的那个地堡又矮又小又潮湿，放了器材，转身都困难，还有蚊子虫子包围着，无法在地堡里过夜。也许她们俩已经在回家路上。我把锅子放在她们凌乱的桌上，环视这小小的房间。墙上挂着她俩穿军装的照片，英姿飒爽，一个胖点的，一个清瘦；一个扎着扫把辫，一个剪着短发；她们笑得很甜很美。有空的时候，她们和我玩，教我上海话，告诉我上海的许多新鲜事，什么24层楼的国际饭店呀，大世界的哈哈镜啦，还有城隍庙的五香豆……她们俩还说，有机会一定带我到上海去玩。

夜深了，我和姐姐打着哈欠上床。红姨和妈妈有点焦急，她们一次次跑到屋外，往山下张望，希望能看见那辆载广播员阿姨的吉普车在山路上出现。然而她们一次次失望而归。

我和姐姐很快睡着了。迷迷糊糊中，有人敲我们的门，声音很响，脚步很重。母亲对敲门的说，还没回来呢，然后是沉重的叹气。我依稀看见窗外探照灯光闪烁；依然听见隆隆的炮声、飞机呼啸，我往姐姐身边靠了靠，再次睡着了。

不知过了多少时候，警报声再次打断我的睡梦。真讨厌啊！睡觉的时候来警报，睡意浓浓，就要被妈妈一把拖起来，跌跌撞撞，磕磕绊绊往外跑。防空洞里蚊子嗡嗡叫，虫子拼命咬，难受死了。我咕哝着翻个身又睡，姐姐也赖在床上不起来。

警报响了五声！

母亲急了，在我俩屁股上一人给了一巴掌，一手拽我，一手拽起姐姐，嘴里叫着红姨的名字，几个人夺门而出。天已经微亮。虎头山上每幢楼里的人，男人、女人、大人、小孩、穿军装的、不穿军装的，一齐涌了出来，向就近的防空洞跑去。飞机的轰鸣声转眼到了头顶。

什么人？怎么还穿着红衣服，找死啊！山头上值班的军人突然对着我们这一群呵斥道，还不快把红衣服脱下，当心暴露目标！

红姨不知所措。说时迟那时快，敌机已经在头顶盘旋。有人扔过来一件蓝军装，妈妈一把接住。她一边推着我和姐姐快跑，一边把蓝衣服披到红姨身上。

嗒嗒嗒……，飞机在红姨周围扫了一梭子机枪，石头上冒出串串火星。我和姐姐吓得一溜小跑，进了防空洞。妈妈拉着红姨随后也进来了。这个洞很小，只能容下我们几个和邻居的一个老妈妈。我紧靠在红姨的胸前，听见她的喘气声，砰砰的心跳声。

你那件红衣服，以后可不能穿了。妈妈心有余悸说。

红姨不吭声。

你也真敢穿，我这辈子啊，就没穿过红衣服。妈妈的话，多少有点责怪的意思。

这是舰长给我买的订婚礼物，红姨解释说，他说海是蓝色的，我是红色的，他就喜欢这两个颜色。

妈妈说：红色好看是好看，就是太艳，人家早就在说闲话，我不敢告诉你。

妈妈这话是有根据的。红姨来部队才几天，司令部里当兵的当官的尤其家属，都在议论那个穿红衣服的女人。说她“烧包架子”，说她妖里妖气，还有人说，一件红衣服天天穿，也不怕馊……其实红姨每天都洗衣服，晚上晾干白天穿。不过大家说归说，看还是要看的。无论红姨出现在那里，饭堂里，礼堂里，军人服务社里，人们的眼光都集中在她身上。这是谁的家属？挺秀气，就是有点……话这么说着，目光跟着红姨转，直到她吃完饭走出食堂，议论还要持续。有几次，姐姐明明知道人家在议论红姨，偏要跟红姨一起进一起出，为此，还被妈妈骂过几次。

红姨听了母亲的话，一点不在乎，她说：这件衣服是舰长买给我的，别人喜欢也好，讨厌也好，我管不了，只要我喜欢，不就得了！

妈妈听了再没吭声。

我喜欢，不就得了！

这句话，被姐姐记住了。姐姐后来老是闹着要穿红衣服，妈妈老也不给她买，妈妈说，女孩子不能穿得太惹眼。太惹眼，命不好。姐姐才不信，她工作以后拿到第一份工资，做的第一件事，就是到店里买了一件杜鹃红大衣。她结婚时的长裙，是一身石榴红。姐姐不怕别人议论，她学着当年红姨的话：我喜欢，不就得了！

我也喜欢红色，可是我怕穿红色的衣服。红色是一种只能远距离欣赏的颜色，我渴望它，又怕接近它。

几十年后，我在姐姐的小说中，看到关于红姨和红衬衫的描述，她用象征主义的手法，把红色比喻成爱情和性的光芒。在她的小说中，红姨的美，是爱情与性感之美；红姨的痛苦，是爱情与性的痛苦；红姨的结局，是爱情与性的幻灭。我十分惊讶，在红色政治熏陶下成长的姐姐，怎么会写出这样一部作品？在我和姐姐的心里，都有一个挥之不去的情结：一个关于红姨和她的红衬衫的情结。只不过我们有着各自不同的看法。

那天早上的警报等了许久才解除。我们终于从幽暗的防空洞里出来，拖着疲惫的脚步回家。

张干事坐在我家门口台阶上，一脸沉重。

红姨和妈妈的脸色一沉，几乎异口同声地问：你怎么在这儿，出了什么事？

……广播员，牺牲了！

哪一个？

两个都……，张干事眼圈红了，他说，昨天傍晚，几发炮弹密集地落在地堡里，等我们拼命组织还击，晚了，地堡炸毁了！

红姨木然地站在那里，眼睛死死地盯着张干事，披在红衬衫外面的蓝军装滑落在地上……

我和姐姐呜呜地哭了。广播员阿姨牺牲了？我们不信！前天，我们俩还把她们写回上海的信，投入司令部的邮筒里。她俩说，今年春节要回家过年了，天天盼呢！难道，她们的妈妈再也见不到她们了？难道，我们再也不能跟她们到上海去玩了？

我们越哭越伤心，妈妈紧紧地搂着我和姐姐，眼泪一串串，落在我和姐姐的身上。

五

听张干事说，形势有点紧张，司令部要全体家属转移。等后方村里安排好住处，就分批走人。课是没法上了，我和姐姐整天待在家里，大眼瞪着小眼。我们不能到海滩上玩；不能去山上摘潘石榴和桂圆；不能拉着榕树的长胡子荡秋千。除了吃饭睡觉吵架，就是听母亲和红姨做家务聊天。红姨的脸色越来越忧郁，话也越来越少。她不再穿那件红色的衬衫，换上阴丹士林中式布衣，脸色有些苍白。她把那件红衫洗净，叠好，压在枕头下。她常常坐在床沿发呆。

我真后悔，那天中午，我应该答应他的。红姨对妈妈说。

你不要老提那件事，他又不是不回来了！母亲把话题扯开，你不是说，你在南普陀抽过一个上上签吗？上面写什么？

红姨像是没听见，自顾自说下去：我和舰长是夫妻了，他对我那么好，万一他有个三长两短，我怎么对得起他！

妈妈说：别瞎想了，跟当兵的结婚，就要放宽心。我跟她爸快二十年，一直过着担惊受怕的日子，抗日战争、解放战争、好不容易解放了，太平了，可是没几天，又打了。我早已习惯，你慢慢也会习惯的。

但愿他平平安安，红姨红着眼圈说，只要他平安回来和我过日子，我给他生一群孩子。

放心，你会有一群大胖小子的！妈妈肯定地说。

两人沉默了一会儿。红姨深深地叹了口气，说：那天，要是我答应他，就可能怀上，那该多好！

妈妈皱了皱眉头。她瞥见我和姐姐竖着耳朵听她俩说话，生气地说：一边去！

姐姐一噘嘴，说：你不是不让我们到外面去玩吗？

妈妈恼怒地说，滚，外面去！

这下可好啦！我和姐姐一溜小跑，往山顶上跑。我问姐姐：红姨一直后悔的到底是件什么事？姐姐说：我哪里知道啊，反正是结婚生孩子的事。我说：她们不是结婚了吗，我亲眼看见舰长亲她，她会生孩子的。姐姐说：那不算结婚。我说，那结婚到底是怎样的呢？姐姐说：你干嘛老缠着我！我又没结婚。我说：我好害怕，我怕舰长像楼上广播员阿姨那样……，姐姐一把捂住我的嘴，呸呸呸，不许瞎说！

我们爬上虎头山顶，坐在那块巨石上，望着阳光下碧波闪闪的大海，隐约可见海上青黛色岛屿，缓缓移动的点点白帆。这一刻真安静真好，没有刺耳的警报，没有飞机轰鸣，没有隆隆的炮声。只要不打仗，两岸太太平平，爸爸和舰长都可以回来了，我们可以上学去了。情不自禁地，我们唱起司令部广播里每天放的歌：

祖国的河山遥遥在望，
祖国的炊烟招手唤儿郎，
啦啦啦，招手唤儿郎。

秀丽的海岸，绵延万里，
银色的浪花，
也叫人感到亲切的甜香，
祖国，我们远航归来了，
祖国我们的亲娘……

这首《远航归来》，虎头山上的广播里每天播放。每回听到“祖国，我们远航归来了”，我就会想爸爸，我往码头张望，希望爸爸的舰艇正在靠岸，爸爸穿着一身白军装踩着正步回家来。姐姐不怎么想爸爸，姐姐关心的是舰长，姐姐说：舰长快要回来了，红姨可就高兴啦！

我们一遍遍唱着《远航归来》，唱累了，兴冲冲回家。

一进门，红姨把我一把抱起来，在我脸上死命亲，亲得我生痛，哇哇叫。原来，张干事来过了，带来好消息。他说舰长和我爸爸在返航的路上，他们打了胜仗，创造了用小炮艇击沉敌人军舰的海战奇迹，获得了通报嘉奖！

多少天来，笼罩的沉闷一扫而空，我们开心得疯了！妈妈忙着在厨房里包饺子，我们一次次到凉台上伸着脖子朝海上张望，水天交界处出现的每一个隐约的黑点，都以为是爸爸的舰队。

那天晚上，红姨搬回招待所。她换下那件阴丹士林布衫，从枕头底下拿出叠得整整齐齐红衬衫穿上，在镜子里照了又照。她的脸色红润了，又和从前一样美丽动人。

这一夜，我睡得特别香。我做了一个美丽的梦，梦见受嘉奖的舰长戴上大红花，红姨和舰长带我们乘上兵舰，兵舰要开到上海去，在海上我们遇见楼上的两个广播员阿姨，我们在甲板上高兴得抱起来跳起来。

清晨，一阵凄厉的哭叫把沉睡的虎头山惊醒。迷迷糊糊中，我以为又是警报，翻了个身，又沉沉睡去。姐姐推我，你听你听，有人在哭！我揉揉眼睛，仔细听，是一个女人声撕力竭的哭声。我坐起来，看见妈妈推开窗户，探出身，往山下哭声的方向张望。我和姐姐跑到凉台上，人们睡意朦胧，纷纷走出门来，慌乱地互相打听。

淡淡的晨光里，海滩上匍伏着一个人影，对着大海嚎啕，绝望之声一阵高过一阵。一那是谁？远远地一团红色，我的心砰砰直跳。

妈妈疑惑地说：像是她！一大早，她跑到海滩上哭什么？

脚上还穿着海岛人人穿的木拖鞋，我和姐姐箭也似地冲出门，往海滩跑去，两只木拖鞋不知什么时候都掉了。

海滩上趴着的正是红姨。她面朝大海，把头埋在臂弯里，边哭边喊：你不能去，不能去啊！你不能去……

怎么了，红姨，你怎么了？我们大口喘气，上去拉她，红姨，你别哭呀！

她甩掉我们的胳膊，疯狂地尖叫：你别走，你别走哇，我还欠你……

母亲随后赶来，跪下去，一把抱住她，怎么了，这是怎么了？你胡说些什么呀！

红姨躺在母亲怀里，哭得死去活来，脸色像蜡一样。

沙滩很快围了一大堆人，司令部的军人和家属，他们悄声地议论。

昨天夜里，203 舰被鱼雷击中，沉了。

人呢？

只逃出一个炊事兵。

返航途中，麻痹了！

兴许还有活的，能找到。

几艘炮艇在海面上搜索了大半夜，什么也没找到……

我们只会哭，不停地哭。我们小小的心里盛不下这么多恐惧和悲伤，警报、飞机轰鸣、炮声隆隆、广播员牺牲……谁能想到，舰长遇难？昨天刚迎来欢乐，今晨突如其来的痛苦。我们和红姨抱头痛哭。妈妈一个劲劝说：能回来，一定能回来，你不要难过，别哭伤了身子！

正在闹哄哄的当儿，山上的警报又拉响了。

快散开！有人大吼一声，人们四处散去，纷纷寻找掩体和防空洞。张干事不知什么时候也来了，他和妈妈死命拉着红姨离开海滩。

别管我，让我待在这儿，你们走！红姨疯狂地挣扎着，尖叫着。她的红衣服是那样显眼，我和姐姐忘记了哭泣，拼命叫着：红姨，快走，快走呀！

妈妈边拉红姨，边对着我和姐姐吼道：你们死在这儿干嘛，快到防空洞里去！

我和姐姐愣是站着没动。

转眼，三架飞机隆隆轰鸣，来到头顶。红姨挣扎着，嚎叫着：来呀，炸吧，炸死我吧，我不活了！

“快卧倒，你们不要命啦！”山上的哨兵，山下防空壕里的人，都对我们拼命喊叫。

嗒嗒嗒……敌机扫射了！几乎同时，妈妈扑向红姨，张干事闪电般扑向我们。我们一齐倒在沙滩上。

噗噗噗……子弹击在沙滩上，冒出一串串白烟。

山上的高射机枪向敌机猛烈回击，一架敌机被打中，拖着浓烟呜呜地往海里栽去。其余两架摇摆着，掠过海面逃走了。

警报解除，人们各自回家。

红姨在海滩上整整哭了一天，妈妈苦苦劝她，拉她上我们家来，她不从。天黑前，基地派来两位女话务员，横劝竖劝，把红姨连拖带拉弄回招待所。

这天晚上，从司令部里传来消息，搜索的炮艇回来了，找到了13具尸体，没有舰长。

六

第二天清晨，凄厉的哭叫声再次划破天空，把我从梦中惊醒。虎头山上所有的人都醒了，那是比军号声更震撼人心的声音。一扇扇窗户开了，一个个脑袋伸出来，惺忪的眼睛朝山下海滩张望。

还没找到舰长?

凶多吉少!

哎，婚结了一半，丈夫就没了，是要发疯的。

红姨依然穿着那件红衬衫，匍匐在海滩上，对着大海失声痛哭。

妈妈叹了口气，说：唉，她真可怜！我再去劝劝她，你们不要跟过来，她穿的那件红衣服，太暴露目标，敌机来有危险。

我大睁着眼睛，在床上躺着，怎么能睡着呢?

红姨的哭声持续了很久，直到起床的军号响起，司令部的喇叭里播送《人民解放军进行曲》，红姨凄凉的哭声才变得隐隐约约。然而，在音乐声停顿的间隙，红姨凄厉的哭声依旧。

姐姐站在凉台上，呆呆地望着海面上，眼睛很肿。从昨天开始，她一句话也不说。昨晚在被窝里，她抽泣了好久。我想和她说话，她不理我。我问：姐，舰长真的死了吗？姐，舰长能听到红姨哭吗？姐，我现在一点也不讨厌舰长了！

姐姐不睬我，我好伤心。舰长死了，红姨哭疯了，爸爸还没回来，妈妈在海滩上陪红姨，家里没人理我，呜呜呜……我捂住脸，眼泪湿了枕头。姐姐不声不响走过来，帮我擦眼泪。

第三天清晨，红姨的揪心的哭声再次从海滩上传来。依然凄厉，只是愈加哀怨。我听见妈妈在床上翻身的声音，重重地叹气。姐姐悄悄起床，走到窗前。唉，妈妈轻轻地说，她真疯了！姐姐让妈妈想想办法。妈妈说：人死了不能复活，这辈子我见到打仗死人的事太多，没有别的办法，只有自己想开去。姐姐在窗口说：干嘛要打仗？干嘛要打仗？我恨打仗，我恨打仗！姐姐越说越响，简直在叫喊，妈妈呵斥道：你也要疯吗？不许胡说！

幸亏爸爸不在家，如果爸爸在，姐姐一定会挨批。

姐姐夺门而出，妈妈追了出去。我迷迷糊糊，这几天太累，我又睡着了。直到中午，军营的广播喇叭把我吵醒……

一天、两天，三天，每天清晨，红姨的哭声在起床号子响起之前，从海滩边传来，凄凉而哀怨。一个多星期，山上军营里的人慢慢习惯，大家都太累，开窗观望的人少了，去海滩劝她的人少了，只有张干事派的两个女兵陪她。许多人听到哭声，只是叹口气，翻个身又睡。太阳升起后，红姨从海滩上消失。她把自己紧紧关在招待所拐角那个房间里，没人看到她出来吃饭，任谁敲门也不开。听巡逻的哨兵说，连着几个晚上，他们看见她整夜整夜坐在岩石上，望着海面发呆。

母亲说：她是在等舰长回来。

不久，学校复课了。我和姐姐重新上学。

那天，放学回家，我和姐姐看到海滩上人头挤挤，围着一大群人，有山下老百姓，有家属，也有几个军人。我推开人群往里瞧，吓得差点叫出声来！那是一具被海水浸得发胖开始腐烂的尸体，一个面目全非的军人，少了一条胳膊，军装上有许多枪眼。听说，是一个驾竹筏钓海蟹的渔民在海里发现，把尸体拖上筏子，运到部队码头。我和姐姐钻出人群，拔脚就往家里跑。

司令部里一阵忙碌，出动人马把尸体运上山。经过一番验证，不用说，那是203舰舰长！如何让红姨面对面目全非的舰长？要是不让她见上一面，她是不会甘心的，她还会在海滩上一直等下去。

经过一番紧张的讨论，告别仪式在司令部卫生所进行。红姨和舰长在这里见上最后一面。告别的房间布置得庄严肃穆。经过医务人员精心修整，舰长的面目不再恐怖，断掉的胳膊被接上一段从人体模型上卸下的假肢。蓝白两色全新的海军军装整整齐齐地穿在舰长身上，经过化妆，舰长依然英俊威严。

仪式举行得十分短暂。红姨在看到舰长的一瞬间，尖叫一声，昏倒在地上。卫生所的医生赶忙抢救，红姨醒来，恍恍惚惚。一再对别人说：那不是他，不是他，你们搞错了！医生说她极度虚弱，把她留在了卫生所。

第二天是星期天。我还是早早醒来，那是往常红姨在海滩上痛哭的时候。我竖起耳朵细听，外面死一般的寂静。姐姐也醒了，也在侧着耳朵听。妈妈说：你们睡吧，红姨不会再去海滩上哭了。我问妈妈：红姨不是说那不是舰长吗？妈妈说：她心里明白，那么多天了，再哭也哭不回来。姐姐问：红姨以后怎么办呢？妈妈说：部队要送她回去，她是烈士家属，政府会照顾她的。

我爬起来，跑到凉台上。太阳正在升起，天边彩霞飞舞。虎头山太疲倦了，还在沉睡，山上山下静悄悄的。望着海滩边红姨哭过的地方，我心里空荡荡的。海滩那块岩石旁，曾是红姨在夜里听大海呼吸的地方，是她和我们一起堆沙雕开沙雕兵舰的地方。她是那样美丽，那样快乐。如今，快乐的红姨不见了，从此，她还会开心吗？

碧水蓝天，出奇地平静。大海酣睡未醒，做着深沉的梦。波浪轻轻涌动，显得格外温柔。大海是这样蓝，这样神秘，我们永远无法知道它隐藏着多少秘密。

神秘的寂静让人不安。我忽然看见一个红点在平静的海面上移动。随着大海的波浪起伏，上下闪烁。那是我熟悉的红色，火一般炽热，花一样艳丽。我揉揉眼睛，再揉揉眼睛，那红点渐渐变大，变大。我喊了起来：

妈妈，姐姐，你们快来看呀，那是什么?！我的心怦怦直跳。

你轻点声好不好？妈妈责备道，这两天岛上的人实在太累，一大早不要闹闹嚷嚷。

姐姐走过来，顺着我的指点，往海面不经意地一望，眼光在红点上凝固，身子微微一颤。妈妈走过来，疑惑地看看我们，又望望海上，脸色霎时变了。

不好！她叫着，快，快喊人，去看看！她结结巴巴地说，出事了！她拔脚往外奔跑，脚步怎么也迈不快，她全身颤抖，一个跟头，栽倒在楼梯上……

红姨安详地躺在大海的怀抱里，面对着静谧的蓝天。

她那件红衬衫像一叶荷花，开在湛蓝的海面上，随着波浪涌动，轻轻地起伏……

一轮红日喷薄而出，把光芒撒遍她的全身。

妈妈悲哀地说：她找舰长去了！

姐姐说，舰长告诉红姨，大海是海军的家，她和舰长一起回家了。

七

一晃三十多年过去。那一年，我带着8岁的女儿，去那个海岛旅游。我们住在大学招待所里。傍晚，我们沿着海滩，向虎头山下的海滩走去。

一块突起的巨大花岗岩挡住了去路，把海滩一截为二，成了这所大学和海军码头分水岭。岩石的那边，如今繁荣喧哗；岩石的这边，宁静一片。

就是这里！我轻轻地说。

妈妈，这里是什么？女儿抬头问我。

一个阿姨，不，是奶奶，许多年前，她从这儿走进海里。

她会游泳吗？女儿问。

不会。

那她会淹死吗？

是的，她淹死了。

要学会游泳才能到海里去，妈妈，你说对吗？

是的，但是这个奶奶，她爱大海，很爱。

女儿点点头，过了一会儿又问：妈妈，人死了，还能爱吗？

我一愣，想了想说：能，人死了，爱成为永恒。

妈妈，永恒是什么呢？

我没有回答，我感到沉重而怅惘。

1996 年 3 月

安乐死

玲芬早上醒来，觉得屋里有点异样。

一缕阳光穿过窗帘的缝隙，直射在床罩那朵大红的牡丹上。她突然觉得心跳得厉害。她推了推身边的丈夫，迅疾跳下床，屋里屋外张了张，直着嗓门喊着：姆妈、姆妈！但是，84 岁的老母亲不见了……

杨妈妈两个多钟头前就起了身。借着蒙蒙的晨光，她梳理了银发，整了整蓝色的丝绸衬衫，慢慢地摸到厨房，拎起一只篮子。她拄着拐杖，一步、一步，悄悄地挪出了门。今天是礼拜天，女儿一家要睡懒觉，醒来还要孵在床上看半天电视。她要乘他们起床前到菜场上转一圈，透点新鲜空气。一年前她在楼梯上绊了一跤，小中风，在床上一躺三个月。能下床后脚骨僵硬，走路艰难，从此，她被剥夺了下楼的权利。

秋天的清晨凉飕飕的，底楼人家的蛐蛐还在起劲地唱。杨妈妈抓住扶手一步一步小心地挪。扶手沾满灰尘，杨妈妈皱了皱眉头。从前她每天擦一次扶手，从她住的 3 楼擦到 1 楼，换块抹布，再擦到 6 楼。楼上楼下的邻居都亲切地喊着杨妈妈早，杨妈妈好，杨妈妈勤快得来，杨妈妈身体哪能介好！可是小中风以后就不对了，只要她一到楼梯口，还没开始擦，就会惊动左邻右舍。他们叫着，哎呀，杨妈妈，当心！噢哟，杨妈妈，危险呀，跌下去不得了！杨妈妈，侬不要揩，阿拉来揩好啦！他们喊着她女儿玲芬的名字，玲芬赶忙跑出来把她扶进屋里。嘴里一叠声地怪她，姆妈，啥犯着！要是再跌一跤，侬吃苦头不算，阿拉屋里人都要跟着侬吃苦头。几次下来，她也不再勉强。心里直恨那次小中风，像是宣判她死刑一样，让大家都以为自己不中用了。

忙惯了的人，如今一天到晚闲着，难过得要死。女儿女婿、儿子媳妇还有隔壁邻居、里委主任叶大姐都反对她下楼，更反对她去菜场，虽然菜场离得很近，出弄口左拐弯就到了。他们说她脑子里有血栓，危险的；她们说她有心脏病，心口会痛的；他们说她走路不稳，万一摔跤不是开玩笑的。总之他们有一百个理由不让她出门，她就只好不出门。

一个人老了，没有能力，自己作不了自己的主，坐吃三餐也很苦恼。杨妈妈每天呆呆地坐在窗户旁，朝弄堂口和大街上张望，有时坐在铁门的栅栏后面，看楼道里上上下下的邻居。看别人忙碌，她觉得自己像蹲监狱一样！这想法要是让儿子女儿知道，定会不高兴。但是子女有谁懂她的心思？有一次，她亲耳听见媳妇在房间里对儿子说，老人就是老小人呀！侬只要像哄小人一样哄哄伊就行，不要拿你姆妈的话当真。她当时真想进去对媳妇说，不对的，老人不是小人，老人不是没有自己的想法，老人听子女的话，只是不想给子女添麻烦。但是杨妈妈忍住了。她不想让儿子媳妇闹矛盾。她想，为啥子女以为给老人吃好住好就是孝敬老人？其实最好的孝敬应该给老人一点自由。吃得差点不要紧，心里开心才要紧。

她现在整天关在家里，按时吃药、吃饭、睡觉，不做事、不出门，只是为子女。要是能为自己活，杨妈妈就不是这样活法。走得动，她就要往外走走。下楼，和老姐妹聊聊天；出弄堂，到小菜场去转转。做得动，她还要干点什么，烧烧饭，拣拣菜，擦擦楼梯扶手什么的。哪怕跌跤也没什么可怕，她这把年纪，一脚去了，也值。

坐在铁门后面看邻居们一阵风似地上楼下楼，杨妈妈真正感到无奈。老了，一点用也没有了。哪怕擦楼梯扶手也没有资格。楼梯上脏兮兮，扶手上厚厚一层灰，没人顾及。那些叫着“杨妈妈侬不要揩，阿拉来揩”的人，谁也没真的去擦楼梯扶手。杨妈妈终于发现，其实他们谁也不需要扶手。年轻人甩着头发一步跨几级楼梯；小孩子背着书包噔噔噔地上得飞快；中年人两手提满了东西，根本腾不出手来抓扶手，他们步步稳当。

这幢楼里，需要扶手只有她杨妈妈，可是杨妈妈没有擦扶手的权利。

无非是怕她摔跤。其实杨妈妈并不怕死。活了 84 岁，儿子女儿个个成家立业，孙子孙女一个比一个有出息。三年前她痛心地送走了老伴，从此再没有什么牵挂。如今，她常常想到死，倒不是怕死，而是担心自己会怎样的死。

生孩子有顺产难产，人死也有顺死难死。顺死也好难死也好，出生和死自己都作不了主。上次在楼梯上跌一跤，没有抓住扶手，还好脚底下只有两格楼梯，没有摔死。好不容易被人扶起，右脚不会动了，小中风。躺在床上的日子真难熬啊。虽然杨妈妈的儿女们个个孝顺，可是大家毕竟忙来希，她当时就想不如死了好。要是长期瘫在床上，不死不活，自己受罪倒也算了，让子女一起受罪，死了也不会安心。

幸亏杨妈妈是小中风，恢复得快，三个月就能起床，她心里高兴啊，可以不吃现成饭了。然而站起来后一切都变了，子女们限制了她行动的自由。不能干活不能下楼，更不能去菜场，整天在两室一厅的房间里呆坐，真像被圈在动物园里，难过煞！杨妈妈闷的时候就会想，还不如当时中风死了好，这才是福气。

有一次，一家人坐着闲聊，说到杨妈妈的宁波同乡瘫在床上10年，大小便失禁。保姆一个个做不了几天就走，像走马灯似地换。家人只好轮班，个个搞得精疲力竭。杨妈妈说，我要是瘫在床上这么长时间，就吃一把安眠药解决算了，决不拖累你们。儿子说，姆妈侬帮帮忙，侬不为自己也要为我们想想，我们对你怎样你又不是不晓得，侬吃安眠药，旁人还以为我们虐待你呢！女儿说，姆妈侬哪能这样胡思乱想，你养我们长大不晓得吃了多少苦头，难道你生病还怕我们会嫌弃你？杨妈妈说，我是说着玩玩的，你们当什么真？第二天晚上，杨妈妈想睡个好觉，在药柜里找安眠药，发现一粒都不见了。自己说漏了嘴，子女认了真。从此，她要安眠药就得向玲芬提出申请，玲芬非得亲眼看着她吞下去才放心。

前些日子杨妈妈听人说外国有种爽爽气气死的方法，叫安乐死，就问女儿，啥辰光这种方法能传到中国来，我倒蛮想试试。女儿说，做啥？侬不要吓阿拉好伐，就是中国可以这样做，我们也不会同意，侬想想看，做子女的，哪能讲得清楚？别人还以为是子女逼煞侬。女婿说，姆妈，侬要吃啥穿啥我们都答应，安乐死这个要求绝对不会答应。

杨妈妈听了，半晌没有吭气。她想，一个人生下来的时候作不了主，老了要死了还是作不了主。出生的时候难过，起码还有哭的自由，老死了，哭都哭不动，还不能爽爽气气走。杨妈妈一辈子没有什么过分的要求，她觉得安乐死的要求实在太小，却被子女看得那么可怕。

几天前，她在窗口坐了半天，突然听到隔壁人家传出沪剧的声音。她连忙打开那只女婿送给她的，只有手掌大的收音机，想听《星星之火》。当年小珍子唱的“盼星星盼月亮，”“赶快救我出火坑”的词，突然从心里的哪个角落冒了出来。好多年听不到了，现在想起那个调子，竟生出更多的心酸。她在收音机上拨了半天，听来听去要么是磬磬哐哐乱哄哄的叫喊声，要么是嗲声嗲气生病一般有气无力的谈话。她听也不要听。

正想关掉收音机，忽然听到一个男播音员在讲“安乐死”。杨妈妈心里一动，赶快贴在收音机上仔细听。原来有个外国人得了一种绝症，难过得要死，要求安乐死。办了手续，经过批准，自己选定日子，请来亲朋好友，举行告别仪式。安安静静清清爽爽走了，还拍了录像。她听了羡慕死。接着一个女播音员说，邓颖超大姐活着的时候也曾经提倡安乐死，这对于不堪疾病折磨的人是最人道最有尊严的方法。杨妈妈听了感动得想掉泪，她自言自语地说：看，邓大姐最懂得我们老人的心，到底是周总理的夫人，换了别人，啥人能说得出这样贴心的话！

楼道有点暗，杨妈妈小心翼翼下到一楼。一步又一步，一级又一级，气喘喘地，终于跨下最后一级楼梯，她舒了口气，笑了。谁说我不来事？我不是满好。她撑着拐杖挺了挺身子。10 年前，她每天神气活现地在楼里上上下下，噔噔噔地走路，声音响亮，腰背硬朗。里弄里有个什么活动她总是走在头里。宣传卫生，计划生育，发老鼠药蟑螂药，空下来的时候，她还一个人在门口开垦了一个小花坛，种上她喜欢的花花草草。她望望这个她流过汗水的花坛，晨雾中，花坛里绢红的月季，白色木兰开得正旺，桑树和芭蕉树翠绿的叶子上露珠滢滢，杨妈妈深深吸了口气，隐隐的馨香和着微微凉意的空气，渗入心肺。

我早该下楼了，要不是晚上那个梦，杨妈妈今天还下不了这个决心呢！

昨天夜里，杨妈妈梦见几十年前死去的父亲。父亲从镇上卖完鸡蛋回来，空空的竹篮里躺着一根猪尾巴。那时家中养了几只鸡，生下的蛋自家一个也不舍得吃，全让父亲拿到镇上去卖。每次，只要能卖完所有的鸡蛋，父亲总要买根猪尾巴回来给女儿解馋。她从小死了母亲，父亲格外疼它。她家穷，一年到头吃不上一顿肉。逢年过节，桌上才放上一碗红烧肉，那一片片薄薄的肥肥的猪肉下面盖的全是青菜。一家人每人搛一块就没了。那时猪尾巴没有油水，所以猪尾巴便宜。没钱买肥肉，猪尾巴就是最好的荤菜。平日里，穷人家能吃上一根猪尾巴，像过节一样开心。杨妈妈迎着归家的父亲，在梦里笑出了声。父亲远远招呼她，宝珍，你怎么不过来？杨妈妈想奔上去，可怎么也迈不开步；杨妈妈想喊父亲，可话堵在喉咙里，说不出来。她急得要命，眼睁睁看着父亲消失在人群里，转眼就不见了。她一急，醒来了。眼角滚下两颗眼泪，落在枕头上。看看五斗橱上的钟，才 4 点半。怕吵醒别人，她睁着眼睛躺在床上，浮想联翩。像搅了一缸明矾点过的水，过去的事情，陈谷子烂芝麻，浑浊浊地，全翻上来了。

想想奇怪，吃猪尾巴的时候，父亲总要她躲在门背后。说是这样可以治晚上磨牙。在门后吃猪尾巴的情景是奇特而诱人的：屋外的阳光，从门和墙根之间的缝隙里挤进来，落在她瘦小的身上，随着身子晃动，门缝里射进来的光被剖开，闪烁着。她捧着用荷叶包裹着的，在泥涂灶的炉灰中煨了好几个时辰的猪尾巴，一口一口慢慢地啃着。香味扑鼻，荷叶上粘着炉灰，热气缭绕在光和黑暗之间。外面的世界不存在了，只有门后这个小小世界：一缕阳光、一双小手、一个烫手的荷叶包，一颗被温暖了的快活跳动的心。以至几十年来，只要一提起猪尾巴就会想起门背后。离开门背后，猪尾巴再也吃不出那股浓浓的味道。如今，哪怕顿顿有好鱼好肉，就是没有那猪尾巴好吃。

女儿听母亲不知讲过多少次吃猪尾巴的故事，就从熟食店买来红烧猪尾巴，兴冲冲拿回家孝敬母亲。外孙女皱着小鼻子摇着脑袋说，猪尾巴，腻心！儿子女儿谁也不伸一筷，杨妈妈虽然喜欢，可是尝了一块也摇头：不一样，味道总归是不一样了！

如今杨妈妈的小孙子晚上磨牙，她就让儿子去买猪尾巴。杨妈妈说，吃了猪尾巴，你爷爷就说我晚上不磨牙了，要不然磨起牙来嘎嘎响很吓人的。儿子说，姆妈，侬不要搞，孩子晚上磨牙是肚子里有蛔虫。杨妈妈说，蛔虫和牙齿搭啥界？不搭界的！儿子媳妇不要猪尾巴，他们买来蛔虫药，捉住小孙子，费九牛二虎之力让他吞下药片。没想到，孙子半夜里直喊肚子痛，媳妇慌了神，以为吃了药的蛔虫在肠子里打结，小两口慌慌张张抱着孩子去医院看急诊，医生检查一番，化验了大便，说是没有找到蛔虫卵，肚子痛是因为药的副作用。医生说，磨牙有各种原因，不一定是有蛔虫，还是要到医院检查检查。杨妈妈说，喏，你们不听老人言，吃苦在眼前。前几天，儿子看到一本医学杂志上说，孩子晚上磨牙，是因为心理有压力，精神有负担造成的，磨牙时牙齿要承受 80 公斤的压力，有可能把牙齿磨出裂缝，引起龋齿。媳妇一听，又是大惊小怪，说要带孩子去看心理医生。杨妈妈实在看不懂了，说，就你们事多，磨牙又不是什么大病，你们就是不听我的话。这么小的小孩有什么精神负担，不像我那时，死了娘，又吃不饱肚子，孤苦伶仃，这才真叫精神负担呢！

醒来睡不着，想啊想，杨妈妈躺不住了，她想念父亲，想吃猪尾巴。对，到菜场去一次，她不相信自己连菜都买不动。如果买两根猪尾巴回来，放在灶膛里煨，让儿子女儿孙子孙女尝尝那种喷喷香的嫩滑的滋味，有多好。不过，杨妈妈没来得及考虑，在市中心，哪里去找一只烧柴的炉灶呢！

弄堂口取奶站前空荡荡的。礼拜天，睡懒觉的人多。只有奶站的阿姨一个人在堆放的牛奶框前伸腰踢腿，旁边的一张破藤椅上放着一件织了一半的毛衣。杨妈妈朝弄口走去，奶站阿姨老远就嚷嚷，哎呀，杨妈妈，长远不见你，介早到哪里去呀？杨妈妈笑着说，出来透透气，买点菜。买菜？奶站阿姨说，让女儿买好啦，一个人出去危险的。杨妈妈停下来说，整天关在屋里，骨头都生蛆了，一年没有出来，闷死了！张阿姨说，这倒是的，我刚刚下岗的辰光，在屋里难过得要发神经病，不过呢，侬当心点，到底年龄比我大多了，慢点走噢！

杨妈妈走走停停，在点心摊头的凳子上坐了坐，在路边横着的水泥电线杆上歇了歇。好不容易走到菜场，她停在那里愣住了。室内的公家菜场没有了，变成一家气派很大的商店。店门前一字排开十几只大花篮，篮攀上飘着红色的绸带。店里灯火通明。透过玻璃橱窗，看见一排排白色的货架上堆满了花花绿绿的商品。她走过去，摸摸篮里的花，是真的，不是假的，不像火葬场上的花圈，全是纸做的。这么大的花篮，要摘掉多少鲜花！杨妈妈不满地皱皱眉头，走到店门口张了张。灯光亮得她眯起眼睛。她问门口的小姐，这是什么店，介早开门？小姐说，这是超市，24 小时开门。杨妈妈问，什么吵死？吵 24 小时还了得？小姐笑了，老奶奶，超市就是超级市场，样样都有卖，你进去看看。

杨妈妈说，超市？样样都有，那么菜有没有卖？小姐说，当然有，菜都理得整整齐齐，用塑料纸包好的，回家不用拣。杨妈妈说，这倒蛮好。那么猪尾巴有卖吗？猪尾巴？小姐惊奇地问，猪尾巴派啥用场？肯定没有的。杨妈妈失望地说，猪尾巴也没有，你怎么说样样都有卖呢！小姐说，现在啥人要吃猪尾巴？蹄髈都不是人人要吃的。杨妈妈说，你不要吃我要吃，可惜我儿子女儿不让我吃，说是太肥了。杨妈妈边说边往超市里走，小姐拦住她说，侬手里的篮子要到对面柜台上寄掉才好进去。杨妈妈说，做啥？阿是我这只篮头太土？小姐说，不是的，是超市规定，为了安全。杨妈妈不高兴了，安全？我篮头里又没放炸药！噢哟，小姐不耐烦地说，侬搞是搞得来，哪能介拎不清！算了，你就拎着篮头进去吧，给老板看到，要扣我奖金的。

杨妈妈像是没听见似地，只管朝里面走。店里冷冷清清，没有几个顾客。灯亮得她眼花缭乱，她摇摇头，心想，这么多灯，一天亮到晚，不晓得要浪费多少电。咿，东西敞开，都可以自己拿的，这倒希奇。她摸摸这样，看看那样，嘴里不停地啧啧，哪能介漂亮！看看价格，横看竖看，说，哪能介贵！一圈还没走完，她头有点昏，脚底发软。唉，真的老了，她拄着拐杖四下里望望，靠墙堆着装满货物的袋子，她走过去，一屁股坐了下来，头靠墙，闭上眼睛，眼前还是晃着花花绿绿的商品。她自言自语，这个店好是好的，实惠是一点不实惠，还是老早的店家便宜。喘了几口气，杨妈妈用手摸摸屁股下的袋子，不对，里面好像装的米，她赶紧站起来，人怎么能坐在米上？不作兴的！女人不作兴坐在米袋上的，要给雷打的。她伸手在米袋上掸了几下，直了直身子，朝门口走去。门口小姐警惕地看看她的篮子，问，怎么一样也没买？她摇摇头，不实惠，太贵，啥人买？小姐说，侬不买，别人要买的，买的人不要太多噢！杨妈妈走了几步，又退回去问小姐，那一袋米多少钱？小姐说，35 元。杨妈妈又问，有几斤？小姐说，20 斤。杨妈妈再问，多少钱一斤？小姐有些不耐烦，1 元 7 角 5 分！

杨妈妈想，贵是贵了点。不过，只要有米，世道就会太平。她这把年纪，最晓得世界上只有米最实惠，能保平安。

太阳高高升起，刚才冷清的街上徒地冒出许多人来。超市旁的小马路上是一条自由市场，每个摊位上摆满了五颜六色的蔬菜，鸡毛菜、空心菜、黄瓜、番茄、茄子、金瓜、豆芽、茭白……青的青，红的红，黄的黄，白的白，没一样不鲜嫩嫩，水灵灵。就像回到从前乡下的菜园里，杨妈妈眼睛一亮，原来外头还是有菜场的嘛，脚步一轻，直往肉摊走去。肉摊一个紧挨一个。肉钩上挂着肋条，肉台上摊着猪排猪蹄猪心猪肝猪肺。她一个个肉摊看过去，问，猪尾巴有哦？摊主们一个个回答：没有！奇怪，杨妈妈嘀咕着，有这么多猪肉卖，猪尾巴到哪里去了？一个皮肤黝黑矮墩墩的摊主笑着搭腔：猪退化了！杨妈妈问，啥叫退化？摊主说，退化就是缩脱了，侬想呢，猪尾巴有啥用场？没有用场长它做啥？杨妈妈疑惑地看看他，猪尾巴没有用场，就不长了？摊主说，那当然，没有用的东西就要退化。老早有个电影，讲到马尾巴的功能，说马尾巴可以平衡，可以赶苍蝇，所以马尾巴就长得长。猪尾巴有什么用？猪吃了睡，睡了吃，不用跑，不要平衡，皮又厚，不怕蚊蝇叮，所以，猪尾巴派不着用场，就越来越短了。侬不相信去乡下看看，现在的猪尾巴一定比几十年前短得多，反正啊，没有用的东西，迟早要退化，要灭掉。

杨妈妈呆呆地站在那里。没买到猪尾巴，很扫兴；听了这番话，很不是味。没有用，没有用，吃了睡，睡了吃，这话像是冲着她来的，她如今也是过着吃吃睡睡的日子。

猪耳朵有哦？有人过来问。杨妈妈定睛一看，是市场管理员毛师傅，前两年就在这里做了。市场管理员是政府派的，她曾经亲眼看到他买油面筋塞肉，买 5 只拿人家 10 只；买海蟹，称也不称，抓三个丢下 2 块钱就走。摊主气得背后骂他猪猡。

对不起，毛师傅，今天猪耳朵没有。摊主小心翼翼地打着招呼，赔着笑。

哪能了，好长时间没有猪耳朵？毛师傅问，一张嘴，露出满口烟熏的黑牙。

退化了！杨妈妈在一边搭腔，猪耳朵没有用场，人家骂伊听不见，照这个老板讲法，没有用的东西迟早要退化，要灭脱。

摊主嘴一咧，笑了，心想，这个老太真滑稽，一学就会。

毛师傅一愣，回头看是一个白发苍苍的老太婆，瞪了杨妈妈一眼说，侬瞎七八搭点啥？又转过来对摊主说：来只腰子！

真对不起，毛师傅，腰子正巧卖掉了。摊主依然赔着笑脸。

那么还有些什么？毛师傅不高兴了，怎么样样没有？

你自己看，随便挑。摊主还是笑容满面。

毛师傅的眼睛盯在一只最大的蹄髈上，这么肥啊！他拿过来在手里掂了掂，一副不满意的神情，然后，像是不情愿地，提着走了。

摊主的笑容凝固在脸上，他咬牙切齿，他眉毛竖起：猪猡，胃口越来越大了，从前只敢拿猪耳朵！

哎！哎！杨妈妈突然对着毛师傅的背影叫了起来，侬那能秤也不秤，钞票不付就走啦？

这一叫不要紧，周围买菜的卖菜的都回过头来朝这个市场管理员看。毛师傅只好站住，他转过身，瞪着杨妈妈，既尴尬又恼怒。杨妈妈故意大声地说，毛师傅到底工作太忙，昏头鹿冲，买只猪蹄髈忘了付铜钿！摊主连忙打圆场，说，毛师傅，不要紧不要紧，侬明朝来付好啦！

杨妈妈横了摊主一眼，大声说，秤也没有秤，侬叫伊明朝付几钿啊？

毛师傅阴沉着脸，不情愿地回到肉摊上，把蹄髈往电子秤上一扔，摊主算了算，28元3角。

毛师傅冷冷地说，这只蹄髈太肥，我不要了。说完，转身离去。

走好，毛师傅，摊主不叠声地在后面说，明朝再来看看猪耳朵有没有！

杨妈妈舒了口气，对摊主说，我做恶人，你做好人，叫伊明朝再来做啥！摊主无奈地说，你坏我事体了，我要倒霉的！杨妈妈说，怕啥？伊是国民党还是共产党？三大纪律八项注意懂不懂？摊主说，他有权，明朝他捉我板头，罚我钞票，我不是一样坏分啊！

杨妈妈拍拍胸口说，我20年前胆囊开过一刀，胆子反而大了，我看侬啊，胆囊坏了，胆子介小！年轻的老板哈哈大笑：老太，你错了，一个人胆子大小和胆囊没有关系的。不过，我还是要谢谢你，你良心蛮好。你不是要猪尾巴吗？我这里有几根，本来说好留给熟食店加工的，你要，拿两根去。

杨妈妈眼睛一亮，到底猪尾巴还是有的！她一边拣一边说，真的退化了，一根根又小又短。拣来拣去，拣出三根最粗最长的称一称。摊主说，算啦，刚才那只蹄髈你为我讨回来，与其送给他不如送给你，你拿去算了。杨妈妈生气了，把猪尾巴朝他面前一扔，你看不起我啊？我不是穷得买不起两根猪尾巴的人。摊主说，嘿，你这老太蛮可爱，好好好，买给你，称称看，7元3角！

啥？三根猪尾巴这么贵？几钿一斤？杨妈妈问。8元8角。摊主说。

侬吓我。

我吓你干嘛？送给你你不要，秤分量你嫌贵，这怎么办？

老早，1块钱要买好几根呢！杨妈妈说。

这是什么朝代的事！老太，你想想看，一只猪猡有几根尾巴？

当然一根，我又不是老年痴呆症。

那就对了，一头猪只有一根尾巴，能不贵吗？再说，现在人家嫌肥肉太油，精肉又太精，猪尾巴不肥不精，当然要贵点。

杨妈妈笑了，侬这个小鬼嘘头得来！她拿出黑布做的小钱包，掏了7元3角。

杨妈妈心里一开心，脚下也有了气力。从菜场回来比去的时候快了许多。她后悔自己太没主张，子女说她不行，不能出门，不能去菜场，她就一年不出来。哼，我不是照样走到菜场？出来一趟真是开心啊，这么多新鲜事，那只老甲鱼，被我一喊，不是乖乖地把蹄髈还了回来！

在家里吃吃困困真没意思，一个活人，还是动动的好。杨妈妈神清气爽。

天大亮。弄堂口忙碌起来，取奶的，买菜的，早锻炼的，闲聊的，人来人往不断。杨妈妈还没进弄堂，老远就有人叫起来，看呀，是杨妈妈，中风这么长时间没见她了，倒满好，走路蛮稳的嘛。杨妈妈好，杨妈妈早！大家亲热地打招呼。杨妈妈搬到这条弄堂十几年，做过里弄小组长，调解委员，认识她的人很多。有些人很久没见她，还以为她作故了。今天碰到，不胜惊喜。

这么多人牵记她，杨妈妈有点激动，以至跨进弄口铁门时，绊了一下，踉跄了几步。众人惊叫一声，连忙扶住她。大家一叠声地谴责这倒头门槛，就像小孩子摔跤家长骂地板似的。几年前，弄堂口没有装铁门。后来，里委为了赚钞票，设了个铁门。大门平常关着，只开一扇小门，小门上有个高高的门坎。进出弄堂的车辆在铁门前停下，乖乖留下停车费。老头老太在小门里进出，一不小心就要绊跤。骑脚踏车的人进出弄堂都要推着走。1 号里陈家阿娘埋怨说，他的儿子有一日早上骑脚踏车买豆腐浆回来，在门坎上一颠，豆浆翻了一地，害得他再去买一趟，上班差点迟到。4 号里江伯伯讲，豆腐浆翻掉倒是小事，他的女儿脚踏车上拖着小外甥去上学，急急忙忙在门坎上撞了一下，小外甥摔下来，跌得嘴唇出血。他心痛得不得了，去找里委主任叶大姐，要求白天铁门开开大，不要只开一扇小门，妨碍大家进出。江伯伯说得一口山东话，对叶大姐有点不恭，他说你们不能只管赚钞票，不管老百姓死活。里弄叶大姐说，啊呀，江伯伯，话别讲得这样难听，关大门是为了弄堂里安全，防小偷防窃贼，不是为了里委赚钞票。不过，你的意见我晓得了，以后让他们上下班时间把铁门开开大。江伯伯对杨妈妈说，一扇大门能防小偷，你说好笑不好笑？前两日，大白天，42号楼下被撬窃得一塌糊涂，主人被打昏过去，铁门有个屁用！我倒要去问问叶大姐，叫她解释解释。

杨妈妈说，算了，算了，都是我自己不好，不怪门槛高，只怪自己老了跨不高。叶大姐也难，弄堂里老老小小，西瓜绿豆芝麻，样样事情寻伊，伊真是烦死了！江伯伯说，你心肠好，替她着想，不过有意见还是要提的。他见杨妈妈有点气急，扶她坐到门口一张旧藤椅上。

这里是里弄的一块“特区”。一字排开放着五六张高高低低的凳椅，都是缺胳膊少横档的。有的绑着尼龙绳，有的钉上一块薄板。虽然都是破旧家具，倒成了这弄堂口一道很好的风景。不知从哪一天起，破旧家具不再进入旧货店，而是出现在垃圾箱边上。这些家具，好一点的立即被人捡走，差一点的，就被好心的老头老太挪到弄口，心痛地说，啧啧，还蛮好的嘛，丢了多可惜！一边有人说，你拿回去算了。一边忙说，不来事咯，儿子媳妇回来要讲我的，拾垃圾做啥？他们觉得坍台，算了，放在门口大家坐坐蛮好。

就这样，这个弄口，今天一张藤椅，明天一只方凳，后天多了一个软软的布垫。日积月累，弄口成了一块很不错的休闲胜地。前几天，这里又多了一张方桌子，方桌子缺只角，还有些高低不平，不知谁在短了的那条腿下垫了块砖头，在桌面上铺了一张白色塑料布，倒也有模有样。于是，一些拎了菜篮进弄堂的人，干脆把篮里小菜倒在桌上拣了起来，张家长李家短，聊开了。

穿堂风阵阵袭来，沁人心脾。不知谁家的鸟儿在凉台上唱了起来，给早晨的弄堂增添几分生动的气息。取奶站里，哐琅哐啷的奶瓶声不断。取奶站隔壁江苏来的女裁缝开了门，拎出一只煤饼炉子。不一会儿，一阵青烟袅袅升起。漂亮的女裁缝蓬松着头发，对着炉子摇动着一把破旧的芭蕉扇。闻着炉烟味，杨妈妈好像回到十多年前没有煤气的石库门老房子。老房子是和炉烟味连在一起的，早晨家家门前煤球炉升起的股股青烟。这股股青烟，互相缠绕，难分难解。闻着烟味，杨妈妈想起老房子里的一幕一幕，忽觉喉咙口有点发热，眼睛有点湿润。要是在老房子，窗口喊一声，家家都听得见。哪怕她天天被关在家里，也不会像在新公房里那样寂寞孤独。

4 号里的光头阿爹正在剥倒在方桌子上的毛豆，杨妈妈随手帮他剥了起来。就象回到老房子一样，几个人有说有笑一起拣菜。她对光头阿爹说，这个毛豆好得来，碧绿爽青，买点咸菜炒炒，味道叫关好。光头阿爹说，是呀，不过现在的小孩嘴巴刁，要吃好的，我做炊事员，不能只烧自己要吃的东西。杨妈妈讲，这倒是，我喜欢吃的东西他们都不要吃，他们烧的我也不要吃，啥个色拉，罗宋汤，一股怪味道，侬看，我今朝偏要买两条猪尾巴吃吃！

陈家阿娘 3 岁的小孙子发现了杨妈妈篮子里的猪尾巴，蹲下来歪着小脑袋仔细瞧了瞧，小手一伸，抓一根在手里。颠颠地跑到正在和女裁缝说话的好婆面前，叫道：阿娘阿娘，侬看呀！嘻嘻嘻……猪尾巴在他小手上抖动，他傻乎乎地直笑。陈家阿娘一看，一把夺了过来，要死啊，肮脏的，小活狲，又不是玩具！她把猪尾巴扔回杨妈妈篮子，问道，侬哪能想到要买这种东西？杨妈妈说，老早她父亲在灶头里煨，老好吃的，她还想再尝尝那种味道。女裁缝从炉子旁站起来，炉子旺了炉烟没了，她回过头来看看，撇了撇嘴，这种东西，现在乡下人也不要吃了。站在桑树下甩手的江伯伯说，你别这么说，这个东西就是好吃，配配老酒，能吃几个钟头。杨妈妈一边剥豆，一边说，我不是为了配老酒，只不过长远不吃了，今朝想到，就有点馋老。光头阿爹问，现在几钿一斤，我也长远不吃了，儿子媳妇看不起这东西。杨妈妈讲，讲出来也不敢相信，要 8 元 8 角一斤，真贵！肉老板还说，猪尾巴不肥不精，一只猪只有一条尾巴，就应该贵。伊还讲，现在猪尾巴越长越短，退化了，物以稀为贵。

瞎讲，猪尾巴怎么会越长越短？方伯伯停住甩手说，明明是斩你！

杨妈妈讲，他讲没有用的东西就越长越缩，这叫退化，最终还要灭脱。像人一样，老了，越缩越短，侬看看，我比 10 年前矮了不少。

陈家阿娘讲，这话有道理，侬晓得吧，阿拉楼上的罗家阿婆，老早长一码，大一码，满结棍的，现在，她生奶癌躺在床上 2 年，我前天去看看伊，认也不认得了。缩成一点点，床上气味得来，我硬着头皮立在床头跟伊讲话，伊哭得来，讲伊这辈子没做过坏事，做啥要让伊受这个罪。要我帮帮忙，给她一瓶安眠药，让她一脚去算了。我只好陪伊落眼泪，我说，侬不要瞎想八想，慢慢叫总归会好起来的。伊讲，哪能会好？胸口烂得见骨头了，说着硬是拉开衣襟让我看。没想到，伊身子一动，一股脓血汩汩从胸口流出来，我一阵恶心，跑到厕所差点呕出来，罗家阿婆很不好意思，硬是叫我快走，我屏口气逃了出来，到门口狠狠吸了一口清爽空气，才没有再呕，想想真对不起罗家阿婆。

方伯伯不高兴地说，你看你，怎么可以逃出来呢？再怎么也应该安慰罗家阿婆几句。要是你躺在床上，人家这样对待你，你会怎么想？

陈妈妈说，侬不要讲现成话，这种味道你一辈子没有闻过，我整整两天吃不下饭，三天三夜睡不着觉，觉得做人一点没意思。难怪他们亲眷都跑得远远的，保姆一个也不肯来做，只好媳妇儿子一早一晚帮伊擦身。要是我生这个毛病，一定寻死算了，也不要人家来看我。

杨妈妈叹了口气，唉，罗家阿婆真作孽！10年前我做调解委员的辰光，到伊屋里去过好几次，伊跟媳妇有矛盾。其实媳妇人不错，罗家阿婆有老思想，不许儿子洗媳妇的短裤，不许媳妇把月经带晒在凉台上。媳妇想不通，听厂里小姐妹的话，想要离婚，我去做了工作，给罗家阿婆讲新思想，后来好了。唉，没想到她现在这么惨，我生了一年毛病，一点不知道，等一歇我就去看看伊。

我跟侬一道去！方伯伯说，侬6层楼爬不动我搀你一把，他又转身问陈家阿娘，你去不去？陈家阿娘直摇头，不去了，不去了，太吓人了。杨妈妈说，有什么吓的？人总要死的，怕啥？我现在只怕麻烦子女。今天早上偷偷跑出来一趟，想法多了交关，我想，人老了，最好到福利院去，我不在乎好吃好穿，我只要有人跟我讲讲话。

哪有这么便当！福利院也不是要去就去的，光头阿爹一边说，一边把毛豆壳撸到篮里，昨天阿拉3楼人家打起来了，就是为了娘要去福利院，女儿帮她办了手续，儿子不肯。儿子女儿都不在身边，一个在苏州，一个在嘉定。老娘不愿意跟他们住在一起，说白天他们都上班，她一个人呆在家里像关监牢，情愿到福利院去。女儿满通情达理，好不容易开了后门弄到一个名额，讲好平常日子住福利院，礼拜天接娘去嘉定。没想到儿子吵翻天，责问妹妹要不要做人，亲亲眷眷会怎么看他们。妹妹说，我们家的事管别人什么事？我们又没有虐待老娘。儿子说，谁知道你心里怎么想的，这么急急忙忙办手续！女儿说，好不容易开来后门，你不去名额就没了，我不急急忙忙怎么成？

儿子说，我又不是你肚子里蛔虫，谁知道是不是有人动房产的念头！女儿一听，跳了起来，房子你来住好啦，自己心里有鬼倒反咬一口。两个人吵得不可开交，最后老娘用头撞墙，才停下来，弄得我一夜没好好睡。

杨妈妈说，其实上次小中风后，我就想去福利院。侬想，白天伊拉上班，我一个人在家里，又不能出来。晚上，想跟他们讲讲话，看看他们忙得来，吃好晚饭陪小孩读书，电视也不看，我还开什么口？老人最怕给子女添麻烦。有一次我听说外国人有安乐死，觉得老好的，我说我生绝症也要用这个办法。侬想呢，小孩生不出，可以用产钳帮忙，可以破腹产，人要死，也应该有人帮一记忙。可是，儿子女儿一听都反对，说这怎么行，亲戚朋友不把他们骂死才怪。他们怕来怕去，就怕别人说闲话，不怕老人活受罪，我的命是我自己的，为啥不好自己作主？一个人，小时候作不了主，老了也作不了主。

杨妈妈笑着说，今朝呢，我自己给自己作了主，醒过来就下楼，菜场跑一趟，碰到这么多老邻居，真正开心！不过，回去我要倒霉了，儿子媳妇要教育我半天。唉，人老了，真作孽。江伯伯，你有文化，你讲讲看，老人也是人，为啥不能给自己作主？

这个问题倒是蛮复杂的，方伯伯在一只咯吱咯吱响的竹椅子上坐下来，摸出一支香烟，在烟盒上笃了两下，说，老人的情况也有各种各样，有的人糊涂了，像美国总统里根，老年痴呆症，就不能让他决定自己的事体；有的人很清醒，就应该自己作主。像安乐死这样的事情，不是小事情，不能随随便便决定，随随便便要出事的。譬如哪家子女对父母不好，不是可以趁机了吗？不过，我一直主张，生癌，痛得要死，还不如安乐死好；植物人在医院一住几年，医药费花掉不少，还不如安乐死好。

杨妈妈不住点头，对，对！我现在一点不糊涂，我应该自己给自己作主。

陈家阿娘皱皱眉头，今朝哪能了？大家讲死啊死的，不作兴！

有啥关系，我老早就不迷信了，杨妈妈说，上次小中风没有死，算我福气，但是活过来之后，天天坐吃三餐，像个活死人，我倒想死。

方桌上的毛豆一会儿就剥光了，光头阿爹把毛豆堆成一堆，毛豆壳倒进不远的垃圾箱里。杨妈妈拍了拍掉在身上的粒屑，看看手表，9点多了，她出来三个多钟头，吃力了，胃里有点难过，嘴巴有点发干。

方伯伯问杨妈妈，啥辰光去看罗家阿婆？

杨妈妈讲，就现在，我是偷跑出来的，要是回到家里，就不能再出来，今朝礼拜天，他们一家睡懒觉要到中午才起来，我还可以在外面多待点时间。

方伯伯犹豫着，改天吧，你一年没有出来，今天走了这么多路，一定累了，身体还是要当心。下次我来叫你。

不来事格，平常他们不在家，把铁门锁上，我开不开的。杨妈妈急了。

唉，江伯伯叹了口气，我要是像你这样，也会想死。

不管它，我们走！杨妈妈拎起装着猪尾巴的篮子，拄着拐杖站起来，今天不去看罗家阿婆，作兴再也没机会……话没说完，杨妈妈跌坐在藤椅里，手里的篮子翻倒在地上。

方伯伯赶忙过来扶她，你看看，叫你不要不要去，6层楼，侬爬不动的。

杨妈妈脸色苍白，额头上渗出颗颗汗珠，她摇摇头，吃力地说，我要去……说着，她的头软软地垂了下去，垂了下去，无声无息……

杨妈妈，杨妈妈！弄口的人都惊慌地围拢过来，拍她喊她，把她的头捧起来。

秋天的阳光照在杨妈妈满是皱纹的脸上，她的眼前金光一片。无数只彩蝶上下飞舞，五颜六色的花朵在周围晃动。她坐在厚厚的草堆上，父亲端来一碗泥涂灶里煨好的猪尾巴，热气腾腾，香味扑鼻。父亲的身后，有母亲、有自己的老伴、还有一些似曾相识的亲友，他们个个容光焕发，笑容满面……

穿着睡衣的玲芬叫喊着从楼里冲出，在弄堂口猛地停住。

围着的人群立即散了开来，玲芬看见母亲安详地坐在藤椅里，拐杖靠在她的胸前。一片橙黄色的叶子悠悠地飘下，落在母亲的脚边。她一眼看见母亲脚边倒翻的篮子和三根猪尾巴，觉得难堪。她忽然扑上去，抱在母亲的身子，嚎啕大哭起来，姆妈，姆妈，你怎么这么不听话呀，我叫你不要出来你怎么偏要出来呀，你要吃什么我都会买的，你这是做啥呀……

安乐死，安乐死！杨妈妈感到好欣慰，她没有给儿女添麻烦，她向着父亲、母亲，向着老伴张开双手，我来了！她嘴里念叨着，真好啊，玲芬，不要哭，给陈年的稻谷浇水没有用，我老了，派不上用场了。今天早上，我真是开心啊，菜场上热闹得来，我做了桩好事体，碰到这么多老朋友，我心满意足，玲芬，我把开心带走了，你们也要开开心心……

1996 年 8 月

图书在版编目(CIP)数据

一个小学生的失踪之谜/王周生著.—上海:上海书店出版社,2019.3
(巨鹿文库)
ISBN 978-7-5458-1716-4

Ⅰ.①一… Ⅱ.①王… Ⅲ.①中篇小说-小说集-中国-当代 ②短篇小说-小说集-中国-当代 Ⅳ.①I247.7

中国版本图书馆 CIP 数据核字(2018)第 213582 号

责任编辑 杨柏伟 何人越
装帧设计 汪 昊
技术编辑 丁 多

·巨鹿文库·
一个小学生的失踪之谜
王周生 著

出 版 上海书店出版社
(200001 上海福建中路 193 号)
发 行 上海人民出版社发行中心
印 刷 上海商务联西印刷有限公司
开 本 890×1240 1/32
印 张 9.375
版 次 2019 年 3 月第 1 版
印 次 2019 年 3 月第 1 次印刷
ISBN 978-7-5458-1716-4/I·451
定 价 35.00 元